Carl Hiaasen
PLUSK

Przełożyła
Monika Walendowska

Tytuł oryginału: *Flush*
Copyright © 2005 by Carl Hiaasen
Copyright © for the Polish edition by Wydawnictwo W.A.B., 2007
Copyright © for the Polish translation by Wydawnictwo W.A.B., 2007
Wydanie I
Warszawa 2007

Policjant z biura szeryfa polecił mi opróżnić kieszenie. Wyjąłem z nich mój godny politowania majątek – dwie ćwierćdolarówki, jednego centa, paczkę gumy do żucia oraz rolkę grip tape do deskorolki.

– Wejdź do środka. On już tam jest – zachęcił mnie policjant.

Ojciec siedział za pustym, metalowym stołem. Wyglądał dość dobrze, zważywszy na to, co go spotkało. Nie był nawet skuty kajdankami.

– Wszystkiego najlepszego z okazji Dnia Ojca – powiedziałem.

Tata podniósł się i uściskał mnie.

– Dziękuję ci, Noah – odparł.

Prócz nas w sali była jeszcze jedna osoba – barczysty glina z podwójnym podbródkiem. Stał obok drzwi, które prowadziły do więziennych cel. Miał na nas oko. Pewnie sądził, że mógłbym przemycić pilnik i dopomóc ojcu w ucieczce.

– To dobrze, że nie kazali ci się przebrać. Myślałem, że będziesz miał na sobie ten idiotyczny więzienny kombinezon.

– Pewnie w jakimś momencie każą mi go włożyć – ojciec z rezygnacją wzruszył ramionami. – U ciebie wszystko dobrze? – zapytał.

– Dlaczego nie pozwoliłeś mamie wpłacić kaucji? – zaatakowałem.

– Ponieważ teraz ważne jest, żebym był właśnie tutaj, za kratkami.

– Naprawdę? Mama mówi, że stracisz pracę, jeśli nie wyjdziesz z aresztu.

– Myślę, że ma rację – przyznał ojciec.

Przez ostatnie półtora roku pracował jako taksówkarz. Wcześniej organizował świetne wyprawy rybackie, ale Straż Przybrzeżna odebrała mu licencję.

– Noah, dobrze wiesz, że jestem tutaj nie dlatego, że obrabowałem bank.

– Wiem, tato.

– Widziałeś, co zrobiłem?

– Jeszcze nie – mruknąłem.

– Imponujący widok! – Ojciec puścił do mnie oko. Był w zaskakująco dobrym nastroju.

– Wyobrażam sobie!

Nigdy wcześniej nie widziałem więzienia, ale to miejsce jakoś go nie przypominało. Ojciec powiedział, że są tu tylko dwie cele. Główne więzienie znajdowało się wiele mil stąd, na Key West.

– Mama chciałaby wiedzieć, czy może zadzwonić do adwokata.

– Nie mam nic przeciwko temu.
– Nie była pewna, czy to ma być ten sam, co poprzednim razem.
– Tak, ten jest w porządku – odpowiedział ojciec.

Jego ubranie było wymięte, a on sam wyglądał na zmęczonego. Ale powiedział mi, że nieźle go karmią i bardzo dobrze traktują.

– Tato, dlaczego po prostu nie powiesz, że żałujesz tego, co zrobiłeś, i nie zaproponujesz, że zapłacisz za szkody?

– Ponieważ nie żałuję tego, co zrobiłem, Noah. Jedyną rzeczą, której żałuję, jest to, że odwiedzasz mnie w areszcie, jakbym był seryjnym mordercą.

Ostatnim razem, kiedy ojciec wpadł w tarapaty, nie pozwolili mi go odwiedzić w więzieniu. Powiedzieli, że jestem za młody.

– Nie jestem zwykłym kryminalistą! – Ojciec przechylił się nad blatem stołu i położył dłoń na moim ramieniu. – Potrafię odróżnić dobro od zła. Wiem, co jest uczciwe, a co nie. Czasami po prostu daję się ponieść emocjom.

– Nikt nie myśli, że jesteś kryminalistą.
– Dusty Muleman jest o tym przekonany.
– To dlatego, że zatopiłeś jego łódź – przypomniałem ojcu. – Jeśli tylko zapłaciłbyś za remont...
– To łódź o długości dwudziestu dwóch metrów – przerwał mi ojciec. – Wiedziałem, na co się porywam, kiedy zatapiałem tego olbrzyma. To poważna sprawa. Powinieneś to zobaczyć.

– Może później.

Policjant, który nas pilnował, chrząknął i pokazując dłoń z rozcapierzonymi palcami, dał nam do zrozumienia, że za pięć minut ojciec będzie musiał powrócić do swojej celi.

– Czy mama nadal jest na mnie wściekła? – zapytał ojciec.

– A jak myślisz?

– Próbowałem jej wszystko wytłumaczyć, ale nie chciała słuchać.

– Może wytłumacz to mnie – zaproponowałem. – Jestem wystarczająco duży, żeby zrozumieć.

Ojciec uśmiechnął się:

– Wiesz, Noah, chyba masz rację. Jesteś już wystarczająco dorosły.

Mój ojciec urodził się i wychował tutaj, na Florydzie, więc dorastał nad oceanem. Jego ojciec – dziadek Bobby – miał łódź czarterową, którą wynajmował na rejsy z portu Haulover. Dziadek zmarł, kiedy byłem bardzo mały i, prawdę mówiąc, w ogóle go nie pamiętam. Na temat śmierci dziadka krążyły różne historie. Jedna z nich mówiła, że miał zapalenie wyrostka robaczkowego, inna – że został poważnie zraniony podczas bójki w barze. Jedno wiedzieliśmy na pewno. Pewnego dnia zabrał swoją łódź na tajemniczą wyprawę do Ameryki Południowej. Nigdy z niej nie wrócił.

Jakiś czas po jego zaginięciu przed domem moich rodziców pojawił się człowiek z Departamentu Stanu i zakomunikował, że dziadek Bobby nie żyje i że został pochowany w pobliżu małej wioski w Kolumbii. Z jakichś powodów nie można było przewieźć jego ciała i pochować w ojczystej ziemi. Wiem o tym, bo widziałem dokumenty. Mój ojciec założył specjalną teczkę na sprawy dziadka i już od dziesięciu lat, kilka razy w roku pisuje do Waszyngtonu, prosząc o pomoc w przewiezieniu ciała ojca do domu, na Florydę. Mama pomaga ojcu w pisaniu tych listów – jest asystentką w kancelarii adwokackiej i potrafi wyłożyć kawę na ławę.

Moi rodzice poznali się w budynku sądu hrabstwa Dade. Stali w kolejce do kasy, aby zapłacić mandaty za przekroczenie prędkości. Pobrali się sześć tygodni później. Wiem to na pewno, ponieważ mama wkleiła mandaty do albumu razem ze zdjęciami ze ślubu i innymi pamiątkami. Ona dostała mandat za jazdę z prędkością sześćdziesięciu pięciu kilometrów przy ograniczeniu do pięćdziesięciu. Mandat ojca był dużo wyższy, ojciec przejechał przez skrzyżowanie z prędkością stu trzydziestu na godzinę. Mama powiedziała mi, że zanim wkleiła mandat do albumu, musiała wyprasować go żelazkiem. Ojciec ze złości zwinął go w kulkę, zaraz po tym, jak dostał go od policjanta.

Jakiś rok po ślubie rodzice przenieśli się na wyspy Keys, na Florydzie. Jestem przekonany, że był to pomysł ojca, który przyjeżdżał na wyspy od wczesnego dzieciństwa i nie znosił dużych miast. Urodziłem się w chevrolecie caprice z 1989 na Highway One, której trzydziestokilometrowy odcinek z Key Largo na stały ląd mój ojciec pokonał z wyścigową prędkością, wioząc matkę do szpitala w Homestead. Matka leżała na tylnym siedzeniu i właśnie tam przyszedłem na świat. Wszystko zrobiła sama – nie powiedziała nawet ojcu, żeby się zatrzymał. Tylko by jej przeszkadzał. Wciąż ma jej to za złe i nadal się o to kłócą (mama mówi, że ojciec zbytnio się wszystkim emocjonuje, ale moim zdaniem jest to grube niedopowiedzenie). Zatem ojciec przegapił moment moich narodzin. Zauważył mnie na tylnym siedzeniu, kiedy wjechaliśmy do Florida City i zacząłem wrzeszczeć wniebogłosy.

Abbey urodziła się trzy lata później. Ojciec namówił matkę, aby nadali siostrze to imię na cześć jednego z jego ulubionych pisarzy, zdziwaczałego staruszka, który pochowany jest na zachodzie Stanów, na samym środku pustyni.

Większość moich przyjaciół nie przepada za swoimi siostrami, ale ja myślę, że Abbey jest w porządku. To niezbyt cool mówić tak o własnej siostrze, ale to prawda. Abbey jest wesoła, twarda i nawet w połowie nie tak irytująca, jak większość dziewczyn ze szkoły. Przez lata wypracowaliśmy niezły system: ona pilnuje matki, ja – ojca. Czasami jednak potrzebuję jej pomocy, bo z ojcem jest generalnie więcej roboty.

– No, co jest grane? – zapytała Abbey, kiedy wróciłem z więzienia.

Siedzieliśmy przy stole w kuchni. Matka przygotowała nam na lunch, jak zwykle, kanapki z szynką i żółtym serem.

– Powiedział, że go poniosło.

Abbey uniosła brwi i prychnęła w odpowiedzi:

– Naprawdę?

Mama postawiła dwie szklanki mleka na stole i zapytała:

– Noah, czy wiesz, dlaczego ojciec upiera się, żeby siedzieć w areszcie? Przecież dzisiaj Dzień Ojca, na litość boską!

– Myślę, że stara się coś udowodnić.

– Jedyne, co mu się udaje – prychnęła moja siostra – to udowodnić, że jest idiotą.

– Tylko spokojnie, Abbey – poprosiła matka.

– Powiedział, że nie ma nic przeciwko, żebyś zadzwoniła do adwokata – zwróciłem się do matki.

– Nie zamierza przyznać się do winy? – zapytała Abbey. – Jak może nie przyznać się do winy? Przecież zatopił tę łódź, prawda?

– Nawet jeśli się przyzna, to i tak warto mieć adwokata – wyjaśniła matka.

Wydawała się teraz dużo spokojniejsza. Kiedy policja zadzwoniła do nas, żeby poinformować o wyczynie ojca, naprawdę się wściekła i wykrzyczała pod jego adresem wiele ostrych słów. Zresztą trudno jej się dziwić. Jak dotąd takie rzeczy nawet jemu się nie zdarzały.

– Noah, a jak ty się czujesz? – zapytała.

Martwiła się, że odwiedziny u ojca w więzieniu były dla mnie ciężkim przeżyciem. Starałem się ją uspokoić. Trudno jednak było wywieść ją w pole.

– Jestem pewna, że nie jest łatwo oglądać własnego ojca za kratkami – podsumowała.

– Rozmawialiśmy w sali odwiedzin – wyjaśniłem.

– Nawet nie miał kajdanek.

Matka wzdrygnęła się:

– To i tak nie jest najlepszy widok.

– Może powinien postarać się, żeby go uznali za niepoczytalnego – zasugerowała Abbey nie bez złośliwości.

Matka zignorowała jej uwagę.

– Ojciec ma wiele zalet – mówiła dalej do mnie – ale obawiam się, że nie jest najlepszym wzorem dla kogoś tak młodego jak ty. Sam by ci powiedział to samo, Noah.

Za każdym razem, kiedy wygłaszała tę mowę, cierpliwie słuchałem i nie komentowałem. Mama nigdy tego głośno nie powie, ale wiem, że się martwi, bo jestem bardzo do niego podobny.

– Pij mleko – zakończyła i poszła do salonu, żeby zadzwonić do adwokata, pana Shine'a.

Ledwie zostaliśmy sami, Abbey przechyliła się nad stołem i uszczypnęła mnie w rękę.

– Masz mi wszystko powiedzieć – zażądała.

– Nie teraz – kiwnąłem głową w kierunku salonu. – Nie przy matce.
– Nic nie usłyszy. Rozmawia przez telefon.
Potrząsnąłem głową i ugryzłem kanapkę.
– Noah, czy ty coś przede mną ukrywasz? – zapytała moja siostra.
– Skończ lunch – powiedziałem – a potem coś ci pokażę.

Ojciec zatopił Coral Queen w basenie portowym, w miejscu, gdzie woda ma głębokość około czterech metrów. Najpierw pod wodę poszła rufa i dlatego kadłub statku osiadł na dnie pod niewielkim kątem, z podniesionym dziobem.

Coral Queen była sporą łodzią, więc nawet teraz, w czasie przypływu, jej dwa najwyższe pokłady wystawały ponad lustro wody. Wyglądała jak wielki, brzydki budynek, który spadł z nieba i wylądował w sadzawce.

Abbey zeskoczyła z kierownicy roweru, na którym przyjechaliśmy, i podeszła do brzegu. Z rękoma na biodrach przyglądała się miejscu zbrodni.

– O rany! Tym razem przegiął.

– To wygląda naprawdę fatalnie – zgodziłem się z nią.

Coral Queen była statkiem kasynem, w którym można grać w oczko, w elektronicznego pokera i przy okazji najeść się do syta w bufecie. Dla mnie

nie brzmiało to specjalnie rozrywkowo, ale Coral Queen była co noc wypełniona po brzegi.

Dusty Muleman, właściciel Coral Queen, zarządzał swoim pływającym kasynem w szczególny sposób. W odróżnieniu od innych statków kasyn, działających w Miami, Coral Queen nie odbijała od nabrzeża i właśnie z tego powodu cieszyła się tak wielką popularnością.

Zgodnie z prawem obowiązującym na Florydzie statki kasyna musiały odpływać co najmniej trzy mile – za granice stanu – zanim pierwszy klient postawi zakład. Ale wówczas nawet niewielkie fale obniżały zyski z takich rejsów, bo ich uczestnicy dostawali choroby morskiej i jak tylko zaczynali wymiotować, przestawali wydawać pieniądze.

Zdaniem mojego ojca Dusty Muleman zawsze marzył o otwarciu statku kasyna na spokojnych i bezpiecznych wodach basenu portowego. Dzięki temu pasażerom nie groziły zawroty głowy i dobra zabawa była zapewniona.

Na Florydzie tylko Indianie mieli prawo do prowadzenia kasyn na lądzie, zatem sprytny Dusty nakłonił kilku zamożnych Miccosukee z Miami, aby kupili przystań i włączyli ją do rezerwatu. Tata mówił, że urzędnicy wyczuli jakiś szwindel, ale wycofali się, bo Indianie mieli lepszych prawników.

Skończyło się na tym, że Dusty dopiął swego, zdobył swoje kasyno i stał się bardzo bogaty.

Mój ojciec poczekał do trzeciej nad ranem, kiedy ostatnia osoba z obsługi zeszła z łodzi, i wślizgnął się na statek. Odwiązał cumy, włączył jeden z silników i już na jałowym biegu skierował łódź ku wejściu do basenu. Tam otworzył zawory zbiorników balastowych, odciął węże, odłączył pompę zęzową i wyskoczył przez burtę.

Coral Queen poszła na dno, blokując wejście do portu, co oznaczało, że żadna z łodzi nie mogła do niego wpłynąć ani z niego wypłynąć. Dlatego Dusty Muleman nie był jedynym kapitanem w mieście, który w Dniu Ojca gotowy był udusić mojego tatę gołymi rękami.

Przypiąłem rower do pnia platanu i zszedłem na nabrzeże. Abbey była tuż za mną. Wokół Coral Queen kręciły się dwie nieduże łodzie motorowe i ponton Straży Przybrzeżnej. Słyszeliśmy, jak mężczyźni z łódek mówili o tym, co należy zrobić, aby wydobyć statek. Wyglądało to na wielkie przedsięwzięcie.

– Stracił rozum – mruknęła Abbey.

– Kto? Ojciec? Chyba zwariowałaś – powiedziałem.

– To dlaczego to zrobił?

– Ponieważ Dusty Muleman wylewał ścieki ze zbiornika statku wprost do oceanu – wyjaśniłem.

– Ścieki z toalet? – skrzywiła się Abbey.

– Zgadza się. Robił to w środku nocy, kiedy wokół nie było żywego ducha.

– Rzygliwa sprawa.

– Rzygliwa i zabroniona – dodałem. – Robił to, żeby obniżyć koszty.

Zgodnie z tym, co mówił ojciec, Dusty Muleman był tak żałosnym sknerą, że nawet nie chciał słyszeć o wywozie ścieków ze swojej własnej łodzi. Zamiast płacić, kazał obsłudze łodzi opróżniać zbiorniki wprost do basenu portowego, którego woda i bez tego była już dość mętna. Następnie odpływ zabierał nieczystości na pobliskie plaże.

– Dlaczego ojciec po prostu nie powiadomił o tym Straży Przybrzeżnej?! – zapytała siostra. – Czy nie tak powinien zachować się dorosły człowiek?

– Podobno próbował to zrobić. Zarzekał się, że informował wszystkie możliwe władze, ale nikt nie był w stanie złapać Mulemana na gorącym uczynku – wyjaśniłem Abbey. – Ojciec sądzi, że Dusty daje łapówki.

– O, tego już za wiele – jęknęła Abbey. – To już cała teoria spiskowa.

Teraz i ona zaczęła mnie denerwować.

– Przy odpowiednim wietrze i prądach gówienka z kasyna Dusty'ego wypływają z portu wprost na brzeg – wyjaśniłem siostrze. – Wprost na Pioruńską Plażę.

Abbey wyglądała, jakby miała zwymiotować.

– Uch! To dlatego plaża jest czasami zamknięta.

– Wiesz, ile dzieciaków chodzi tam się kąpać? Po takiej kąpieli możesz być chora na dwa końce i jeszcze wylądować w szpitalu. Tak mówi ojciec. To nie tylko obrzydliwe, to przede wszystkim niebezpieczne.

– Wszystko rozumiem, ale...

– Nie mówię, Abbey, że to, co zrobił ojciec, jest w porządku. Próbuję ci wytłumaczyć, dlaczego to zrobił.

Po zatopieniu statku ojciec nawet nie próbował uciekać. Dopłynął do brzegu, usiadł na rozkładanym krzesełku i rozkoszował się widokiem tonącej Coral Queen, popijając napój imbirowy. Kiedy o świcie przyjechała policja, ojciec spał na swoim krzesełku.

– No, to co teraz? – zapytała Abbey.

Ciemna niebieskawa plama utrzymywała się na powierzchni wody wokół statku. Pracownicy Straży Przybrzeżnej rozrzucali wokół żółte nadmuchiwane rękawy, aby powstrzymać ropę przed dalszym rozlaniem. Zatapiając Coral Queen, ojciec mocno nabałaganił.

– Tata poprosił mnie, żebym mu pomógł – powiedziałem.

– Pomógł? – zdziwiła się Abbey. – W czym? W ucieczce z więzienia?

– Nie wygłupiaj się.

– To o co chodzi, Noah, oświeć mnie.

Wiedziałem, że to, co powiem, nie przypadnie jej do gustu.

– Chce, abym pomógł mu wykończyć Dusty'ego Mulemana.

Zapadła długa cisza. Sądziłem, że Abbey zastanawia się nad ostrą ripostą. Ale okazało się, że tym razem postanowiła oszczędzić mi złośliwości.

– Jeszcze nie dałem mu odpowiedzi – powiedziałem.

– Ja i tak wiem, jaka jest twoja decyzja.
– Abbey, ojciec ma naprawdę dobre serce. Uwierz mi.
– Nie mam wątpliwości co do jego serca, tylko co do jego głowy – odparowała Abbey. – Lepiej bądź ostrożny, mówię ci, Noah.
– Powiesz matce?
– Jeszcze nie wiem.

Spojrzała na mnie nieufnie, ale byłem prawie pewien, że nie puści pary.

Tak jak mówiłem, moja siostra jest w porządku.

Na szczęście właśnie skończył się rok szkolny. Mieliśmy wakacje, co oznaczało, że nie byliśmy skazani na docinki dzieciaków z klasy. Miasteczko, w którym mieszkamy, nie jest specjalnie duże i wiadomości szybko się rozchodzą. Wszyscy już wiedzieli, że nasz ojciec siedzi w areszcie za zatopienie łodzi Dusty'ego Mulemana. Wszyscy o tym rozmawiali.

Ostatnią rzeczą, której teraz chciałem, było spotkanie z Jasperem Mulemanem Juniorem, synem Dusty'ego. Był powszechnie znanym cymbałem, ale jak można nie być cymbałem, kiedy ma się na imię Jasper? Samo to wystarczy, żeby być wrednym indywiduum, obrażonym na cały świat.

Ale to właśnie jego spotkałem następnego ranka na przystani. Wybrałem się do portu, aby popatrzeć, jak ekipa ratunkowa podnosi Coral Queen. Nurkowie wprowadzali grube, czarne węże do zatopionej części kadłuba. Nie byłem pewien, czy po to, aby wypompowywać z niego wodę, czy wpompować powietrze. Zauważyłem Juniora, zanim on zauważył mnie i właściwie nie wiem, dlaczego nie zszedłem mu z drogi. Stałem, przyglądając się zapasom nurków z ciężkimi wężami, aż Junior zbliżył się i rzucił w moją stronę niezbyt oryginalne wyzwisko.

– Bardzo mi przykro z powodu łodzi twojego ojca – powiedziałem, starając się, aby to, co mówię, brzmiało naprawdę szczerze.

Kiedy mnie popchnął, nie byłem zaskoczony. Junior lubi się bić. Nie jest duży, ale twardy i silny. Bójki to jedna z dwóch rzeczy, w których jest dobry.

– Zostaw mnie w spokoju – poprosiłem, na co Junior oczywiście znowu mnie pchnął.

– Twój zwariowany tatusiek zatopił naszą łódź – warknął.

– Powiedziałem, że jest mi przykro.

– Zapłacisz za to, Underwood.

Zazwyczaj staram się uczciwie mówić, co myślę, ale nie byłem w nastroju, żeby zarobić w twarz. A to niewątpliwie zamierzał zrobić Junior, więc starałem się go uspokoić.

– Przyszedłem tu, żeby się dowiedzieć, czy mogę w czymś pomóc – powiedziałem.

– Myślałby kto.

– Słowo.

Jasper uśmiechnął się szyderczo, co jest drugą rzeczą, w której jest dobry. Złapałem się na tym, że studiuję kształt jego głowy, która przypominała superwielki orzech włoski. Jasper obcinał włosy na zapałkę, tak że można było zobaczyć błyszczące guzy i fałdy na jego prawie łysej czaszce. Trzeba przyznać, że wygolona skóra na głowie należy do mało przyjemnych widoków, ale wygolona czaszka Jaspera powodowała, że wyglądał jeszcze bardziej wrednie.

– Tak cię kopnę, Underwood, że zatrzymasz się dopiero w Miami – zagroził mi.

– Nie sądzę.

– Tak, a dlaczego nie, tandeciarzu?

– Ponieważ za chwilę to twój ojciec kopnie ciebie w tyłek – odparłem zgodnie z prawdą.

Dusty Muleman wrzeszczał na syna z drugiej strony basenu portowego. Junior nie słyszał krzyków ojca, ponieważ zajęty był mną, co jeszcze bardziej wkurzyło Dusty'ego. Pokazałem Juniorowi jego tatę, który stał teraz z założonymi rękami, rzucając w naszą stronę groźne spojrzenia.

– Och! – jęknął Junior i zaczął szybko biec w jego stronę. – Tobą zajmę się później – wrzasnął.

Po kilku minutach pojawiła się Abbey i zostaliśmy na przystani aż do momentu, kiedy Coral Queen została wyciągnięta na powierzchnię. Byliśmy zaskoczeni, że akcja ratownicza trwała tak krótko, ale przecież nie było dziur w kadłubie czy innych poważnych usterek, które wymagałyby naprawy. Tata tylko otworzył zawory.

– Skąd ojciec wiedział, że to właśnie statek kasyno spuszcza swoje ścieki? – zapytała Abbey.

– Ponieważ kąpielisko na Pioruńskiej Plaży nie było zamykane przed pojawieniem się łodzi Mulemana. Nigdy wcześniej nie było problemu z gówienkami – powiedziałem.

Cała operacja zgromadziła wielu ciekawskich. Abbey i ja trzymaliśmy się z boku. Nie chcieliśmy swoim widokiem jeszcze bardziej rozwścieczać Dusty'ego Mulemana.

– Co za tandeciarz – mruknęła moja siostra. – Tylko na niego popatrz!

Kiedyś Dusty Muleman, podobnie jak mój ojciec, prowadził wyprawy rybackie. Jego łódka cumowała obok łódki ojca, na małej przystani zwanej przystanią Teda. W lecie, kiedy interes nie szedł najlepiej, Dusty wyjeżdżał do Kolorado i pracował w gospodarstwie agroturystycznym. Zabierał turystów w góry na połowy pstrągów. Pewnego roku, we wrześniu, po powrocie na wyspy, wystawił swoją łódź na sprzedaż. Powiedział mojemu ojcu i innym szyprom, że odziedziczył trochę pieniędzy po krewnym, który zginął w Afryce, przygnieciony przez spanikowane stado słoni. Pamiętam, jak matka z przymrużonymi oczami słuchała tej historii – tak samo patrzy na mnie, kiedy zarzekam się, że solidnie odrobiłem lekcje, a ona wie swoje.

Ojciec powiedział, że jeśli chodzi o Dusty'ego Mulemana, to wszystko jest możliwe, nawet jego pokrewieństwo z nieżyjącym milionerem. Wkrótce po sprzedaniu łodzi rybackiej Dusty kupił Coral Queen, zrobił z niej kasyno i został partnerem Indian Miccosukee. Wszystko to działo się jakieś dwa lata temu, a teraz Dusty był już jednym z najbogatszych ludzi w hrabstwie Monroe albo tylko tak mówił. Jeździł po Highway One w tę i z powrotem swoim nowiutkim czarnym cadillakiem SUV, nosił kolorowe koszule w kwiaty i palił prawdziwe kubańskie cygara. Pokazywał całemu światu, że jest grubą rybą. Ojciec mówił, że Dusty co noc pojawia się w kasynie i osobiście liczy pieniądze.

– Łajba Mulemana będzie jak nowa pewnie już pod koniec tygodnia. O co ojcu chodziło? Jeśli naprawdę chciał coś osiągnąć, powinien ją spalić, całą – powiedziała Abbey.

– Tylko niech ci nie przyjdzie do głowy, żeby mu to zaproponować – odpowiedziałem.

Weszka Peeking mieszkał na osiedlu domków kempingowych i przyczep samochodowych położonym przy starej drodze równoległej do autostrady. Dotarłem tam w porze lunchu, ale Weszka jeszcze spał. Kiedy zaproponowałem, że wrócę później, jego dziewczyna powiedziała, że nie trzeba i że z przyjemnością go obudzi. Była dużą kobietą, miała jasnoblond włosy, a wokół jednego z ramion tatuaż, przedstawiający bransoletę z drutu kolczastego. Mój ojciec opowiadał mi o niej. Prosił, żebym był dla niej bardzo grzeczny.

Dziewczyna zniknęła w korytarzyku i pół minuty później pojawiła się, ciągnąc Weszkę za pasek. Nie wyglądał najlepiej, a pachniał jeszcze gorzej. Czuć było od niego smrodek piwa połączony z wonią niemytego ciała.

– Coś ty za jeden? – zapytał i zapadł się w poduchy starej kanapy.

– Wychodzę do sklepu – oznajmiła dziewczyna Weszki.

– Nie zapomnij o moich papierosach.

– Nawet o tym nie myśl. Obiecałeś, że rzucisz – warknęła.

– Oj, odpuść mi, Shelly.

Kłócili się dobrą chwilę, zachowując się tak, jakby mnie nie było. Udawałem, że podziwiam akwarium pokryte jasnozielonym nalotem, w którym pływała tylko jedna żywa ryba.

Skończyło się na tym, że dziewczyna Weszki powiedziała mu, że jest beznadziejny, wyrwała mu portfel z kieszeni spodni i wyszła. Kiedy się pozbierał, zapytał jeszcze raz, kim jestem.

– Noah Underwood – odpowiedziałem.

– Chłopak Paine'a?

– Tak. Ojciec prosił, żebym się z panem spotkał.

– A o co chodzi?

– O pana Mulemana – odpowiedziałem.

Weszka Peeking wydobył z siebie nieokreślony dźwięk, ni to śmiech, ni to kaszel. Wsunął rękę pod jedną z poduch kanapy, gdzie odnalazł na wpół wypalony i prawie całkowicie zgnieciony papieros. Niedopałek włożył w spierzchnięte usta.

– Nie masz przypadkiem zapałek, co? – zapytał Weszka.

– Nie, proszę pana – odparłem.

Powlókł się do kuchni, po której rozbijał się przez chwilę, aż w końcu wrócił z zapalniczką w dłoni. Podpalił wilgotny koniec papierosa i przez kilka długich minut porządnie się zaciągał, nawet nie spojrzawszy w moim kierunku. Mdliło mnie od dymu, ale nie mogłem wyjść, dopóki nie załatwiłem sprawy. Przez dwa lata, aż do ostatnich świąt, Weszka pracował jako pomocnik na statku kasynie Dusty'ego Mulemana.

– Panie Peeking?! – próbowałem przywołać go do rzeczywistości.

Tak naprawdę na imię miał Charles, ale ojciec mówił, że wszyscy zwracali się do niego Weszka, z oczywistych powodów, już od podstawówki. Nie wyglądało na to, żeby od tego czasu jego nawyki higieniczne bardzo się zmieniły.

– Czego ode mnie chcesz, chłopcze? – odburknął.

– Chodzi o Coral Queen. Mój ojciec mówi, że pan Muleman opróżnia zbiornik ze ściekami wprost do basenu portowego.

Weszka Peeking oparł się o ścianę przyczepy.

– Naprawdę? Dobra, powiedzmy, że ma rację. A co to ma wspólnego z tobą, ze mną czy z ceną ziemniaków?

– Mój ojciec jest w więzieniu – wyjaśniłem – bo próbował zatopić tę łódź.

– Akurat.

– Naprawdę. Myślałem, że już wszyscy wiedzą.

Weszka Peeking zaczął się tak śmiać, że czekałem tylko, aż padnie powalony atakiem astmy. Nie miałem wątpliwości, że najświeższe wiadomości o moim ojcu poprawiły mu nastrój.

– Proszę – powiedziałem – pomoże nam pan?

Przestał się śmiać i zgasił papierosa o blat kuchenny.

– Dlaczego miałbym zrobić coś tak głupiego? Pomóc wam w czym?

Wyjaśniłem mu, że ścieki z toalet kasyna spływają niesione prądem wprost na brzeg Pioruńskiej Plaży.

– To tam, gdzie żółwie składają jaja – dodałem.
– To tam, gdzie chodzą się kąpać wszystkie dzieciaki.

Weszka Peeking wzdrygnął się.

– Dobra, powiedzmy, że się zgodzę. Co z tego będę miał?

Ojciec ostrzegł mnie, że Peeking nie jest przyzwyczajony do robienia czegoś tylko dlatego, że jest to uczciwe i dobre. Przewidział, że może zażądać czegoś w zamian.

– Nie mamy wiele – zacząłem.
– Przestań, bo zaraz się rozpłaczę.

Wiedziałem, że póki ojciec siedzi w więzieniu, w domu będzie krucho z pieniędzmi. Mama pracuje w kancelarii adwokackiej tylko na pół etatu, więc jej zarobki nie są obłędne.

– A może samochód ojca? – zapytałem. – To dodge pikap z '97 roku.

Oddanie półciężarówki było pomysłem ojca.
– Nie, mam czym jeździć – mruknął Weszka Peeking. – Zresztą i tak nie mogę prowadzić, bo zabrali mi prawo jazdy. Co jeszcze możecie zaproponować? Pomyślałem o łódce ojca, ale nie mogłem się na to zdobyć. To była taka świetna, zgrabna sztuka.
– Pogadam z ojcem – odparłem.
– Zrób to.
– Czy może pan obiecać, że pomyśli o naszej propozycji?
– Posłuchaj – powiedział Weszka Peeking – co mnie obchodzą żółwie morskie? Ja się zastanawiam, z czego żyć.

Wskazał mi drzwi i odprowadził do wyjścia. Byłem już na ostatnim schodku przyczepy, kiedy zdobyłem się na odwagę, aby zadać jeszcze jedno pytanie.
– Jak to się stało, że już nie pracuje pan dla Mulemana?
– Ponieważ mnie zwolnił – powiedział Weszka Peeking. – Twój staruszek nie opowiadał ci o tym?
– Nie, proszę pana, nie opowiadał.

Żeby się nie chwiać, Weszka Peeking przytrzymał się futryny. W świetle słońca widać było jego ziemistą twarz, załzawione i zamglone oczy. Wyglądał jak stara, schorowana iguana, chociaż, jak mówił tata, miał tylko dwadzieścia dziewięć lat. Trudno było w to uwierzyć.
– Nie zapytasz, dlaczego mnie zwolnił? – wycedził. – Za kradzież.

– Kradł pan?
– Otóż to.
– Ile? – zapytałem.

Weszka Peeking wyszczerzył się w uśmiechu.

– Nie ukradłem Dusty'emu pieniędzy. Zabrałem mu Shelly.
– Och.
– Co zrobić, potrzebowałem kobiety z wielkim sercem i z ważnym prawem jazdy.
– Wrócę, jak porozmawiam z ojcem – powiedziałem.
– Jak chcesz – mruknął Weszka Peeking. – Ja strzelę sobie piwko.

Mama powtarza, że z ojcem jest jak z dzieckiem, którym trzeba się opiekować, a jest już za duże i zbyt nieobliczalne, aby postawić je do kąta. Czasami, kiedy rodzice się kłócą, matka grozi ojcu, że spakuje rzeczy, zabierze mnie i Abbey z wysp i „zacznie normalne życie". Myślę, że mama kocha ojca, ale go nie rozumie. Natomiast Abbey sądzi, że matka doskonale go rozumie, ale nie może wymyślić, jak sprowadzić go na właściwą drogę.

Kiedy wróciłem z osiedla Weszki, matka kroiła w kuchni cebulę, co oznaczało, że płacze. Nikt w naszej rodzinie nie lubi cebuli i matka tylko wtedy ją kroi, kiedy się martwi. Zawsze może się wytłumaczyć, że płacze cebulowymi łzami.

Wiedziałem, że była dzisiaj u ojca w więzieniu, dlatego zapytałem:
– Jak tata?
Mama nawet na mnie spojrzała.
– Och, po prostu świetnie.
– Jakieś wiadomości?
– A co masz na myśli, Noah?
– No, czy wiadomo, kiedy go wypuszczą.
– Cóż, to zależy tylko od niego – odpowiedziała.
– Zaproponowałam, że wpłacę za niego kaucję, ale okazuje się, że woli siedzieć w ciasnej, zakaraluszonej celi niż w domu, ze swoją rodziną. Może adwokat przemówi mu do rozumu.

Oczywiście nie mogłem powiedzieć mamie, o co ojciec mnie prosił. Gdybym to zrobił, pobiegłaby do więzienia, dosięgła go przez metalowe pręty celi i udusiła.

– Myślisz, że pozwolą mi go znowu odwiedzić? – zapytałem.
– Dlaczego nie? Nie ma tłumu odwiedzających.

Z jej tonu wnioskowałem, że ojciec naprawdę ją rozwścieczył.

– Rozmawiałam z twoją ciotką Sandy i wujkiem Delem. Zaproponowali, że zadzwonią do niego i spróbują z nim pogadać. Powiedziałam, że mogą sobie oszczędzić zachodu.

Ciocia Sandy i wujek Del to rodzeństwo ojca. Mieszkają w Miami Beach – Sandy w eleganckim apartamentowcu, z salą gimnastyczną na ostatnim piętrze; Del w ładnym domu z kortem tenisowym w ogrodzie. Rodzeństwo ojca to w naszym domu drażliwy temat.

Kilka lat po zaginięciu dziadka w Ameryce Południowej rodzeństwo odkryło sporą sumę pieniędzy, przetrzymywaną w depozycie w banku w Hallandale. Nikt nie powiedział ani Abbey, ani mnie, jaka to była kwota, ale myślę, że musiała być znaczna. Pamiętam, że mama rozmawiała o tym z ojcem, zastanawiając się, w jaki sposób kapitan łodzi czarterowej mógł odłożyć taką ilość gotówki. Miała rację, bo żadna ze znanych nam osób, które pracują w tej branży, nigdy się nie wzbogaciła.

Wracając do rzeczy, dziadek Bobby zostawił instrukcję, aby pieniądze zostały równo podzielone między trójkę rodzeństwa – Sandy, Dela i mojego ojca, ale ojciec nie chciał wziąć ani grosza. Mama nigdy się o to nie sprzeczała, co utwierdziło mnie w przekonaniu, że muszą istnieć powody, dla których należy trzymać się z daleka od tej forsy. Ciocia Sandy i wujek Del nie dali się prosić i ochoczo podzielili się częścią ojca. Od tej chwili wiodą bardzo dostatnie życie.

– Chcieli przysłać nam jakiegoś mądralę, prawnika, prosto z Miami, żeby zajął się sprawą ojca – powiedziała mama – ale uznałam, że to niepotrzebne.

– Masz rację, to przecież żadna wielka sprawa.

– Nie to miałam na myśli, Noah. To jest wielka sprawa.

Mama przełożyła pokrojoną cebulę do miseczki, owinęła ją folią spożywczą i wstawiła do lodówki. Później, kiedy będzie w kuchni sama, wyrzuci wszystko do kosza na śmieci.

– Jestem u kresu wytrzymałości, jeśli chodzi o twojego ojca – westchnęła.

– Mamusiu, wszystko się ułoży.

– Dzieci muszą jeść. Kredyt na dom trzeba spłacać – mówiła dalej wzburzona – a on siedzi w więzieniu i opowiada mi o swojej walce w obronie zasad. Jeśli chce być męczennikiem, w porządku, ale nie kosztem rodziny. Nigdy się na to nie zgodzę!

– Wiem, że teraz jest wyjątkowo ciężko – zacząłem, ale uciszyła mnie machnięciem ręki.

– Idź, posprzątaj w pokoju – powiedziała. – Proszę.

Abbey stała na schodach. Położyła palec na ustach i zaprowadziła mnie na koniec korytarza, do sypialni rodziców. Lekko uchyliła drzwi i kiwnięciem głowy pokazała, żebym zajrzał.

W środku, na łóżku leżała otwarta walizka mojej matki. Nie jej wakacyjna walizka, ale ta wielka, w szkocką kratę.

– Ojej – jęknąłem cicho.

Abbey pokiwała głową ze smutkiem.

– Tym razem to nie żarty, Noah. Musimy coś zrobić.

Kiedy pozwolono mi zobaczyć się z ojcem, Coral Queen była już całkowicie osuszona, wypolerowana i na nowo wyposażona. Miałem nadzieję, że ojciec nie zapyta o los statku kasyna, ale zrobił to.

– Niewiarygodne! – zawołał, kiedy powiedziałem mu, że Dusty Muleman wrócił do gry.

– Na łodzi musiało pracować co najmniej dwadzieścia osób – tłumaczyłem.

Ojciec był zdruzgotany.

– Powinienem był wypłynąć dalej i zatopić łódź gdzieś na Hawk's Channel – wymamrotał – albo na Golfsztromie.

Na szczęście byliśmy sami w pokoju. Uznałem, że ojciec przekonał wielkiego policjanta z podwójnym podbródkiem i pozostały personel więzienia, że jest całkowicie nieszkodliwy i właściwie normalny. Był w tym dobry.

– Mama słyszała, że mogą cię przenieść do więzienia na Key West – powiedziałem.

– Już nie – zdradził mi ojciec. – Porucznik mnie polubił. Uczę go gry w szachy.
– To ty umiesz grać w szachy? – zdziwiłem się.
– Cii – uciszył mnie ojciec. – On myśli, że umiem. Ale, jak tam Abbey?
– W porządku.
– Powiedz jej, żeby się trzymała.
– Mówi, że potrzebny ci psychiatra.
Ojciec oparł się wygodnie i zachichotał.
– Moja dziewczynka! Widziałeś Weszkę Peekinga?
Opisałem mu wizytę w przyczepie. Ojciec nie był zaskoczony, że Weszka nie chciał samochodu, tylko pieniędzy w zamian za dostarczenie dowodów przeciwko Dusty'emu Mulemanowi.
– Tato, jak mu zapłacimy, kiedy właśnie...
– Jesteśmy całkowicie spłukani? Doskonałe pytanie – odpowiedział ojciec. – Dowiedz się, czy Weszka zgodzi się wziąć moją łódkę. Jest warta co najmniej dziesięć albo dwanaście tysięcy dolarów.
Po cichu marzyłem, że pewnego dnia dostanę tę łódź. Była to oryginalna Hell's Bay z silnikiem Merca o mocy sześćdziesięciu koni mechanicznych, sama słodycz. Czasami po południu ojciec zabierał Abbey i mnie na ryby. Nawet jeśli lucjany nie czekały na złowienie, to i tak tkwiliśmy na łodzi do zachodu słońca, wierząc, że ujrzymy błysk zieleni na horyzoncie. Błysk zieleni jest legendą wysp Keys – niektórzy w nią wierzą, inni nie. Tata twierdzi, że raz jeden widział zielony błysk, podczas rejsu do Fortu Jefferson. To dlatego na nasze wyprawy zawsze za-

bieramy aparat fotograficzny, na wszelki wypadek. Mamy całą stertę zdjęć z malowniczymi zachodami słońca, ale jeszcze nigdy nie udało nam się uwiecznić błysku zieleni.

– Jesteś przekonany, że chcesz oddać swoją łódkę? – upewniłem się.

– A co mi tam, to najlepsze wyjście z sytuacji – odpowiedział ojciec.

– Chyba masz rację. – Starałem się nie dać po sobie poznać, że jestem rozczarowany.

– Hej, czy spotkałeś sławną Shelly?

– Tak, trochę się jej boję. Weszka powiedział, że ukradł ją Dusty'emu, co miał na myśli?

Jak tylko wypowiedziałem swoje pytanie, zdałem sobie sprawę, że odpowiedź będzie brzmiała: „Dowiesz się, jak będziesz starszy". Ale o dziwo ojciec mnie nie spławił.

– Shelly była drugą albo trzecią żoną Dusty'ego, kolejną po matce Jaspera Juniora – zaczął opowiadać ojciec. Przerwał i chwilę się zastanawiał. – Właściwie to byli tylko zaręczeni, nie byli małżeństwem. Skończyło się tak, że pewnego dnia Shelly miała już po dziurki w nosie Dusty'ego i przeniosła się do Weszki.

Ciekawe, jak musiało wyglądać życie Shelly z Mulemanem, jeśli zdecydowała się na Weszkę?

– Tato, kiedy wrócisz do domu? – zapytałem.

– Po procesie – odparł.

Ojciec planował, że w czasie procesu odkryje całą prawdę o tym, że pływające kasyno Dusty'ego Mulemana zatruwało wody oceanu.

– Ale mama mówi, że możesz wpłacić kaucję, wrócić do domu i tak czy inaczej mieć proces – powiedziałem.

– Nie, muszę zostać w areszcie i pokazać, że jestem całkowicie oddany sprawie. Wiesz, że więzienia na całym świecie wypełnione są ludźmi, którzy wyrzekli się wolności w zamian za wierność swoim przekonaniom. Zrezygnowali ze wszystkiego. Taki Nelson Mandela – perorował ojciec – przesiedział w więzieniu w RPA dwadzieścia siedem lat. Dwadzieścia siedem lat, Noah! Kilka tygodni to nic w porównaniu z tym.

– Ale mama tęskni za tobą – przerwałem mu.

To wyraźnie zbiło go z pantałyku, uciekł wzrokiem w bok.

– To wielkie poświęcenie, zdaję sobie z tego sprawę. Chciałbym, żeby to nie było konieczne – zakończył swoje przemówienie.

Nie powiedziałem o mamie i o walizce w szkocką kratę, która z powrotem wylądowała na półce. Dzisiaj rano zajrzałem do garderoby w sypialni rodziców – ubrania mamy nadal wisiały na wieszakach. Ojca również.

Kiedy podniosłem się z krzesła, żeby wyjść, tata się ożywił.

– Odwiedzi was dziennikarz z „Island Examiner". Czy będziesz mógł z nim porozmawiać? – zapytał.

– O czym?

– O mojej sytuacji.

– Aha. Jasne.

Jego sytuacji! Czasami wydaje mi się, że ojciec mieszka na własnej, dziwacznej planecie.

Lipcowe dni są bardzo długie i podobne do siebie. Starałem się nie patrzeć w kalendarz, bo nie chciałem widzieć, jak szybko mijają wakacje. Sierpień zbliżał się dużymi krokami, a to na Florydzie oznacza powrót do szkoły.

Letnie, lipcowe poranki są zazwyczaj słoneczne i bezwietrzne. Ale już wczesnym popołudniem wielkie, gotujące się chmury burzowe zaczynają pojawiać się nad Everglades i pogoda gwałtownie się psuje. Lubię obserwować burzowe niebo nad Zatoką Florydzką – wygląda jak kurtyna z purpurowej piany. Kiedy jesteś na oceanie, burza może cię zaskoczyć, zakradając się od tyłu. To często zdarza się turystom.

Deszcz lunął na nas, kiedy po lunchu wraz z Thomem i Rado maszerowaliśmy na Pioruńską Plażę. Ukucnęliśmy pod mangrowcami, trzymając deskorolki nad głowami, aby uniknąć strug zacinających prosto w oczy. Na szczęście najgorsza część burzy nie trwała dłużej niż pół godziny. Potem wiatr zmalał i jedynym dźwiękiem był odgłos miękkiej, usypiającej mżawki.

Wyczołgaliśmy się spod drzew i strzepaliśmy liście z ramion. Błyskawice wypłoszyły wszystkich z plaży. Byliśmy sami.

Zanim zaczęliśmy iść w kierunku wody, dokładnie obejrzeliśmy wybrzeże, szukając ostrzeżeń przed zanieczyszczeniem kąpieliska. Za każdym razem, kiedy biolodzy z sanepidu odnajdywali w próbkach za dużo bakterii, umieszczali na plaży słupki z napisem NIEBEZPIECZEŃSTWO!, co oznaczało zakaz kąpieli, łowienia ryb, zakaz wszystkiego. Tylko prawdziwy głąb mógłby wejść do wody pomimo zakazu.

Byłem bardzo zadowolony, kiedy okazało się, że woda jest czysta, a jeszcze bardziej, kiedy zauważyłem żółwia morskiego, który wypłynął na powierzchnię. Cała nasza trójka znieruchomiała. Myśleliśmy, że żółw będzie chciał wyjść na plażę, żeby złożyć jaja, choć było to mało prawdopodobne, bo zazwyczaj robią to po zmroku. Żółwie morskie mają kiepski wzrok, dlatego byliśmy pewni, że jeszcze nas nie zauważył, ale nie podpłynął bliżej.

Jeśli zdecydowałby się wyjść na brzeg i wykopać gniazdo, nie przeszkadzalibyśmy. Na Keys właściwie nie ma piaszczystych plaż, takich jak na wybrzeżu, w Pompano czy w Vero. Nasze wyspy zbudowane są z twardego koralowca, zatem żółwia mamusia nie ma wielkiego wyboru. Nie można jej przeszkadzać, zresztą żółwie morskie są pod ochroną.

Kiedy żółw odpłynął, wskoczyliśmy do wody i wygłupialiśmy się aż do momentu, kiedy Thom zranił sobie kostkę na stłuczonej butelce po piwie, zagrzebanej w piaszczystym dnie. Rado i ja pomogliśmy mu doskakać do brzegu, gdzie obwiązaliśmy mu ranę, używając jego własnej bluzy, z logo drużyny futbolowej Dolphins. Rado zabrał Thoma do domu, a ja pojechałem na deskorolce do przyczepy Weszki Peekinga.

Nikt nie odpowiedział na moje pukanie i właśnie schodziłem ze schodów, kiedy nagle zza przyczepy wyszła Shelly. Przestraszyła mnie nie na żarty. Była na bosaka i niosła długi, zardzewiały szpadel.

– Czego chcesz tym razem? – zapytała.

Miała na sobie dżinsy z obciętymi nogawkami i koszulkę na ramiączkach, która odsłaniała wytatuowany drut kolczasty.

– Muszę jeszcze raz porozmawiać z panem Peekingiem – powiedziałem.

– Cóż, obawiam się, że jest nieobecny.

– W porządku. Przyjdę innym razem.

Shelly zauważyła, że gapię się na szpadel. Roześmiała się i rzuciła:

– Nie przejmuj się, nie zakopuję tu Weszki, tylko wczorajszy obiad.

Przytaknąłem, jakbym sam codziennie zakopywał resztki z obiadu na podwórku.

– Skorupy po homarze – wyjaśniła. – Nie chcę, żeby ktoś je zobaczył w śmietniku. Teraz nie wolno ich łowić. Zaraz jakiś ciekawski sąsiad wezwałby zieloną policję i „halo, Houston, mamy problem".

Niektórzy mieszkańcy wysp kłusowali na homary w miesiącach, w których ich połów był zakazany.

Ale widocznie nie było to straszne przestępstwo, bo nawet mój ojciec zbytnio się tym nie przejmował.

– Dlaczego chcesz rozmawiać z Weszką? – zapytała Shelly.

– To sprawa pomiędzy nim a moim ojcem – odpowiedziałem.

Była dużo wyższa ode mnie, na tyle, że musiałem zadrzeć głowę, żeby zobaczyć wyraz jej twarzy. Uśmiechała się.

– Bardzo ważne sprawy, he?

– Tak, proszę pani.

– Wejdź do środka, napijemy się czegoś.

– Nie, dziękuję. Jestem cały przemoczony.

– Tak jak Weszka – zaśmiała się – ale on od wewnątrz.

Szarpnęła drzwi i wszedłem za nią do przyczepy. Weszka Peeking leżał nieruchomo na niebieskim włochatym dywanie, twarzą do ziemi. Nie zauważyłem krwi, co sprawiło mi ulgę, ale też nie słyszałem, żeby oddychał.

– O, nie przejmuj się. Nie jest martwy – oznajmiła Shelly i kopnęła Weszkę między żebra. Zaczął chrapać.

– No widzisz. Powiedz raz jeszcze, jak się nazywasz.

– Noah Underwood.

– Jesteś starszym dzieckiem Paine'a.

– To prawda – odpowiedziałem.

Shelly rzuciła mi colę z zamrażalnika i powiedziała:

– Ciekawy przypadek, ten twój ojciec.

Zabrzmiało to jak komplement. Wyżłopałem colę w jakieś trzydzieści sekund, jednocześnie kierując się w stronę drzwi. Perfumy Shelly powodowały, że kręciło mi się w głowie. Pachniała jak torba mandarynek.

Usiadła na trzcinowym taborecie i pokazała mi, żebym zrobił to samo, ale nie skorzystałem. Nie byłem pewien, co się stanie, kiedy Weszka Peeking się przebudzi, i chciałem być gotowy do ucieczki.

– Znam Paine'a jeszcze z czasów, kiedy razem z Dustym urządzali rejsy czarterowe dla wędkarzy. Zawsze był dżentelmenem – twój ojciec, nie Dusty.

– Tak, proszę pani.

– Dlaczego jesteś taki spłoszony, Noah?

Nie mogłem się przyznać, że to przez nią. Cała Shelly – od stóp do głów – była dwa razy większa niż moja mama.

– Spóźnię się na lekcję skrzypiec.

To była żałosna wymówka, bo nawet nie mieliśmy skrzypiec. Tylko Abbey ma lekcje pianina na przenośnym keyboardzie, który ojciec kupił w komisie na Key Largo.

– O, Noah – uśmiechnęła się Shelly – przecież to nieprawda.

– Tak, proszę pani, przepraszam.

– Proszę, nie wyrośnij na faceta, który kłamie dla sportu – ciągnęła – choć większość mężczyzn tak postępuje. To fakt. – Shelly mówiła to, patrząc na leżącego Weszkę Peekinga i nie był to wzrok pełen uwielbienia. – To dlatego na świecie panuje taki bałagan, Noah. To dlatego podręczniki do historii pełne są nieszczęść i tragedii. Politycy, dyktatorzy, królowie, kaznodzieje, większość z nich to mężczyźni i większość z nich kłamie jak z nut. Nie waż się być taki, kiedy dorośniesz.

Na początku sądziłem, że sobie ze mnie żartuje, dopiero po chwili zdałem sobie sprawę, że mówiła poważnie.

– Twój ojciec nie pije, prawda? To zadziwiające – powiedziała Shelly.

Tutaj na Keys to rzeczywiście było dziwne. Ludzie, którzy nie znają mojego ojca, z góry zakładali, że musiał być pijany, wyprawiając swoje szaleństwa, a przecież nie był. Nigdy nie tknął ani kropli alkoholu, nawet w sylwestra. To nie miało nic wspólnego z przekonaniami religijnymi, alkohol mu po prostu nie smakował.

– Dlaczego nie mogę znaleźć takiego faceta? – zapytała Shelly przyciszonym głosem.

Nie mogłem jej w tym pomóc, ale zauważyłem, że używa głowy Weszki Peekinga jako podnóżka. Chyba mu to nie przeszkadzało. Nadal chrapał.

– Chodzisz do podstawówki? – zapytała. – Tak? To musisz znać Jaspera Juniora.

– O, tak – odpowiedziałem.

– Czy ten chłopak jest nadal wredny jak grzechotnik?

– Jest jeszcze gorszy – odparłem uczciwie.

Shelly pokręciła głową

– Był już taki, kiedy osiągnął metr wzrostu. Prawdę mówiąc, nie spodziewam się niczego dobrego po tym egzemplarzu.

To, że wspomniała Juniora, przypomniało mi, co ojciec powiedział mi o Shelly i Dustym Mulemanie. O tym, że miała go tak dosyć, że się od niego wyprowadziła. Postanowiłem sprawdzić, czy jej uczucia się nie zmieniły.

– Czy pracowała pani na Coral Queen? – zapytałem.

– Prawie przez trzy lata – odpowiedziała Shelly.

– To była fajna praca?

Przewróciła oczami.

– Praca za barem?! Beczka śmiechu. I jaki prestiż! Nie wygłupiaj się. Mów, o co chodzi.

– O nic. Przysięgam.

– Gadaj zdrów.

Shelly była bardzo bystra, nie dała sobie wciskać kitu. Postanowiłem mówić wprost.

– A słyszała pani o czymś podejrzanym, o czymś, co dzieje się na łodzi?

– O czym podejrzanym?

– Na przykład o spuszczaniu ścieków do basenu portowego.

Roześmiała się w szczególny sposób – brzmiało to zarazem szyderczo i gorzko.

– Kochanie – wymruczała – jedyne ścieki, jakie kiedykolwiek widziałam, to ścieki rodzaju ludzkiego. To właśnie nazywam minusem mojej pracy.

– Aha.

– To ma coś wspólnego z twoim staruszkiem, prawda? Z próbą zatopienia łodzi Mulemana?
– Może.
Ledwie zamknąłem usta, a już poczułem, jak głupio to brzmi. „Może" prawie zawsze oznacza „tak".
– W porządku. Posłuchajmy całej historii.
Shelly nachyliła głowę, przykładając do ucha dłoń, na której było z pięć srebrnych pierścionków.
– No, Noah. Słucham.
W żadnym wypadku nie zamierzałem się ugiąć i wypaplać wszystkiego, choć Shelly była profesjonalistką w wytrząsaniu prawdy z facetów, którzy byli dużo więksi i silniejsi ode mnie.
I właśnie w tym momencie Weszka Peeking przyszedł mi na ratunek. Przestał chrapać, przerzucił się na bok i otworzył jedno zapuchnięte, czerwone oko. Shelly walnęła go piętami.
– Podnieś się, żałosny worku fasoli, zanim ustawię ci na głowie to obślizgłe akwarium!
Nie czekałem, żeby sprawdzić, czy mówiła poważnie.

Nazajutrz rano samochód adwokata ojca zaparkował przed naszym domem. Pan Shine wygląda, jakby miał tysiąc lat, ale mama twierdzi, że świetnie radzi sobie w sądzie. Już dwukrotnie korzystała z jego pomocy przy okazji wcześniejszych wpadek ojca.

Pan Shine położył swoją aktówkę na kuchennym stole i usiadł. Miał opadające powieki i wyglądał na znudzonego i nieszczęśliwego. Abbey powiedziała kiedyś, że przypomina jej Kłapouchego z *Kubusia Puchatka*.

Mama zaparzyła dzbanek kawy i dała nam do zrozumienia, że powinniśmy zostawić ich samych. Abbey wyjęła bajgla z tostera i pobiegła grać na komputerze. Ja zabrałem z garażu mój spinning i pojechałem na rowerze do zwodzonego mostu, nad Snake Creek.

Policja nie pozwala łowić z samego mostu, bo ruch jest zbyt duży, ale można zejść na dół i zarzucać z zacienionego miejsca, stojąc na workach z piaskiem. Czasami pod mostem śpią bezdomni, ale nie sprawiają nikomu kłopotu. Kiedy ostatnio tu byłem, jakaś kobieta w wojskowej kurtce urządziła sobie wysoko na brzegu mały obóz, tuż pod betonowymi filarami. Rozpaliła nawet ognisko, paląc w nim drewnianymi deskami z uszkodzonych pułapek na kraby. Podarowałem jej ładnego lucjana, którego złapałem, a ona w ciągu pięciu minut oczyściła rybę i położyła na ogniu. Powiedziała, że to był jej najlepszy posiłek w tym roku. Następnego dnia wróciłem z Abbey. Przywieźliśmy chleb domowej roboty i pół kilograma świeżutkich krewetek, ale kobiety w wojskowej kurtce już nie było. Nawet nie zdążyłem zapytać, jak miała na imię.

Tego dnia, kiedy mama rozmawiała z panem Shine'em, byłem sam pod mostem nad Snake Creek. Nadchodził przypływ i ławice małych cefali unosiły się w stojącej wodzie, tuż za filarami. Co chwila jakaś ryba wyskakiwała nad wodą, starając się uciec przed większą sztuką, która poszukiwała lunchu. Rzuciłem białym jigiem i już po chwili złowiłem małego tarpona – nie miał nawet pięciu kilo. Potem złapało się coś ciężkiego, pewnie żuchwik, który przepłynął kilka metrów i zerwał żyłkę.

Kiedy próbowałem zmienić przynętę, usłyszałem warkot silnika. To była mała, może czterometrowa łódka, idąca na silniku wzdłuż Snake Creek. Siedziały w niej dwie osoby, jedną z nich był Jasper Junior, drugą – starszy od nas chłopak, Baran.

Od razu mnie zauważyli. Powinienem był się zmyć, ale wędkowanie tutaj, pod mostem, sprawiało mi taką frajdę, że nie chciałem przerywać. Położyłem spinning i obserwowałem, jak Jasper Junior kieruje łódkę na płyciznę.

Baran stał na dziobie. Wyskoczył pierwszy i przełożył linę wokół jednego z filarów mostu. Jest masywnym chłopakiem, ale to nie wadze zawdzięcza swoje przezwisko. Ludzie mówią na niego Baran, ponieważ opowiada takie bzdety, że trudno uwierzyć w to, co mówi. Na przykład powiedział, że rzuca szkołę, bo dostał się do trzecioligowej drużyny bejsbolowej Baltimore Orioles. W wieku lat szesnastu! Wszyscy wiedzą, że Baran nie złapałby piłki lądującej mu na kolanach. Nie zdziwiliśmy się, widząc go wiosną w sklepie Winn-Dixie, gdzie pakował zakupy.

Baran przywiązał łódkę, po czym zawołał do mnie:

– Hej, gnojku, lepiej uciekaj. Jasper ma kuszę!

– Akurat.

Jasper Junior wyskoczył z łódki. Widziałem, że nie ma kuszy ani żadnej innej broni. Ale i w takim przypadku ucieczka byłaby doskonałym wyjściem z sytuacji. Tylko jakoś nie chciało mi się zwiewać.

Jasper Junior podszedł i zapytał:

– Na co się gapisz?

– Absolutnie na nic – odpowiedziałem z poważną miną.

– Ostrzegałem, że cię jeszcze dopadnę, co nie?

Wiedziałem, że Jasper nie szukał mnie nad Snake Creek. Płynęli z Baranem kłusować na homary albo coś zbroić. Dalej ciągnąłem grę.

– No to mnie znalazłeś. I co teraz? – zapytałem.

I właśnie wtedy walnął mnie w prawe oko. Zabolało. Jasper zdziwił się, że nie upadłem. Baran też był zaskoczony.

– Jak na gnojka, to masz twardy łeb – stwierdził.

Po tym, jak pulsował mój policzek, rozpoznałem, że dłoń Juniora też ucierpiała. Starał się udawać twardziela, ale zobaczyłem, że oczy zwilgotniały mu z bólu. Pewnie mógłbym go znokautować, ale nie zrobiłem tego.

Mój ojciec jest dużym, bardzo silnym mężczyzną, ale mówi, że bicie jest dla tych, którzy nie potrafią wygrać, posługując się rozumem. Mówi też, że czasami nie ma innego wyjścia i trzeba się bronić przed najzwyklejszym kretynem. Jeśli Jasper Junior uderzyłby mnie raz jeszcze, na pewno bym mu oddał. Potem Baran zrobiłby ze mnie miazgę i sprawa by się zakończyła.

Ale Jasper Junior mnie nie uderzył. Zamiast tego splunął mi w twarz, co w jakimś sensie było jeszcze gorsze.

Zmusił się do śmiechu, obrzucił mnie kilkoma wyzwiskami i ruszył do łódki. Idąc, machał ręką, którą mnie uderzył, tak jakby przyczepił się do niej krab albo jakby wsadził ją w pułapkę na myszy. Baran szedł tuż za nim, rechocząc jak żaba. Wsiedli do łódki, Jasper szarpnął linkę silnika, a Baran sterował z dziobu.

Podciągnąłem dół koszuli i starłem ślinę z twarzy. Następnie chwyciłem spinning i wycelowałem.

Przynęta, na którą dzisiaj łowiłem, waży około siedemdziesięciu gramów i nie wydaje się ciężka, dopóki nie dostaniesz nią pomiędzy łopatki, a właśnie tam trafiłem Jaspera. To był cudowny rzut, muszę przyznać. Haczyk przynęty wplątał się w siatkę starej koszulki do koszykówki i Junior zawył z bólu. Mocno zaciąłem i Junior zawył raz jeszcze.

Spanikowany dodał gazu i choć łódka nabrała prędkości, Jasper Junior nadal wił się na końcu mojej żyłki jak węgorz. Krzyczał na Barana, by ten go odciął, ale nie było mi żal sprzętu. Dopiąłem swego.

W końcu Baran odnalazł nóż i zaczął gramolić się na rufę, co niestety okazało się kolosalnym błędem. Baran, Jasper Junior i silnik stanowili za duże obciążenie – rufa przechyliła się i łódka zaczęła nabierać wody.

Zaledwie Baran sięgnął, żeby odciąć żyłkę, silnik zadławił się i umilkł. Szmaragdowa woda Snake Creek zaczęła wlewać się przez pawęż, ale załoga łódki nie reagowała. Jasper wrzeszczał na Barana, Baran na Jaspera, a łódź wciąż nabierała wody. Silnik był już właściwie zatopiony, dziób powoli unosił się w górę, prosto w niebo, co oznaczało, że za chwilę łódka wywróci się dnem do góry.

Baran pierwszy wskoczył do wody, Jasper Junior zaraz po nim. Jak wariaci zaczęli płynąć w kierunku mostu, całą drogę przeklinając. Narobili takiego harmidru, że ławice cefali uciekały w popłochu. Wiedziałem, że dzisiaj nie będzie już łowienia. Zwinąłem żyłkę i zacząłem wspinać się na wzgórze, w kierunku autostrady.

– Że co zrobiłeś? – zapytała Abbey, kiedy zrelacjonowałem jej przebieg wydarzeń. – O rany, jesteś tak samo stuknięty jak ojciec.
– Nie zatopiłem ich głupiej łódki. Sami to zrobili.
– Jak tak dalej pójdzie, to wkrótce będziemy zmuszeni uciec z miasta. Mama wystawi dom na sprzedaż – wymamrotała Abbey z irytacją.
– Jasper mnie opluł – broniłem się.
– A co z twoim okiem?
– To też jego zasługa.
Po dokładnych oględzinach Abbey zaczęła zachowywać się nieco bardziej współczująco.
– Nie powinieneś chodzić nigdzie bez Thoma albo Rado – poradziła mi.
Oczywiście był to rozsądny pomysł, sęk w tym, że Thom z rodziną wyjechał na całe wakacje do Północnej Karoliny, a Rado – pod namiot do Kolorado razem z matką i ojczymem. Thom i Rado byli moimi najlepszymi przyjaciółmi i bez nich byłem zdany tylko na siebie.
Mama weszła do sypialni i pierwszą rzeczą, jaką zauważyła, było moje podbite oko. Opowiedziałem jej całą historię, a Abbey stała obok i przytakiwała.

Matka naprawdę się rozzłościła, ale ubłagałem ją, żeby nie dzwoniła do Dusty'ego Mulemana i nie mówiła, co zrobił Junior.

– To tylko pogorszy sprawę – wyjaśniłem.

– A co może być gorszego od uderzenia w oko i oplucia? – zapytała.

– Wiele rzeczy. Uwierz mi, mamo.

– Noah ma rację – poparła mnie Abbey.

– Porozmawiamy o tym później – powiedziała matka przez zaciśnięte zęby, co oznaczało, że jest wzburzona.

– Noah, proszę, idź i umyj się. W salonie czeka pan, który chce z tobą porozmawiać.

– Kto to jest? – zapytałem. – Ktoś z policji?

– Nie, z gazety – oznajmiła matka tak, że zabrzmiało to jeszcze gorzej niż policja. – Twój ojciec wpadł na pomysł, że cudownie będzie, jeśli ktoś napisze o nim artykuł. Przysłał tutaj dziennikarza, żeby zrobił z tobą wywiad.

– Chyba żartujesz! – Abbey przewróciła oczami.

– Chciałabym – westchnęła matka. – Pośpiesz się, Noah, i włóż czystą koszulę, proszę. Nie chcę, żebyś wyglądał jak nieletni przestępca.

– To powinnaś podmalować jego siniak – podsunęła Abbey.

– Co to, to nie! – zaprotestowałem.

Niestety, za późno.

Dziennikarz nazywał się Miles Umlatt. Był chudzielcem, miał plamy na skórze i pomarszczony nos.

Mama usadowiła go na kanapie, żeby mógł postawić dyktafon blisko siebie, na stoliku do kawy. Na kolanach miał notatnik z żółtymi liniowanymi stronami, pełnymi jakichś zapisków.

Ja usiadłem w fotelu z wysokim oparciem, na którym zazwyczaj siada ojciec. Mama nałożyła trochę pudru na moje zsiniałe oko i najwyraźniej zrobiła to bardzo dobrze, bo Miles Umlatt niczego nie zauważył. Na początku zapytał mnie, w której jestem klasie, czym się interesuję, czy mam psa albo kota – zwyczajne rzeczy. Starał się być miły, ale widać było, że grzecznościowe rozmówki to dla niego prawdziwa katorga. Po prostu marzył, aby przejść do pikantnych kawałków.

– Wiem, że odwiedzałeś ojca w więzieniu – zapytał w końcu. – To musiało być trudne przeżycie.

– Niezupełnie – starałem się udawać znudzonego i wyluzowanego.

– No tak, przecież nie po raz pierwszy twój ojciec ma zatargi z prawem.

– Ma pan rację, proszę pana – odpowiedziałem.

– A co pamiętasz z poprzednich wypadków?

Wzruszyłem ramionami. To niesamowite, że mama zostawiła mnie sam na sam z tym facetem. Wiedziałem, że krząta się gdzieś w pobliżu, ale teraz mogłem powiedzieć wszystko, co chciałem.

– Znalazłem jakieś wycinki na temat rodziny Carmichaelów – powiedział Miles Umlatt. Pokazał mi kserokopie.

– To było dawno temu – odpowiedziałem.

– Minęły tylko trzy lata.

– Jest pan pewien? – zapytałem, choć wydawało mi się, że to zupełnie możliwe.

Oto co opowiedział mi ojciec. Carmichaelowie przyjechali na wyspy Keys dwunastometrowym krążownikiem kempingowym aż z Michigan. Byli skąpi, więc nie zaparkowali na kempingu, a w pobliżu Highway One, blisko mostu Indian Key Bridge. Stali tam trzy noce. I nie wzbudziłoby to sensacji, gdyby nie sposób, w jaki traktowali swoje psy – mieli dwa czekoladowe labradory, które podróżowały razem z nimi.

Mój ojciec właśnie prowadził czarter na tarpony, kiedy zauważył Carmichaela, bijącego psy grubym sznurem. Pewnie psy załatwiły się w jego luksusowym winnebago albo coś w tym rodzaju. W każdym razie – wyły, skomlały i starały się wyrwać, ale pani Carmichael, o rozmiarach wielkiego wieloryba, stała na smyczach, żeby pan Carmichael mógł je bić.

Kiedy ojciec zobaczył tę scenę, po prostu wpadł w szał. Przybił do plaży, chwycił osękę, używaną do polowania na tarpony, i przebił wszystkie opony (było ich osiem) w wielkim karawanie Carmichaelów. Potem wsadził labradory na swoją łódkę i popłynął na ryby.

Policjanci z biura szeryfa czekali na niego na przystani, do której przybił wieczorem. Ojciec, jak zawsze, od razu złożył zeznania, ale nie przeprosił. Nie powiedział również, co zrobił z psami, ponieważ wiedział, że będą bezpieczne z dala od Carmichaelów.

Wtedy spędził w więzieniu dwie noce, zanim pozwolił matce wpłacić kaucję. W rezultacie przyznał się do wandalizmu i porwania psów. Zgodził się zapłacić zarówno za opony, jak i za psy. Później dowiedzieliśmy się, że ojciec nie zapłacił ani centa, bo Carmichaelowie nie wrócili na Keys na rozprawę. Napisali do sędziego, że ojciec jest niebezpiecznym wariatem i boją się przebywać razem z nim w tym samym hrabstwie, co było bzdurą.

Mój ojciec był zdania, że gra warta była świeczki, bo udało mu się przegonić „szumowiny torturujące szczeniaki". Nazwał to „przysługą dla społeczeństwa". Dwa czekoladowe labradory zamieszkały u naszych przyjaciół, miłych ludzi, którzy prowadzili restaurację w Marathon.

Wysłuchałem raz jeszcze tej samej historii, opowiedzianej tym razem przez pana Milesa Umlatta.

– Ojciec po prostu stracił cierpliwość – skomentowałem, kiedy skończył. – Ci ludzie postąpili źle. Prawo nie pozwala na takie traktowanie zwierząt.

Miles Umlatt robił notatki, co mnie trochę zaniepokoiło. Tak samo jak zielona lampka pracującego dyktafonu.

– Ojciec musi tylko popracować nad samokontrolą – dodałem.

– Czy boisz się ojca?

Wybuchnąłem śmiechem, bo pytanie było wyjątkowo nietrafione.

– Bać się ojca? Mówi pan poważnie?

– No cóż, Noah, musisz przyznać, że jest nieobliczalny. Nieprzewidywalny, mam na myśli – uzupełnił Miles Umlatt.

Doskonale wiedziałem, co znaczy słowo „nieobliczalny".

– Ojciec nie skrzywdziłby muchy – stwierdziłem stanowczo.

– Ale czy skrzywdziłby człowieka, który skrzywdził muchę?

Wtedy właśnie wtargnęła mama, żeby dolać panu Umlattowi kawy. Myślę, że dolanie kawy było tylko pretekstem do przerwania rozmowy.

– Jak idzie, panowie? – zapytała.

– Bez problemu, pani Underwood – powiedział Miles Umlatt. – Noah jest bystrym młodym człowiekiem.

Ale obciach – pomyślałem. Miałem ochotę demonstracyjnie wsadzić sobie palce głęboko do gardła Mama przywołała swój sztucznie grzeczny uśmiech i powiedziała:

– Tak, jesteśmy z niego bardzo dumni.

Trochę z nami posiedziała, prowadząc grzecznościową rozmowę, aż wywołał ją dzwoniący w kuchni telefon. Ledwie zostaliśmy sami, Miles Umlatt pochylił się w moim kierunku i zapytał:

– Noah, a co mógłbyś mi powiedzieć o wydarzeniu z Derekiem Maysem.

– Niewiele.

Nie byłem pewien, czy zna całą historię. Wszyscy w Upper Keys ją znali. Czego nie wiedział, mógł wyciągnąć z dokumentów Straży Przybrzeżnej.

– Derek twierdzi, że bał się o swoje życie – zaczął pan Umlatt.

– Może po prostu bał się, że prawda wyjdzie na jaw?

Oto relacja mojego ojca: był na rybach z dwoma lekarzami z New Jersey, kiedy zauważył, jak Derek Mays rozrzuca swoją kłusowniczą sieć w pobliżu wyspy Little Rabbit Key.

Na Florydzie został wprowadzony zakaz używania takiej sieci, ponieważ zabijała ona wszystko, co się w nią wplątało – nie tylko niewielkie ryby, ale rekiny, tarpony, żółwie, żuchwiki, karmazyny – cokolwiek by ci przyszło do głowy. Co więcej, wyspa, w pobliżu której kłusował Derek, znajduje się na terenie rezerwatu przyrody – Everglades National Park, obszaru objętego całkowitą ochroną.

Na widok ojca Derek zaczął szybko ściągać sieć i uciekać. Łódka taty jest superszybka, więc dogonienie kłusownika nie zajęło mu wiele czasu. Derek nie chciał się zatrzymać, więc ojciec po prostu przeskoczył do jego łodzi. Pogoń zamieniła się w turniej zapasów, a potem nawet w coś gorszego. Kiedy w końcu pojawili się strażnicy z rezerwatu, Derek leżał owinięty własną siecią, jak wielki, głupi cefal.

Najgorsze było to, że guzik Derekowi zrobili, bo strażnicy nie złapali go na gorącym uczynku. Natomiast ojciec został oskarżony o napaść, czy coś podobnego, co więcej, władze odebrały mu licencję kapitańską, ponieważ stwierdzono, że naraził życie klientów, goniąc za Derekiem. Dwaj lekarze, którzy znajdowali się w łódce ojca, utrzymywali, że nigdy w życiu tak dobrze się nie bawili, ale dla Straży Przybrzeżnej nie miało to znaczenia.

I dlatego tata zaczął pracować jako taksówkarz.

– Wydaje się, że każdy z tych epizodów rozgrywa się według tego samego scenariusza, nie sądzisz? – zapytał Miles Umlatt.

– To się nie zdarza codziennie – sprostowałem.

Facet zaczął działać mi na nerwy. Byłem trochę zły na ojca, że to mnie wyznaczył do rozmowy z dziennikarzem. Z drugiej strony wiedziałem, że poprosił mnie, bo mama się nie zgodziła.

– Porozmawiajmy o tym, co wydarzyło się na Coral Queen – zaproponował Miles Umlatt i monotonnym głosem opowiedział kolejną przygodę taty. Podobno Dusty Muleman zaprzeczył, jakoby wylewał ścieki ze swojego statku kasyna, co mnie nie zaskoczyło. Dlaczego miałby się przyznać do przestępstwa?

– Zagroził, że wytoczy twojemu ojcu proces o zniesławienie – powiedział Umlatt.

– A co to takiego?
– Mówienie o kimś czegoś, co nie jest prawdą.
– Mój ojciec nie kłamie – odpowiedziałem. – Pozwala sobie na szaleństwa, ale zawsze mówi prawdę.
– Czy jesteś z niego dumny?

To było podchwytliwe pytanie. Nie byłem dumny z tego, że mój ojciec siedzi w więzieniu, ale wiedziałem, że jest dobrym człowiekiem. Nawet wówczas, kiedy traci panowanie nad sobą, daje się ponieść emocjom, to przynajmniej walczy o coś, co jest bliskie jego sercu. Wiele osób odwraca się plecami, ludzie udają, że niczego nie widzą, udają, że wszystko gra. A przecież nie gra.

– Jestem dumny z mojego ojca – powiedziałem Milesowi Umlattowi. – Jestem dumny z mojego ojca, ponieważ walczy o to, w co wierzy. Ale, tak jak powiedziałem, czasami posuwa się za daleko.

Miles Umlatt zapisał każde moje słowo.

– Twój ojciec powiedział, że uważa siebie za więźnia politycznego. Zgodzisz się z tym?

„Więzień polityczny" – pomyślałem. Mógłby sobie odpuścić, teraz byłem już pewien, że matka nie podsłuchuje, bo gdyby to robiła, po tych słowach wybuchłaby jak bomba.

– Nie znam się na polityce – zacząłem ostrożnie – ale ojciec niewątpliwie jest więźniem.

Okazało się, że Miles Umlatt uznał tę odpowiedź za wyjątkowo zabawną. Zapisał moje słowa, zamknął notatnik i wyłączył dyktafon.

– Dziękuję ci, Noah. To było doskonałe – podsumował.

Następnie uścisnął mi rękę i wybiegł frontowymi drzwiami.

Moja mama nadal rozmawiała w kuchni przez telefon. Kiedy wszedłem do kuchni po ciastka, podniosła kciuk do góry, by wyrazić aprobatę. Po drodze do swojego pokoju zatrzymałem się za drzwiami sypialni Abbey i wytężyłem słuch. Nie przesłyszałem się, Abbey płakała, co mnie zaniepokoiło, bo moja siostra rzadko płacze.

Otworzyłem drzwi, żeby sprawdzić, o co chodzi. Siedziała na krawędzi łóżka z pudełkiem chusteczek na kolanach, obok leżała sterta zużytych. Była naprawdę czymś zmartwiona, bo nie wydarła się na mnie, że nie zapukałem przed wejściem.

– Co się dzieje? – zapytałem.

– Chodzi o mamę – powiedziała, pociągając nosem.

– Właśnie ją widziałem. Wyglądała normalnie.

Abbey pokręciła przecząco głową.

– Ten adwokat, pan Shine – próbowała łapać oddech pomiędzy spazmami płaczu.

– Co z nim? Nie weźmie sprawy ojca?

– G-g-g gorzej – zacinała się Abbey – słyszałam, jak mama pytała go...

Tutaj przerwała, żeby wyjąć kolejną chusteczkę i wytrzeć nią oczy.

– Pytała go o co? – zacząłem się niecierpliwić.

– Nie wiedziała, że stoję za drzwiami.

– Abbey, w porządku. Uspokój się, dobrze?
– Dobrze.

Wyprostowała się, przełknęła ślinę i przez moment wyglądała jak dobrze mi znana odważna siostra.

– Teraz powiedz mi, o co mama pytała pana Shine'a.

– Chodzi o to słowo na „r" – wyszeptała.

– Rozwód?

Abbey przytaknęła. Jej dolna warga zaczęła się trząść, a ramiona opadły. Usiadłem obok niej na łóżku i objąłem, starając się udawać, że jestem silniejszy, niż byłem.

Następnego ranka wszyscy w milczeniu jedliśmy śniadanie. Mama zakomunikowała, że zabiera Abbey na zakupy. Powiedziałem jej, że w planie mam między innymi wyjazd na ryby.

Po pierwsze, musiałem jeszcze raz porozmawiać z ojcem. Chciałem mu przekazać, że mama wspomina o słowie na „r"– to z pewnością wstrząsnęłoby nim na tyle, że wróciłby do domu.

Zaledwie mama i Abbey wyszły, wskoczyłem na rower i pojechałem drogą w kierunku więzienia. Nie byłem pewien, czy pozwolą mi widzieć się z ojcem bez zgody matki, dlatego zabrałem ze sobą list przysłany ojcu przez Departament Stanu. Pieczęć na kopercie sprawiała, że wyglądał bardzo poważnie.

Wiedziałem, co było w środku, bo mama otworzyła już kopertę. Rząd zawiadamiał nas (chyba po raz piętnasty), że ciało Roberta Lee Underwooda, mojego dziadka, nadal pozostawało w Kolumbii.

Nie można go przewieźć do USA, bo były jakieś biurokratyczne kłopoty, a policja z kolumbijskiej wioski „nie odpowiada na zapytania amerykańskiej ambasady". Te wiadomości na pewno nie pocieszą ojca, ale miałem pretekst, by się z nim zobaczyć.

Kiedy pokazałem kopertę oficerowi dyżurnemu, nie wydawało mi się, żeby oniemiał z wrażenia. Zajrzał do środka, chcąc się upewnić, czy jest tam tylko list, i powiedział, że przekaże go ojcu.

– Nie mógłbym zrobić tego sam? – poprosiłem.
– Teraz jest zajęty – odpowiedział policjant.
– Wszystko z nim w porządku?
– O, jak najbardziej – zachichotał policjant. – Jest u niego ekipa telewizyjna aż z Miami.
– Telewizja?
– Tak. Program 10. Powiedzieli, że potrzebują co najmniej godziny.
– No to wrócę później – zaproponowałem.
Policjant pokręcił głową.
– Wybacz, kolego, ale więźniowie mają prawo do jednej krótkiej wizyty dziennie, a my i tak już naginamy regulamin. Wpadnij jutro. Tylko zadzwoń wcześniej, zgoda?

O tak, na parkingu stał nowiutki, błyszczący samochód Programu 10. Nie wiem, dlaczego wcześniej go nie zauważyłem. Odjechałem, zastanawiając się po drodze, jak powiem matce, że ojciec z więzienia udziela wywiadu dla telewizji. Prędzej czy później i tak się dowie z wiadomości, które są emitowane z Miami na wyspy Keys.

Muszę jej powiedzieć, chociaż nie będzie zachwycona. Może ojciec czuje się więźniem politycznym, ale mama uważa go za egoistycznego błazna.

Weszka Peeking był już na nogach i wydawał się tylko na wpół śpiący, kiedy zatrzymałem rower przy jego przyczepie. Shelly nie było, co przyjąłem z ulgą, ale i rozczarowaniem. Co prawda, wprawiała mnie w zakłopotanie, ale trzymała Weszkę w ryzach.

– O, patrzcie, patrzcie, kogo tu widzimy – mruknął z oślizgłym uśmiechem.

Wylegiwał się na schodkach wejściowych, leniwie paląc papierosa. Miał mokre, potargane włosy i wilgotną koszulę. Nie wiem, czy brał prysznic, czy zmoczył się pod wężem ogrodowym.

– Jak tam nasz więzienny ptaszek? – zapytał.
– To wcale nie jest śmieszne.

Nie podobało mi się, kiedy mówił w ten sposób. Co innego, kiedy Abbey śmiała się z ojca, to rodzina. Weszka Peeking był tylko leniwym lumpem, który w ogóle nie znał taty.

– Dobra, co powiedział? – zapytał Weszka. – Da jakieś pieniądze czy nie?
– Nie ma pieniędzy, ale może oddać ci swoją łódź. Jest warta jakieś dwanaście tysięcy dolarów – powiedziałem.
– Kto wie, czy rzeczywiście jest tyle warta? – odparł Weszka, mrużąc jedno z przekrwionych oczu.

– Proszę przyjść i obejrzeć, jest na przyczepie, za naszym domem.

Powiedziałem mu dokładnie, jaka to łódź i że silnik ma niewielki przebieg.

– Poważnie?

– Mój ojciec nie kłamie.

– Jest spłacona, bez żadnych obciążeń? Bank nic do niej nie ma?

– Tata spłacił kredyt w zeszłym roku – wyjaśniłem.

Weszka Peeking podrapał się w podbródek, który i tak był poobcierany i złuszczony.

– Jak do was trafię?

Powiedziałem, jak ma dojechać. Bolało mnie serce na myśl, że taki żałosny typ zabierze naszą łódkę i sprzeda ją za gotówkę. Ale co mogliśmy zrobić?

Weszka Peeking wrzucił niedopałek pod przyczepę i wyprostował się.

– Chodźmy rzucić okiem – zarządził ku mojemu zaskoczeniu.

– Na piechotę to daleko.

– Kto mówi o spacerze, chłopcze – roześmiał się i wskazał na mój rower. – Wskakuj na kierownicę.

I tak właśnie zrobiłem.

Weszka Peeking dawno nie jeździł rowerem, więc był cały zdyszany, gdy dojechaliśmy pod dom. Wydawał się zszokowany, kiedy nie znalazł w lodówce piwa, ale wziął sobie puszkę dietetycznej coli. Poszliśmy za dom obejrzeć łódź ojca i Weszka natychmiast się zdecydował.

– Na pewno dojdziemy do porozumienia – powiedział. – Jutro wrócę z Shelly i z jeepem, żeby zabrać łódkę. Około południa?

– Chwileczkę, nie jest za darmo – powiedziałem.

– Wyluzuj, junior, przecież wiem – prychnął Weszka.

– Ojciec chce, żeby dał mi pan oświadczenie, w którym opisze pan, co widział, pracując na Coral Queen. No, wie pan, wszystko o tym, jak Muleman opróżnia zbiornik ze ściekami do oceanu.

– No jasne, nie ma sprawy – zgodził się Weszka.

– I o wszystkich innych nielegalnych sprawkach, o których pan wie. Na przykład, czy wyrzucają śmieci lub wylewają ropę do wody. Musi pan wszystko to napisać.

– Załatwione.

Weszka chodził w tę i z powrotem, podziwiając łódkę z każdej strony.

– Przyczepa jest wliczona?

– Tak, proszę pana. Może pan przynieść to oświadczenie, kiedy będzie pan zabierał łódź?

Weszka Peeking skrzywił się i spojrzał na mnie z góry.

– Jutro? Poważnie?

– Tak, proszę pana. Ojciec mówił, że musi być podpisane przy świadku – dodałem. – Taka jest umowa.

– O rany, niezły z ciebie upierdliwiec, nie?

– Nie, proszę pana – wyjaśniłem – ojciec jest w więzieniu i chcę mu pomóc. To wszystko.

Kiedy wracaliśmy do przyczepy Weszki, spotkaliśmy Jaspera Juniora i Barana, którzy pchali taczkę po ścieżce rowerowej. Widać było, że jest ciężka, i kiedy ich mijaliśmy, zobaczyłem dlaczego. Na taczce podskakiwał silnik z małej łódki, która zatonęła w Snake Creek. Był cały zabłocony, śruba napędowa była porysowana i pokryta jakimś zielonym świństwem.

Na mój widok Jasper Junior zaczął wykrzykiwać coś nieprzyjemnego. Weszka zahamował i zawrócił. Powiedziałem mu, żeby się nie przejmował i po prostu jechał dalej, ale się wściekł. Wjechał prosto na Juniora i Barana, blokując ścieżkę.

– Co powiedziałeś, chłopcze? – zapytał twardo.
– Nie mówiłem do pana – wymamrotał Junior.
– To było do mnie, naprawdę – potwierdziłem.

Nie chciałem mieć kłopotów, tuż obok autostrady, gdzie wszyscy nas widzieli. Ale Weszka Peeking nie popuszczał.

– Zdaje się, że niewyparzoną gębę masz po ojcu. Lepiej jej nie otwieraj, bo będziesz potrzebował nowego kompletu zębów jeszcze przed osiemnastką.

Baran wtrącił się do rozmowy:
– Nie wygłupiaj się, Weszka, on nie miał nic złego na myśli. Taka jest prawda.
– Zamknij się, Baran – odparował Weszka. – Nie rozpoznałbyś prawdy, nawet gdyby ugryzła cię w tyłek. A teraz, Jasper, może byś przeprosił mnie i mojego przyjaciela?

Wcale mi nie zależało na tym, aby Weszka Peeking publicznie nazywał mnie swoim „przyjacielem". Skręcało mnie ze wstydu.

Jasper rzucił mi nienawistne spojrzenie. Potem nabzdyczył się i stał, patrząc na czubki swoich butów.

– Czekam, chłopcze – ponaglił go Weszka.

– Pana mogę przeprosić – powiedział w końcu Jasper – ale nie jego.

I pokazał brudnym podbródkiem w moją stronę.

– Stary Underwooda zatopił łódź taty Jaspera – wybuchnął Baran.

– A co mnie to obchodzi? – rzucił Weszka.

Oparł stopę o krawędź taczki i mocno pchnął. Taczka przewróciła się na bok, a silnik wyleciał z trzaskiem na asfalt. Z pękniętej obudowy z chlupotem wylał się oleisty szary płyn.

Baran jęknął. Jasper stał z otwartą buzią.

– Na drugi raz nie wyzywaj ludzi – powiedział Weszka. – To niegrzeczne.

I odjechaliśmy.

Tego wieczoru mama puściła płytę Sheryl Crow. Jedna z piosenek nosi tytuł *My Favorite Mistake* i mama lubi żartować, że mogłaby sama ją napisać, o moim ojcu, bo zakochanie się w nim to jej ulubiona pomyłka.

Tym razem, kiedy piosenka się zaczęła, nie było jej do śmiechu.

Zdecydowałem, że powiem jej o wywiadzie dla Programu 10, ale czekałem, aż będzie w lepszym nastroju. Nie powiedziałem również mojej siostrze, bo pewnie by się wściekła i zaczęła rzucać tym, co ma w pokoju. Abbey jest bardzo żywiołowa.

Jakieś piętnaście po dziesiątej mama wyłączyła muzykę, uściskała mnie i poszła się położyć. Byłem zmęczony, ale żeby nie zasnąć, czytałem magazyn skate'owy i ciągle patrzyłem na zegarek. Równo o północy wyślizgnąłem się na korytarz i zapukałem do sypialni Abbey. Była już na nogach, gotowa do wyjścia. Wyszliśmy drzwiami kuchennymi i zabraliśmy rowery z garażu.

Po chwili byliśmy na przystani. Coral Queen właśnie się zamykała i na ląd wylewał się tłum klientów statku kasyna. Wszyscy głośno się śmiali i rozmawiali. Schowaliśmy się w jednej z dalekomorskich łodzi czarterowych. Przykucnęliśmy nisko na rufie, tak żeby nikt nie mógł nas zauważyć.

Żółty sierp księżyca wystawał zza chmur, a komary były wyjątkowo nieagresywne. Siedzieliśmy, obserwując niebo, i czekaliśmy, aż uspokoi się zgiełk na przystani. Kiedy już wszyscy się rozeszli, zapanowała taka cisza, że słyszeliśmy jak karanksy i tarpony rzucały się wśród błystek.

Kiedy wychyliłem się przez nadburcie, zauważyłem, że wielki czarny escalade, należący do Dusty'ego Mulemana, stał zaparkowany pod latarnią, w pobliżu Coral Queen. Dochodziły do nas męskie głosy, które niosły się po wodzie ze statku kasyna. Abbey klęczała obok mnie.

– Jak długo chcesz tutaj tkwić? – zapytała zniecierpliwiona. – Mama dostanie szału, jak się obudzi i zauważy, że nas nie ma.

Spojrzałem na zegarek. Było dziesięć po pierwszej.

– Czekamy do wpół do drugiej – zdecydowałem – a potem wracamy.

Ojciec tłumaczył mi, że wielkie łodzie, takie jak Coral Queen, powinny wypompowywać nieczystości ze zbiorników pokładowych do specjalnych, szczelnych kadzi na brzegu. Stamtąd szambiarki wypompowują ścieki i przewożą je do oczyszczalni.

Tata był przekonany, że łódź Mulemana spuszcza litry gówienek wprost do portowego basenu, co nie tylko jest rzygliwe (jak stwierdziła Abbey), ale jest też poważnym przestępstwem. Jedyne, co mieliśmy do zrobienia, to złapać Mulemana na gorącym uczynku i wezwać Straż Przybrzeżną.

Jeśli nasz plan by się powiódł, wówczas wszyscy w mieście dowiedzieliby się, że mój ojciec nie jest jakimś pomyleńcem, który lubi zwracać na siebie uwagę, lecz facetem, któremu zależy na zdrowiu dzieci, plaży i wszystkiego, co żyje w oceanie. I kiedy prawda o Dustym wyszłaby na jaw, wszyscy zobaczyliby, że tata ma rację, a mama czułaby się lepiej i nie myślała o rozwodzie.

Może były to mrzonki, ale właśnie tak to sobie z Abbey wymyśliliśmy.

Dlatego byliśmy bardzo przejęci, kiedy na pokładzie statku pojawiło się kilku pracowników, ciągnących długiego, grubego węża w kierunku rufy Coral Queen. Byliśmy pewni, na sto procent, że otworzą zawór, a końcówkę węża wrzucą do wody.

Ale zrobili coś zupełnie innego. Przeciągnęli szlauch aż na brzeg i podłączyli go do czegoś, co przypominało wielkie jajo pokryte rdzawymi piegami.

– Hej – wyszeptała Abbey – to wygląda jak zbiornik na nieczystości.

– Tak, masz rację.

Poczułem kamień w żołądku. Nie mogłem uwierzyć w to, co właśnie widziałem.

– A co jeśli tata się myli? – zapytała ponuro Abbey. – Co jeśli Dusty Muleman robi wszystko zgodnie z prawem? Co jeśli zanieczyszczenia pochodzą z innego źródła?

Nie znałem odpowiedzi. Nigdy nie brałem pod uwagę, że ojciec mógłby oskarżać niewinną osobę.

– Co teraz zrobimy? – zapytała Abbey.

– Nie mam pojęcia.

– Noah?

– Abbey, powiedziałem, że nie wiem.

– Noah!

Jej podniesiony głos świadczył, że coś było nie tak. Odwróciłem się i w bladym świetle lamp przystani zobaczyłem grube, usmarowane ramię owinięte wokół szyi mojej siostry.

Kiedy Abbey była malutkim dzieckiem, miała okropny zwyczaj, który wszystkich doprowadzał do szału. Nawet w najgorętsze dni musieliśmy wkładać długie spodnie i koszule, osłaniając nogi i ramiona. Nie było też mowy o zapraszaniu kogokolwiek do domu. Było to zbyt niebezpieczne.

Moja siostra gryzła.

Nie dlatego że była złośliwym dzieckiem, nie, po prostu uwielbiała przeżuwać. Mój ojciec nazywał ją pitbullem w pieluchach. Abbey rzucała się na wszystko i nie mam tu na myśli delikatnego poskubywania. Kiedy Abbey postanowiła coś ugryźć, gryzła z całej siły. Pewnego razu nadgryzła szklaną kulkę, tak jakby to była guma do żucia.

Więc kiedy łysy facet z garbatym nosem owinął swoje ramię wokół szyi mojej siostry, wiedziałem, co się za chwilę stanie. Zauważyłem, że Abbey namierza najmiększe miejsce na jego ramieniu, i zdążyłem tylko pomyśleć, jak wielkie cierpienie czeka tego wielkiego matoła.

Ledwie Abbey wbiła zęby, nieznajomy zawył i zwolnił uścisk. Abbey trzymała dalej. Nieznajomy wrzeszczał, miotał się i machał ręką, aż w końcu się uwolnił. Kiedy się odchylił, żeby ją uderzyć, ja rąbnąłem pierwszy – cios w nerki powalił go na kolana. Chwyciłem siostrę za rękaw i razem wyskoczyliśmy z łodzi.

Biegliśmy pomostem, nie odwracając się. Łysol przeklinał tak głośno, że jego wyzwiska docierały aż do mangrowców. Złapaliśmy rowery ukryte pod drzewami. W życiu tak szybko nie pedałowałem. Abbey była tuż za mną – charczała i pluła, starając się pozbyć zarazków z ramienia łysola.

Kiedy znaleźliśmy się na naszej ulicy, czekała nas kolejna przerażająca niespodzianka. W domu paliło się światło.

– Sypialnia mamy – jęknęła Abbey – jesteśmy ugotowani.

– Może nie. Może tylko czyta książkę.

– Aha – mruknęła Abbey z przekąsem. – Jaka jest nasza wersja?

Wiedziałem, że na pewno nie wymyślimy nic na tyle mądrego, żeby wywieść matkę w pole.

– Nie ma wersji – zadecydowałem – powiemy jej prawdę.

– Świetny plan, Noah. Może ty jej to opowiesz. Ja schowam się w garderobie, na wypadek gdyby doszło do rękoczynów.

Odprowadziliśmy rowery pod dom i oparliśmy je o pień balsamowca. Kuchenne drzwi były otwarte i to był dobry znak.

Abbey weszła pierwsza, ja za nią, gotowi na to, że zostaniemy nakryci. Ojciec mówi, że matka ma wzrok jak sokół, a słuch jak pantera. Prawdopodobieństwo, że uda nam się prześlizgnąć tuż obok niej, dwukrotnie jednej nocy, było niewielkie.

Nie usłyszeliśmy nawet najmniejszego szmeru, kiedy na palcach przechodziliśmy obok sypialni rodziców. Abbey spędziła jeszcze jakieś dziesięć minut, płucząc gardło i czyszcząc zęby. Robiła przy tym taki hałas! Wydawała z siebie odgłos jak kaczka, która połknęła organki. Mama musiałaby być w śpiączce, żeby tego nie słyszeć.

Mimo to drzwi sypialni pozostały zamknięte.

TAKSÓWKARZ NIE ŻAŁUJE ZATOPIENIA KASYNA
Taki tytuł znaleźliśmy w porannym wydaniu „Island Examiner". Otwarta gazeta leżała na kuchennym stole i z miny mojej matki można było wywnioskować, że właśnie przeczytała artykuł.

– Jest bardzo źle? – zapytałem.

– No cóż, ty zaprezentowałeś się jak rozsądny młody człowiek – odpowiedziała. – Natomiast twój ojciec porównuje się do Nelsona Mandeli.

– Och...

– Mówi nawet o rozpoczęciu strajku głodowego.

– Żartujesz!

– Ani mi w głowie. Sam zobacz – mama przesunęła gazetę po gładkim blacie stołu.

Zmusiłem się, aby przeczytać artykuł od początku do końca. Miles Umlatt bez wątpienia myśli, że ojciec to niezły aparat. Pozwolił mu na długie wywody o chciwych typach, które zanieczyszczają środowisko. Zamieścił też historię Dereka Maysa i Carmichaelów. Opisał mojego ojca jako „miłośnika przyrody", ale użył też przymiotników: „gwałtowny" i „impulsywny". Muszę przyznać, że trafił w dziesiątkę.

Artykuł zawierał kilka cytatów z naszej rozmowy – jeden był o tym, że ojciec musi popracować nad samokontrolą, a drugi, że nie zraniłby muchy. To było bardzo dziwne, zobaczyć własne słowa wydrukowane w gazecie. Brzmiały zupełnie inaczej niż wtedy, gdy wypowiadałem je w kierunku dyktafonu pana Umlatta.

Mama zauważyła, że nie byłem zachwycony tym, co przeczytałem.

– Jest w porządku, Noah – powiedziała. – Powiedziałeś prawdę. Twój ojciec jest spokojnym człowiekiem, który chce dobrze, ale czasami mu odbija. Każdy, kto przeczyta tę historię, będzie wiedział, jak bardzo jest ci bliski.

– Nie chodzi tylko o to, co powiedziałem, mamo. Tyle tu innych głupot...

Artykuł zwieńczony był dwoma zdjęciami: policyjnym portretem ojca, zrobionym w dniu, kiedy został aresztowany, i ujęciem Coral Queen po próbie zatopienia.

– Połowa artykułu to wypowiedzi Dusty'ego Mulemana, że ojciec to kłamca i świr – wytłumaczyłem.

– Dusty co tydzień gra w golfa z wydawcą gazety – odpowiedziała matka. – Poza tym każdy ma prawo do obrony. Twój ojciec oskarżył Dusty'ego o poważne wykroczenia.

Oskarżenia, które mogą być bezpodstawne – pomyślałem, wspominając wydarzenia ostatniej nocy.

Mama wsypała mi płatki i nalała mleka, ale nie byłem głodny. Abbey wtoczyła się do kuchni, a wyglądała tak, jakby tej nocy przespała może dwie godziny. Jedną ręką przecierała oczy, a drugą starała się rozplątać włosy. Oboje z mamą wiedzieliśmy, że nie ma co zaczynać z nią rozmowy, bo moja siostra nigdy nie zaliczała się do rannych ptaszków.

Porwała „Island Examiner" i szybko przebiegła oczami artykuł Milesa Umlatta, mrucząc przez cały czas.

– Strajk głodowy – nabzdyczyła się, rzucając gazetę na stół. – Co z nim jest nie tak? Jest aż tak tępy, czy co?

– Abbey, nie mów w ten sposób o ojcu – upomniała ją mama. – Zamiast tępy można powiedzieć naiwny.

– Ale to taki obciach. Nie możesz tego zrozumieć?

Osunęła się na krzesło i położyła głowę na rękach.

– Macie może ochotę na jajecznicę? – zaproponowała mama.

– Fuj – stwierdziła Abbey.

Przeprosiłem i szybko wyszedłem z kuchni.

Tym razem atmosfera w areszcie była mniej swobodna niż ostatnim razem. Zaraz przy wejściu jeden z policjantów przeszukał mnie bardzo dokładnie, tak jak to robią w filmach, choć jedyną rzeczą, jaką miałem przy sobie, była książka do nauki gry w szachy, w miękkiej okładce. Doszedłem do wniosku, że tata powinien naprawdę nauczyć się grać, zanim porucznik zauważy, że blefuje. Policjant dokładnie obejrzał chudziutką książeczkę. Może miał nadzieję, że odnajdzie w niej skrytkę z kluczem uniwersalnym? Kiedy w końcu mi ją oddał, poinformował, że czas odwiedzin został skrócony do pięciu minut, na wyraźny rozkaz samego szeryfa.

Czekałem na ojca w pokoju przesłuchań. Tak jak poprzednim razem pilnował nas wielki policjant z podwójnym podbródkiem. Teraz jednak nie spuszczał ze mnie oka. Kiedy ojciec w końcu się pojawił, miał na sobie wyblakły, pomarańczowy kombinezon ze stemplem więzienia hrabstwa Monroe na plecach.

– Dobrze leży – skomentowałem.

– Po prostu się wkurzyli z powodu tej historii w gazecie. Czytałeś? – zapytał.

– O tak. Mama i Abbey też.

– I...?
– Nikt nie kupił pogróżki o strajku głodowym – powiedziałem – i zdecydowanie powinieneś przemyśleć to porównanie do Mandeli.

Ojciec wydawał się rozczarowany opinią rodziny na temat artykułu w „Island Examiner", ale przecież nie mogłem kłamać.

– Musisz wrócić do domu, naprawdę – dodałem.
– Noah, proszę cię, nie zaczynaj znowu.

Dałem mu książkę o szachach. Mrugnął do mnie i podziękował.

– Widziałeś się z mamą? – zapytałem.
– W ciągu ostatnich kilku dni – nie. Wiem, że jest bardzo zajęta pracą. – Ojciec nie widział w tym nic dziwnego.
– Nie rozmawiałeś z nią nawet przez telefon?
– Kilka razy próbowałem dzwonić, ale za każdym razem włączała się sekretarka.

Zauważyłem, że ojciec jednak trochę się przejął, co było zdrową reakcją. Ale jeśli chodziło o mamę, nie mógł pozwolić sobie na wygłupy. To żałosne, kiedy dorośli udają, że wszystko jest w porządku, kiedy nie jest.

– Posłuchaj, tato, jest coś, o czym powinieneś wiedzieć – ściszyłem głos, choć nie miało to znaczenia. Pokój był tak mały, że pilnujący nas policjant słyszał nawet mrugnięcie okiem. – Wczoraj w nocy poszliśmy na przystań. Byliśmy tam tuż po zamknięciu Coral Queen. Schowaliśmy się na pokładzie jednej z łodzi czarterowych – powiedziałem.

– Kto się schował, nie mówisz chyba o sobie i Abbey?

– Tak, ja i Abbey.

Nie śmiałem opowiedzieć ojcu, jak nieznajomy chwycił Abbey za szyję, ponieważ natychmiast wpłaciłby kaucję i poleciał ścigać faceta. Pewnie chwilę później wróciłby za kratki za coś znacznie gorszego niż próba zatopienia łodzi.

– Zgadnij, co widzieliśmy – przeszedłem do sedna. – Ludzie Dusty'ego nie wypompowali ścieków do wody w porcie. Wypompowali je do zbiornika na nabrzeżu, tato.

Zamurowało go.

– Jesteś pewny?

– Widzieliśmy to na własne oczy – powiedziałem.

Ojciec potarł brodę i lekko zastukał zębami.

– Wiesz, o co chodzi? Dusty przestraszył się tego całego zamieszania wokół swojej głupiej łodzi. Położył uszy po sobie i zachowuje się jak wzorowy obywatel, w obawie że Straż Przybrzeżna może zacząć węszyć.

To oczywiście było możliwe. Ale jeśli Dusty Muleman nagle zdecydował się przestrzegać nakazów prawa, to w jaki sposób udowodnimy, że oskarżenia ojca są prawdziwe?

Jakby czytając w moich myślach, tata powiedział:

– Weszka Peeking zna całą prawdę o Coral Queen. Co powiedział na moją łódź? Weźmie ją czy nie?

– Przyjedzie po nią w południe.
– Wspaniale.
– I obiecał, że napisze oświadczenie, tak jak chciałeś.
– Noah, to super.

Ojciec przybił mi piątkę. Nie chciałem mu zepsuć dobrego nastroju, dowodząc, że Weszka Peeking nie jest najbardziej wiarygodnym świadkiem na wyspie. Wydawało się, że ojciec wiązał z nim wielkie nadzieje, ale ponieważ to nie ja siedziałem za kratkami, nie odzywałem się.

– Czas minął – oznajmił glina z podwójnym podbródkiem, ruchem głowy pokazując mi drzwi.
– Wszystko będzie dobrze – powiedział ojciec.
– Świetnie się spisałeś, synu. Ale żadnych nocnych wycieczek, zwłaszcza z Abbey. Słyszałeś, co powiedziałem?

Wstał i włożył książkę pod ramię. Pomarańczowy kombinezon nie miał kieszeni, bo szeryf nie chciał, aby więźniowie mogli coś ukryć.

– Och, prawie zapomniałem – dorzucił. – Program 10 pokaże wywiad ze mną już dzisiaj, w wiadomościach o piątej. Nie zapomnij powiedzieć mamie!
– Cool – powiedziałem, choć kusiło mnie, żeby pobiec do domu i popsuć telewizor.

Po lunchu usiadłem pod tamaryndowcem i czekałem na Weszkę Peekinga. Przygotowałem nawet usprawiedliwienie, na wypadek gdyby mama zapytała, dlaczego Weszka zabiera łódź. Miałem zamiar powiedzieć, że tata zdecydował się wynająć łódkę na kilka tygodni. Prawda była dużo bardziej skomplikowana i mama mogłaby się nie zgodzić.

Po godzinie z hakiem byłem już zniecierpliwiony. Poszedłem na podwórko, wspiąłem się na przyczepkę i usiadłem w łodzi. Zacząłem wspominać wszystkie te wspaniałe chwile, które w niej spędziliśmy – tata, Abbey i ja – na naszych wyprawach o zachodzie słońca. Moja matka nie jest fanką wędkowania, ale cieszy się, kiedy wracamy z chłodziarką pełną lucjanów. Abbey mówi, że mama jest zachwycona, bo wracamy cali i zdrowi. Ja myślę, że to coś więcej. Mama uwielbia, kiedy robimy coś wszyscy razem – ona i Abbey przygotowują sałatę i ziemniaki, ja i ojciec czyścimy ryby.

Te wspólne wieczory to i dla mnie coś najlepszego na świecie. Mama zawsze czeka przed domem i kiedy podjeżdżamy, pyta:

– Widzieliście błysk zieleni?

Abbey twierdzi, że mama sobie żartuje, ja sądzę, że wierzy w zielone światełko. Mój ojciec zawsze odpowiada jej tak samo:

– Może następnym razem, ale pewnie go nie zobaczymy, póki nie popłyniesz z nami, Donna.

Rzadko z nami wypływa. Łódka ojca jest trochę za mała dla naszej czwórki.

Moje rozmyślania przerwała Abbey, która wskoczyła na przyczepę. Powiedziałem jej, że Weszka Peeking się spóźnia.

– Może stchórzył – zastanawiała się.
– Za dwanaście tysięcy dolarów? W żadnym razie.
– Może Dusty zaproponował mu więcej, jeśli będzie trzymał gębę na kłódkę.

Tylko moja siostra mogła coś takiego wymyślić. Znałem już Peekinga na tyle dobrze, że nie podejrzewałem go o chęć wyłudzenia od Dusty'ego większych pieniędzy. Wydawał się całkowicie zadowolony, że dostanie łódź, którą będzie mógł sprzedać.

– Pewnie pracuje nad oświadczeniem – powiedziałem.
– Albo walczy z kacem – dodała Abbey.
– Lepiej pojadę i sprawdzę, co się dzieje.
– Ja z tobą.
– Nie, Abbey, lepiej, żebyś była tutaj, kiedy się pojawi.

Nie chciałem narażać siostry na widok nieprzytomnego Weszki Peekinga w jego śmierdzącej przyczepie.

– Jeśli nie wrócisz w ciągu godziny – zapowiedziała Abbey – mówię wszystko mamie albo wzywam gliny.
– Jak chcesz – odpowiedziałem. Obie możliwości brzmiały równie fatalnie.

Wskoczyłem na rower i ruszyłem pełnym gazem. Od początku miałem niedobre przeczucia w związku z Weszką i teraz byłem pewien, że się nie myliłem. Jeśli to Peeking był najsilniejszym atutem taty przeciwko Mulemanowi, to mogliśmy mieć duże kłopoty.

W połowie drogi na osiedle zaczęło padać i zanim tam dotarłem, byłem całkowicie przemoczony. Zapukałem do drzwi przyczepy tak mocno, że same się otworzyły.

Przemoknięty jak pies, wszedłem do środka. Telewizor był włączony, zobaczyłem jakiś program z muzyką country. Wyłączyłem odbiornik i głośno zawołałem:

– Dzień dobry!

Cisza.

– Czy jest tu ktoś? Panie Peeking?

Z tylnej części przyczepy rozległ się stłumiony odgłos kroków. Rzuciłem się do ucieczki. Byłem przygotowany na to, że zobaczę rozwścieczonego Weszkę.

Ale w korytarzu zobaczyłem Shelly. Miała zaczerwienioną twarz i nie wyglądała na zbyt szczęśliwą. Ubrana była w górę od błękitnego kostiumu kąpielowego, a wokół bioder miała owiniętą chustę. Jej miedzianoblond włosy były spięte w kok. Wyraźnie utykała. Zauważyłem, że jej prawa stopa owinięta była bandażem i zacząłem się zastanawiać, czy ma to coś wspólnego z kijem bejsbolowym, który trzymała w dłoni.

– Przepraszam za wtargnięcie – powiedziałem, robiąc krok do tyłu, w kierunku drzwi. – Długo pukałem, ale nikt nie otwierał.

– Byłam zajęta dekorowaniem wnętrza. Czego chcesz?

– Pan Peeking miał dzisiaj zabrać łódkę ojca.

– I co, nie pokazał się? Mój kochany Weszka! To dopiero niespodzianka. – Shelly zaśmiała się w taki sposób, że zadrżałem.

– Czy jest tutaj? – zapytałem.

– Nie.

– A wie pani, gdzie go znajdę?

– Nie.

Przez kilka chwil staliśmy tak, nic nie mówiąc, deszcz bębnił o aluminiowy dach przyczepy. Usłyszałem swój własny głos:

– Co się stało z pani nogą?

– Poobijałam sobie – odpowiedziała Shelly.

– Jak?

– Próbowałam skopać klozet, na śmierć.

– Ach – jęknąłem.

– Wyobrażałam sobie, że to tyłek Weszki. Poszedł sobie, jeśli jeszcze tego nie zauważyłeś.

– Gdzie?

– Tam, gdzie odchodzą wszyscy tchórzliwi, leniwi, nic niewarci faceci. Zwiał ostatniej nocy, kiedy byłam pod prysznicem. Zabrał mojego jeepa. Gliny znalazły porzucony samochód dzisiaj rano, w pobliżu wjazdu na autostradę, w Cutler Ridge.

Nie wiedziałem, co powiedzieć, ale musiałem działać ostrożnie. Shelly wyglądała tak, jakby po prostu marzyła o użyciu swojego kija.

– Ale pan Peeking tłumaczył mi, że nie ma prawa jazdy – przypomniałem sobie.

– Dla takiej gnidy jak on to tylko mały kłopot techniczny – prychnęła Shelly. – Usiądź, Noah.

– Chyba będzie lepiej, jeśli już pójdę.

– Powiedziałam, usiądź.

Tak też zrobiłem.

– Przyszło do niego wczoraj kilku facetów – powiedziała. – To po ich wizycie zwiał. Był wśród nich jeden wielki, łysy mężczyzna z dziwnym akcentem; rosyjskim, francuskim, coś takiego.

– Był łysy? – zapytałem i pomyślałem o zbirze z przystani, który chwycił Abbey.

– Jak kula do kręgli – uściśliła Shelly – a nos miał taki, jakby mu ktoś przyłożył kluczem francuskim. Weszka wyszedł na dwór, żeby z nimi porozmawiać, i wrócił biały jak ściana. Nic mi nie powiedział. Poczekał, aż pójdę pod prysznic, i wtedy dał nogę. Czy już wspomniałam o tym, że zabrał całą gotówkę?

– Nie, proszę pani.

– Sto osiemdziesiąt sześć dolarów. Wszystko, co miałam.

– To podejrzane – mruknąłem.

Czułem się nieswojo, tak jakby to wszystko było moją winą.

– Swoją drogą, to ciekawe – zauważyła Shelly. – Weszka w ogóle nie wspominał o kupowaniu łodzi od twojego ojca.

– Teraz naprawdę muszę już iść.

– Pamiętasz, co ci mówiłam o kłamcach, Noah?

– Pamiętam, proszę pani.
– Poza tym i tak nie możesz wyjść w taki deszcz. Przeziębisz się.
Byłem gotowy zaryzykować.
– Proszę – powiedziałem – moja mama będzie się martwić.
Shelly ruchem głowy wskazała mi telefon.
– Zadzwoń do niej.
Oczywiście nawet się nie ruszyłem.
– Powiedz mi wszystko o Weszce i łódce twojego taty – zaproponowała z uśmiechem. – To nie zajmie wiele czasu.
Nie mogłem oderwać oczu od drewnianej pałki, którą Shelly przerzucała z ręki do ręki.
– Wyluzuj się, chłopcze, to nie na ciebie – wyjaśniła.
Poddałem się. Bez wahania opowiedziałem jej wszystko o sekretnej umowie pomiędzy ojcem a Weszką. Byłem przekonany, że się roześmieje i powie mi, jaki byłem głupi, ufając jej beznadziejnemu facetowi, ale się myliłem.
– Myślę, Noah, że mogę ci pomóc – powiedziała Shelly.
I była to ostatnia rzecz, której się spodziewałem.

Mandat za przekroczenie prędkości, który spowodował, że mama znalazła się w tej samej kolejce, co ojciec, był jedynym, jaki w swoim życiu otrzymała. Matka nie należy do osób, które łamią prawo, nawet w drobiazgach. Zazwyczaj jest spokojna, uważna i ma wszystko pod kontrolą – po prostu totalne przeciwieństwo ojca.

Podobnie jak on, urodziła się na Florydzie, w Kissimmee, niedaleko Orlando. Jej rodzice pracowali w Disney World, co nie było tak wesołe, jak by się mogło wydawać. Dziadek Kenneth był psem Pluto, a babcia Janet – jednym z siedmiu krasnoludków, Śpiochem albo Gburkiem, nie pamiętam. Mama nadal ma zdjęcia swoich rodziców w przebraniach, kiedy stoją przed pałacem Kopciuszka, trzymając w rękach głowy swoich kostiumów.

Mama mówi, że dziadek Kenneth nie lubił swojej pracy już od pierwszego dnia. Kostium psa Pluto był wyjątkowo ciężki i trudno się było w nim poruszać, a temperatura w środku wynosiła około czterdziestu stopni. Dzieciaki dźgały go między żebrami, szczypały w nos, szarpały jego długie uszy, a jemu nie wolno było nawet pisnąć. Bo jedynym psem Disneya, który mówi, jest Goofy – Pluto tylko skomli i skowyczy. Więc kiedy dzieci zaczynały go męczyć, jedyne, co mógł robić, to szczekać, potrząsać łbem, podawać łapę, ale to właściwie nigdy nie skutkowało.

W końcu pewnego dnia dziadek nie wytrzymał. „Nie wytrzymał" to subtelne określenie mojej mamy. Jakiś smarkacz pociągnął go o jeden raz za dużo i dziadek Kenneth, niewiele myśląc, okręcił się na pięcie i tak go kopnął, że gnojek przeleciał przez główną aleję wesołego miasteczka. Oczywiście rodzina dziecka pozwała Disney World o jakieś zawrotne odszkodowanie, ale wtedy dziadek Kenneth i babcia Janet byli już spakowani i gotowi do wyjazdu do Moose Lick w Saskatchewan. Tam otworzyli salon sprzedaży snowmobilów i już nigdy nie spojrzeli na żadnego turystę. Byliśmy u nich z wizytą dwa czy trzy razy, natomiast oni nie przyjeżdżają na Keys. Dziadek Kenneth jest pewien, że zaledwie postawi nogę w stanie Floryda, ludzie Disneya każą go aresztować.

Mama powróciła na Florydę, kiedy miała osiemnaście lat, do college'u na uniwersytecie stanowym w Gainesville. Była na dobrej drodze, żeby zostać prawnikiem, kiedy poznała pewnego faceta, wyszła za mąż i rzuciła studia. Facet okazał się tępakiem (to określenie mamy) i już po dwóch latach dała sobie z nim spokój. Kiedy jechała do sądu z papierami rozwodowymi, dostała mandat za przekroczenie prędkości, dzięki czemu poznała ojca. Pobrali się dzień po tym, jak uzyskała rozwód.

Za każdym razem, kiedy tata zaczyna opowiadać tę historię, ona zabiera się do mycia naczyń albo prania. Nie lubi, gdy ktoś mówi o jej pierwszym małżeństwie w naszej obecności.

Wiem, że ojciec szaleje za mamą, ale czasami zupełnie nie rozumie jej uczuć. Abbey się denerwuje i każe mi przemawiać ojcu do rozumu, ale co niby mam mu powiedzieć?

Lepiej się popraw, tato. Wiesz, co się stało, jak poprzednio wyszła za tępaka?

Nawet jeślibym coś powiedział, to i tak ojciec nie potraktowałby tego poważnie. Zawsze mi powtarza, żebym się nie przejmował, bo mama jest jego „największym fanem". Jedną z wad mojego ojca jest to, że przecenia swój czar i cierpliwość mamy.

Kiedy wróciłem od Shelly, mama stała na podjeździe, rozmawiając z panem Shine'em, adwokatem. Pomachałem im i ruszyłem do domu, gdzie czekała na mnie Abbey.

– Miałam rację – powiedziała. – Zamierzają zwrócić się do sędziego, aby uznał, że ojcu należą się wariackie papiery.

– Przecież to nieprawda – zaprotestowałem.

– Chodzi o to, żeby wyciągnąć go z więzienia, nawet wbrew jego woli – tłumaczyła Abbey. – Sędzia może go zwolnić na czas badań lekarskich. To nowy plan.

– Mama myśli, że ojciec jest wariatem?
– Noah, tracisz z oczu szerszą perspektywę.
– Powiedziała ci to wszystko czy podsłuchiwałaś?
– Bez komentarza – wyszeptała siostra. – Dobra wiadomość jest taka, że ani razu nie padło słowo na „r". Ani razu.
– Doskonale.

Postanowiłem nie mówić Abbey, że kiedy zbliżałem się do domu, mama i pan Shine zaczęli rozmawiać przyciszonymi głosami.

– Czy Weszka Peeking miał coś ciekawego do powiedzenia? – zapytała Abbey. – A może znowu leżał nieprzytomny na podłodze?
– Nie było go w domu.
– Miałam rację, nie? Stchórzył.
– Jego dziewczyna myśli, że uciekł z miasta – przyznałem – ale obiecała, że pomoże nam uziemić Dusty'ego Mulemana.
– O, nie – siostra głęboko westchnęła. – Tu ziemia do Noaha: to przegrana sprawa!
– Mylisz się, Abbey.

Dobrze mi się przyjrzała.

– To nie wszystkie złe wiadomości, co?

Wszystko, co mogłem zrobić, to wzruszyć ramionami.

– Ojciec będzie w wiadomościach o piątej.
– Dlaczego? Po co?
– Udzielił z aresztu wywiadu dla Programu 10.

– To cudownie – jęknęła Abbey i osunęła się na krzesło.

Oboje przejmowaliśmy się tym samym. Co zrobi mama, kiedy zobaczy ojca w wiadomościach o piątej?

– Ile kosztuje nowy telewizor? – zapytała.

– Za dużo. Już o tym myślałem.

– Wystarczyłaby piłka bejsbolowa. Mogłabym powiedzieć mamie, że podrzucałam ją w salonie i niechcący uderzyła w ekran. Wezmę winę na siebie. Co o tym myślisz, Noah?

– Mam lepszy pomysł – odpowiedziałem.

Pomysł, po którym nie trzeba było sprzątać.

Na chwilę przed wiadomościami z pokoju mojej siostry rozległ się straszliwy wrzask. Chociaż wiedziałem, że Abbey tylko udaje, wrzask był taki, że dostałem gęsiej skórki. Mogłaby zarobić fortunę, występując w horrorach.

Kiedy mama pobiegła zobaczyć, co się stało, wyślizgnąłem się z domu kuchennymi drzwiami. Chwyciłem z garażu wędkę i pobiegłem na róg domu, tam gdzie ojciec zamontował antenę satelitarną. Za trzecim rzutem udało mi się zaczepić haczyk. Mocno szarpnąłem i zacząłem ciągnąć, aż antena przekręciła się w moim kierunku. Potem zablokowałem kołowrotek i pociągnąłem, przerywając żyłkę.

Kiedy wróciłem do środka, zobaczyłem, że na kanapie w salonie siedzi pochlipująca Abbey i mama, która przykłada jej lód do głowy.

– Spadła z łóżka – poinformowała mnie mama głosem pełnym współczucia.
– Tylko tyle? – zdziwiłem się. – Wrzeszczała, jakby ją ktoś obdzierał ze skóry.
– Noah! – oburzyła się mama, a moja siostra znowu zaczęła beczeć.

Abbey może płakać na zawołanie. Starałem się na nią nie patrzeć, bo obawiałem się, że oboje wybuchnęlibyśmy śmiechem.

O piątej mama chwyciła pilota, żeby włączyć wiadomości, ale nie było obrazu – tylko trzaski i paski. Przełączyła na inny program – to samo.

– Co się stało? – wymamrotała i zaczęła sprawdzać pozostałe programy.

Kiedy ukradkiem spojrzałem na Abbey, mrugnęła do mnie porozumiewawczo. Telewizor nie działał, bo antena zamiast na satelitę skierowana była na ziemię.

Chociaż wiedziałem, że będę musiał wyjaśniać, dlaczego jeden z moich haczyków wisi na antenie, i tak byłem bardzo z siebie dumny. Zaoszczędziłem mamie widoku mojego zapuszkowanego ojca w wiadomościach Programu 10.

To wspaniałe uczucie trwało tylko chwilę, bo nagle rozdzwonił się telefon. Wydawać by się mogło, że wszyscy na wyspie obejrzeli wywiad z moim ojcem i zapragnęli podzielić się wrażeniami z mamą, która wyglądała na przerażoną. Co najmniej trójka z jej tak zwanych przyjaciół nagrała wywiad, a jedno z nich podrzuciło kasetę po kolacji.

Abbey i ja byliśmy niezwykle ciekawi, co powiedział ojciec, ale żadne z nas nie było na tyle odważne, aby obejrzeć wywiad w towarzystwie mamy. Miałem nawet zamiar popsuć wideo, ale Abbey stwierdziła, że to na nic. Miała rację – mama była zdeterminowana, aby obejrzeć wywiad z ojcem.

Nie pozostało nam nic innego jak wycofać się do sypialni. Nie chciało mi się spać, więc grałem na gameboyu i czytałem skate'owe magazyny. O pierwszej w nocy usłyszałem, że dzwoni telefon i że ktoś natychmiast podnosi słuchawkę. Kiedy wyślizgnąłem się na korytarz, zobaczyłem, że tylko w pokoju matki pali się światło.

Rozmawiała z babcią Janet z Kanady. Nie słyszałem dokładnie wszystkiego, co mówiła, ale wystarczająco dużo, by dowiedzieć się, że występ ojca nie zrobił na niej wrażenia.

I usłyszałem jeszcze jedno, bardzo wyraźnie – było to słowo na „r".

Nie boję się być sam w nocy. Lubię ciszę i spokój. Czasami wyślizguję się po kryjomu z domu i jadę na Pioruńską Plażę albo do Whale Harbor. Jedyne, co mnie niepokoi, to pijani kierowcy i oczywiście samochody policyjne. Bo przecież po północy dziecko na rowerze to niezbyt popularny widok. Gliny myślą, że albo uciekasz z domu, albo coś ukradłeś. Już nieraz musiałem rzucać się z rowerem w krzaki na widok zbliżającego się policyjnego cruisera.

Kiedy wychodziłem, mama nadal rozmawiała z babcią. W drodze na przystań nie spotkałem ani jednego samochodu. Minął mnie jedynie autokar Greyhound.

Światła na Coral Queen były wyłączone, na przystani panowała cisza. Zostawiłem rower pośród mangrowców i postanowiłem sprawdzić, co się dzieje.

Dobrze, że byłem na piechotę, bo przy kasie biletowej Mulemana w starym samochodzie siedział łysol z krzywym nosem. Ten, który zaatakował Abbey.

Przeczołgałem się za zbiornikiem na ścieki i obserwowałem go dobrych kilkanaście minut. Nawet nie drgnął, a kiedy się zbliżyłem, usłyszałem jego chrapanie. Przypominało odgłosy, jakie wydaje przez sen Godzilla, pies mojego przyjaciela Rado.

W końcu zebrałem się na odwagę i prześlizgnąłem się tuż obok niego. Wejście na Coral Queen było prostym zadaniem. Wydostanie się ze statku nie było już takie łatwe.

Miotałem się po sterowni w poszukiwaniu jakiegoś skrawka dowodu, który mógłby dopomóc ojcu – informacji w dzienniku pokładowym, pisma, w którym Dusty polecałby opróżnić zbiornik, czegokolwiek – kiedy usłyszałem, że do przystani przybiła łódź rybacka. Mężczyzna w kaloszach stanął na dziobie i zaczął ściągać sieci. Hałas obudził śpiącego łysola, który wysiadł z samochodu, przeciągnął się i zapalił papierosa.

Byłem w pułapce. Szanse na to, że niezauważony opuszczę oświetloną Coral Queen były zerowe.

Widziałem, jak zbir Dusty'ego siada na masce samochodu. Za każdym razem, kiedy się zaciągał, koniec jego papierosa żarzył się pomarańczowo.

Na palcach zszedłem na drugi pokład kasyna, który, jak pozostałe, był zasłonięty z obawy przed deszczem. Myszkowałem dalej, aż znalazłem tacę pełną żetonów do pokera, których personel zapomniał schować. Przeniosłem tacę na front łodzi i otworzyłem jedno z okienek. Poczekałem, aż rybak wyprowadzi łódź z basenu przystani i port znowu będzie spokojny.

Wystawiłem ramię za okno i wyrzuciłem wszystkie żetony. Narobiły wielkiego hałasu, tocząc się w różnych kierunkach i brzęcząc po pokładzie.

Łysol wyrzucił niedopałek, ześlizgnął się z maski i skierował na Coral Queen. Kiedy wskakiwał po schodach na rufę, ja ześlizgiwałem się po schodach w pobliżu dziobu. Słysząc jego ciężkie kroki na pokładzie nade mną, pobiegłem do sterówki, wskoczyłem lekko na trap i rzuciłem się do ucieczki.

Dotarłem aż do zbiornika na ścieki i skuliłem się w jego cieniu, próbując złapać oddech. Moje serce waliło tak mocno! Myślałem, że rozsadzi klatkę piersiową. Słyszałem, jak łysy zbir Dusty'ego przeklina i kopie rozrzucone żetony. Kiedy się odwróciłem, zobaczyłem, jak miota się po łodzi, świecąc latarką.

Uznałem, że to idealny moment na dalszą ucieczkę.

Ale kiedy się podniosłem, zauważyłem, że wyboistą drogą zbliżał się samochód, zmierzający w kierunku zacumowanego statku kasyna. Był to wóz policyjny z wyłączonymi światłami. Znowu skuliłem się w mojej kryjówce, co byłoby sprytnym posunięciem, gdybym nie uderzył głową o zbiornik.

Ból był nieznośny. Na początku wszystko pojaśniało jak gwiazdy na niebie, a potem stało się czarne jak nieoświetlony tunel. W głowie mi huczało.

Leżałem, starając się powstrzymać płacz, który mógłby mnie zdradzić, i nagle usłyszałem, że mówię sam do siebie: „Zbiornik jest pusty".

Pusty!

To nie w głowie mi huczało, to głucho zabębnił zbiornik.

A przecież jeśli Coral Queen wlała do niego swoje ścieki tej nocy, powinien być wypełniony.

Obserwowałem, jak policyjny wóz skręcił i zatrzymał się. Łysy zbir zbiegł po trapie i pomachał do policjanta, który wyskoczył z auta. Razem weszli na łódź Dusty'ego. Na statku pojawiły się dwa światła latarek.

Przekręciłem się na kolana i usiadłem – niestety za szybko. Kiedy czekałem, aż miną mi zawroty głowy, zauważyłem ciemny, sypki ślad na betonowej płycie pod zbiornikiem – tak mało widoczny, że inspektorzy od ekologii i zanieczyszczeń mogli nie zwrócić na niego uwagi. Dotknąłem i w mdłym świetle lamp portowych zauważyłem, że to coś jest czerwone.

To była rdza. Stary zbiornik był przerdzewiały.

Dotknąłem jego dna, gdzie znalazłem fragment podziurawionego metalu, który kruszył się jak stare krakersy. Kiedy zacząłem skrobać, zrobiła się taka dziura, że mogłem włożyć w nią całą pięść.

Zbiornik na ścieki nie tylko był pusty, ale również skorodowany i bezużyteczny, stanowił tylko rekwizyt w przekręcie Dusty'ego Mulemana.

Po chwili guz na mojej głowie nie bolał już tak bardzo. Wypełniłem kieszenie rdzą i zebrałem się do odwrotu.

Następnego dnia mama postanowiła pojechać na zakupy aż do Homestead, w nadziei że tam nikt jej nie rozpozna. Telewizyjny wywiad z tatą stał się dużym wydarzeniem na Keys i mama nie miała ochoty narażać się na ciekawskie spojrzenia i szepty w miejscowym sklepie.

Zaledwie wyruszyły z Abbey, usiadłem w salonie i zacząłem oglądać kasetę z nagranym wywiadem. Ojciec był w wyjątkowej formie. Patrząc prosto w kamerę, ogłosił: „Zatopienie Coral Queen było aktem obywatelskiego nieposłuszeństwa". Powiedział też, że chciał zaprotestować przeciwko zatruwaniu oceanów i rzek przez „bezlitosnych chciwców".

Więzienny uniform nie wyglądał na ekranie aż tak źle jak w rzeczywistości. To trzeba przyznać. Tata uczesał się i założył swoje okulary w drucianej oprawce, dzięki czemu wyglądał raczej jak profesor niż wandal. Tym razem zachował zdrowy rozsądek i nie porównał się do Nelsona Mandeli (a jeśli nawet to zrobił, to dobrzy ludzie wycięli kompromitujący fragment). Na zakończenie wywiadu ojciec zapowiedział, że zostanie w więzieniu do momentu, kiedy prawo nie rozliczy się uczciwie z Dustym Mulemanem.

Następnie przed kamerami zaprezentował się adwokat Mulemana – człowiek o twarzy gryzonia. Z dużym przekonaniem opisał swojego klienta jako doświadczonego kapitana, szanowanego biznesmena i „filar lokalnej społeczności". Powiedział, że Dusty nigdy celowo nie zanieczyściłby wody, w której przecież kąpie się jego własny syn. Zakończył swoje wystąpienie stwierdzeniem, że mój ojciec jest „osobnikiem niestabilnym umysłowo" i wezwał go do udowodnienia „zuchwałych i oszczerczych zarzutów".

Kiedy przewijałem taśmę, ktoś zapukał do frontowych drzwi. Był to pan Shine, adwokat ojca. Po raz pierwszy nie wyglądał jak ktoś, kto wybiera się na swój własny pogrzeb.

– Cześć, Noah – przywitał się.

– Mamy nie ma.

– Och, powinienem wcześniej zadzwonić. Ale dostałem właśnie bardzo istotne informacje.

– O ojcu? Jakie?

Pan Shine wciągnął powietrze przez zaciśnięte zęby.

– Przepraszam, ale jestem zobowiązany do przedstawienia ich najpierw twojej matce.

– To są złe wiadomości? – zapytałem.

– Nie sądzę.
– Proszę mi powiedzieć.
– Chciałbym – odpowiedział pan Shine.
Wielkie dzięki – pomyślałem. Nie mógłby mi dać jakiejś wskazówki?
– Czy widział pan ojca w telewizji wczoraj wieczorem? – zapytałem.
Pan Shine przytaknął z zażenowaniem.
– Stanowczo odradzałem mu ten wywiad.
– Ale on ma rację co do tego, że Dusty Muleman wylewa ścieki do basenu portowego. Wszystko, co powiedział, jest prawdą.
– Myślę, że kiedy to mówił, był o tym przeświadczony.
– Wszystko wyjdzie na jaw, prędzej czy później. Trzeba tylko poczekać – wyjaśniłem.
Pan Shine po prostu mi nie wierzył.
– Przekaż, proszę, matce, że zadzwonię do niej – powiedział i odwrócił się w stronę drzwi.
– Czy mogę jeszcze o coś zapytać?
– Oczywiście, Noah.
– Czy mama zamierza rozwieść się z tatą?
Pan Shine zrobił minę, jakby połknął zepsutą małżę.
– Co? – wykrztusił. – Skąd ci to przyszło do głowy?
– Czy zamierza to zrobić?
Nerwowo oblizał usta.
– Noah, mówiąc szczerze, ta rozmowa jest dla mnie bardzo niezręczna.

– Tak, dla mnie perspektywa rozwodu rodziców też nie jest zbyt przyjemna – odparowałem. – Abbey i ja mamy prawo wiedzieć. Czy nie tak?

Pan Shine otwierał już drzwi.

– Powinieneś porozmawiać o tym z rodzicami – powiedział – a na razie nie wyciągaj pochopnych wniosków...

Jak na starszego pana, poruszał się całkiem żwawo. W mgnieniu oka wskoczył do samochodu i odjechał.

Wszedłem do domu i jeszcze raz obejrzałem taśmę z nagraniem. Wciąż zastanawiałem się, jaką wiadomość chciał przekazać mojej matce adwokat. Miałem przeczucie, że ja i pan Shine inaczej rozumiemy, co znaczy „dobra wiadomość".

Nieco później wdrapałem się na dach, żeby ustawić pochyloną antenę. Kręciłem tym przeklętym talerzem we wszystkie strony, ale przecież nie miałem pojęcia, gdzie krążą satelity. Wcale bym się nie zdziwił, gdybyśmy teraz zaczęli odbierać MTV z Kirgistanu.

Odczepiłem haczyk, dowód mojego przestępstwa, i zacząłem ześlizgiwać się po rynnie. Wtedy właśnie usłyszałem klakson i zobaczyłem zielonego jeepa cherokee zatrzymującego się na podjeździe. Shelly wystawiła swoją blond głowę przez okno i zaczęła wykrzykiwać moje imię.

Zeskoczyłem na ziemię i poszedłem sprawdzić, czego ode mnie chce.

– Wskakuj – zakomenderowała. – Pośpiesz się. Ja nie młodnieję.

Wsiadłem, bo bałem się odmówić. Na samą myśl o tym, że Shelly mogłaby mnie ścigać, a potem wciągnąć do jeepa nogami do przodu, zrobiło mi się nieprzyjemnie. Kiedy miotałem się, żeby zapiąć pas, Shelly dodała gazu i pognała w kierunku Highway One. Chwilę potrwało, zanim zebrałem się na odwagę i zapytałem, dokąd jedziemy.

– A czy to ważne? Masz randkę czy co?

Zdecydowałem, że nie wspomnę o broni ze srebrnym bębenkiem, która leżała na konsoli pomiędzy nami.

– Shelly, czy coś się stało?

Roześmiała się gorzko.

– Spostrzegawczy z ciebie koleś.

Chociaż miała ciemne okulary, wiedziałem, że płakała. Pociągała nosem i była zachrypnięta.

– Pamiętasz, jak opowiadałam ci o ucieczce Weszki?

– Tak, proszę pani.

– Okazało się, że to nieprawda – powiedziała.

– Wrócił do domu? – zapytałem.

Shelly pokręciła głową.

– W końcu przyprowadzili mojego jeepa z Butler Ridge. Wystawili rachunek na dwieście dolarów. Musiałam zastawić mój pierścionek zaręczynowy, żeby zapłacić. Wiesz, jak spędziłam poranek, Noah? – zapytała.

– Nie, proszę pani.
– Zmywając plamy krwi z tapicerki! Czułem, że siedzenie było wilgotne.
– Krew?! Jest pani pewna?
– Patrz, tutaj przeoczyłam.

Pokazała ciemnoczerwoną smugę na desce rozdzielczej.

– Myślę, że Weszka nie uciekł – wyznała. – Myślę, że go złapali i... – Skręciła w lewo tak ostro, że broń potoczyła się na moje kolana. – Myślę, że ten, co go złapał, zabił go.
– Co?
– Tak, Noah.

Wsadziła nos w chusteczkę.

– I myślę, że to wszystko z powodu twojego ojca i statku kasyna.

Jeszcze nigdy nie znajdowałem się tak blisko kobiety z tatuażem, a właściwie powinienem powiedzieć, tak blisko tatuażu. Rado mówi, że jego starsza siostra poszła do college'u i wytatuowała sobie na pupie motylka w żółto-czarne paski. Thom i ja musieliśmy uwierzyć mu na słowo, bo żaden z nas nie oglądał tych części siostry Rado.

Może to dziwnie zabrzmi, ale im bardziej wpatrywałem się w tatuaż Shelly, tym bardziej wydawał się naturalny. Drut kolczasty bardzo pasował do jej osobowości.

– Wyluzuj się – rzuciła. – To nie jest prawdziwa broń, to zapalniczka. – Kiedy pociągnęła za cyngiel, z lufy wyskoczył jasnoniebieski płomień. – Wygląda wystarczająco groźnie, co nie? Na tyle, żeby wystraszyć każdego, kto mi podpadnie.

Już ponad godzinę jechaliśmy autostradą i było oczywiste, że nie zmierzaliśmy do żadnego celu. Shelly powtarzała, że ma mi coś więcej do powiedzenia, ale wciąż biadoliła nad Weszką. Opowiadała, jakim był totalnym zerem i jaka jest głupia, że się o niego martwi. Potem przez chwilę płakała i pociągała nosem, a kiedy już myślałem, że się opanowała, wszystko zaczęło się od początku.

Dojechaliśmy już prawie do Sugarloaf Key, kiedy zawróciła i wymamrotała:

– Gdzie ja, do cholery, jadę?

W drodze powrotnej zatrzymała się na parkingu w pobliżu Marathon, na końcu starego mostu Seven Mile. Było tam pełno turystów, którzy majstrowali coś przy swoich aparatach, szykując się do efektownych zdjęć zachodzącego słońca. Niebo było zbyt zachmurzone, aby pojawił się błysk zieleni, a poza tym byłem zbyt zdenerwowany, żeby stać i szukać go na horyzoncie.

– Dlaczego myślisz, że Weszka... no wiesz...

– Nie żyje? Po pierwsze, nie zadzwonił, żeby błagać o pozwolenie na powrót do domu – wyjaśniła Shelly. – To jest zupełnie do niego niepodobne. Po drugie, żaden z jego kolesiów niczego o nim nie wie. Po trzecie, ten obrzydliwy łysy goryl przyszedł do nas tamtej nocy i po czwarte – w samochodzie była krew.

Znowu wskazała na zaplamioną deskę rozdzielczą. Starałem się na nią nie gapić. Niepokój Shelly udzielił się i mnie.

– Ale kto mógłby go zabić? I co to ma wspólnego z moim tatą? – zapytałem.

Westchnęła ze zniecierpliwieniem.

– Noah, czy ty w ogóle masz pojęcie, jakie zyski czerpie Dusty Muleman ze swojego kasyna?

– Nie, proszę pani.

– Jakieś piętnaście, dwadzieścia kawałków tylko ze stołów. Odejmij od tego koszt jedzenia dla klientów, wynagrodzenie dla obsługi, a nadal wychodzi minimum dziesięć tysięcy za każdą noc.

– Dolarów? – nie mogłem uwierzyć.

– Hazard to megawielki biznes, dziecko, ponieważ po świecie łazi pełno frajerów – wyjaśniła Shelly. – Pamiętaj, że Weszka nie potrafi trzymać języka za zębami. Załóżmy, że coś chlapnął. Wypaplał, że zamierza pomóc twojemu ojcu. Załóżmy, że Dusty się o tym dowiedział. Dostałby apopleksji na samą myśl, że federalni mogą zamknąć Coral Queen. Jak daleko by się posunął, żeby do tego nie dopuścić? Noah, jesteś bystrym chłopakiem, pomyśl o tym.

Nie chciałem się nad tym zastanawiać. Nie chciałem wierzyć, że Dusty Muleman zamordował Weszkę Peekinga. Tylko dlatego, że mój ojciec zawarł z nim układ.

– Nie przejmuj się, dotrzymam obietnicy. Pomogę twojemu ojcu odzyskać dobre imię – oznajmiła Shelly.

– Ale dlaczego?

– Może dlatego, że tak należy zrobić. A może dlatego, że teraz stałam się częścią tej sprawy.

– Chcesz usadzić Dusty'ego.

– Jeśli zranił mojego mężczyznę, to tak, żebyś wiedział – powiedziała. – Jeśli choć włos spadnie z głowy tego leniwego, tragicznego wszarza...

Była albo dużo twardsza niż myślałem, albo szalona.

– To zbyt niebezpieczne. Zapomnij o tym.

– Za późno.

Wcisnęła swoją straszną zapalniczkę za pasek dżinsów i wysiadła z jeepa. Nadal trochę kulała po tym, jak wczoraj skopała muszlę klozetową, ale zdaje się, że nie złamała sobie nogi. Poszedłem za nią na stary most, gdzie przechylaliśmy się nad pokrzywioną balustradą i patrzyliśmy na zielononiebieską wodę przelewającą się między przęsłami. Słońce zaszło już do połowy i wokół nas pstrykały aparaty.

– Co jeszcze chciałaś mi powiedzieć? – zapytałem Shelly.

– Dzisiaj rano widziałam się z Dustym.

– Sama?! To szaleństwo!

– Noah, kiedyś z nim mieszkałam. Byliśmy zaręczeni, mieliśmy się pobrać – uspokoiła mnie. – W każdym razie poszłam i zapytałam, czy mogę wrócić do mojej starej pracy za barem na Coral

Queen. Opowiedziałam mu łzawą historyjkę, jak to Weszka mnie porzucił i że bardzo potrzebuję pieniędzy.

Lekki wiatr przyniósł mandarynkowy zapach perfum Shelly, które zresztą bardzo mi się podobały. Zauważyłem, że w każdym uchu ma tylko po dwa srebrne koła. Pewnie musiała zastawić kolczyki, spłacając rachunek za ściągnięcie jeepa, pomyślałem.

– Czy Dusty dał ci tę pracę? – zapytałem.

– Tak. Zaczynam jutro.

Shelly miała jaja, nie miałem co do tego wątpliwości. Zamierzała z ukrycia przygwoździć Mulemana, faceta, który – jak przypuszczała – polecił zabić jej chłopaka. To dziwne, ale bardziej wyglądała na zasmuconą niż przerażoną.

– Proszę, nie rób tego. Trzymaj się z daleka od tej łodzi – poprosiłem.

– A jeśli ci powiem, że naprawdę potrzebuję kasy?

– To nie jest tego warte – powiedziałem odruchowo. – Nie chcę, żeby tobie stało się coś złego.

– Nic mi się nie stanie.

Teraz mówiła po staremu, wyjątkowo spokojnie i bez wahania.

– Jeśli się nie boisz, to dlaczego nosisz przy sobie tę zapalniczkę? – zapytałem.

– Dobre pytanie.

Wyjęła fałszywy pistolet zza paska dżinsów i wyrzuciła go do wody.

– Zamierzałam znowu zacząć palić, ale mnie przekonałeś. Dzięki, Noah.

Uśmiechnęła się, a potem zrobiła coś niesłychanego. Nachyliła się i pocałowała mnie w czubek głowy, w sposób, w jaki robiła to mama, kiedy byłem malutki. To było tylko cmoknięcie, ale czułem, że się czerwienię.

– Moja matka mówiła: „Trzymaj się blisko swoich przyjaciół, a jeszcze bliżej wrogów" – powiedziała. – Nie martw się o mnie, Noah. Wiem, jak poradzić sobie z kapitanem Mulemanem.

Kilku turystów zaczęło bić brawo, co się często robi na Keys, kiedy słońce znika za horyzontem. Dlaczego? Nie mam bladego pojęcia. Zachód słońca nad wodą powinien być czasem wyciszenia, ale myślę, że niektórzy nie są w stanie poradzić sobie z chwilą ciszy.

– A skoro już mowa o mamusiach – dodała Shelly – twoja zacznie się denerwować, jeśli za chwilę nie będziesz w domu.

Tej nocy, przed pójściem do łóżka wyjąłem kawałki rdzy z kieszeni i pokazałem Abbey. Powiedziałem jej wszystko o atrapie zbiornika na ścieki, o zniknięciu Weszki, o śladach krwi w jeepie i o Shelly, która wraca do pracy na łodzi, aby nam pomóc w namierzeniu Dusty'ego Mulemana.

Abbey była jak zwykle sceptyczna.

– Mówisz, że ten sam zbir, który chwycił mnie w porcie, porwał Weszkę Peekinga i go wykończył? Niemożliwe.

– Wszystko jest możliwe – odpowiedziałem.
– Może w Miami, ale nie na Keys!
Kiedy jej powiedziałem, ile zarabia Dusty, prowadząc kasyno, Abbey wybałuszyła oczy ze zdziwienia.
– Może pójdziemy na policję i opowiemy o wszystkim? – zapytała podekscytowana.
– Pomyślą, że jesteśmy parą czubków. Potrzebujemy świadków, Abbey, dziurawy zbiornik nie wystarczy.
– Czy ta twoja Shelly ma jakiś plan?
– Pracujemy nad tym – odparłem.
– Pracujecie! O, cudownie.
– Każdy pomysł będzie mile widziany.
– Noah, to nie jest gra – powiedziała moja siostra. – Nie wierzę, że dokonano morderstwa, ale jeśli to prawda, istnieje dla nas tylko jedno wyjście.
– Jakie?
– Pakujemy się i natychmiast wyjeżdżamy do Kanady. Ty, ja, mama, tata, jedziemy prosto do Saskatchewan i wprowadzamy się do dziadka Kennetha i babci Janet. Co tak na mnie patrzysz?
– Dobranoc, Abbey.

Byłem tak zmęczony, że zasnąłem w ubraniu. Od razu zacząłem śnić o łowieniu ryb, co często mi się zdarzało. W moim śnie byłem sam w małej drewnianej łodzi, na wędce miałem olbrzymiego tarpona, który ciągnął mnie w morze. Woda stawała się coraz bardziej niespokojna, sól smagała policzki i piekła w oczy. Robiło się ciemno i nic nie widziałem.

Czułem, że powinienem wyrzucić wędkę, ale to był największy tarpon, jakiego kiedykolwiek złapałem, i desperacko chciałem go schwytać. Ryba ciągnęła tak mocno, że mała łódka z trudem brnęła przez fale. Jakimś cudem udawało mi się utrzymać na dziobie, odchylając ciało mocno w tył. Od czasu do czasu żyłka świstała do góry, luzowała się i w dali słychać było niesamowity plusk. Wiedziałem, że to mój tarpon próbuje skokami wyswobodzić się z haczyka.

W końcu gęsty mrok zaczęły przecinać smugi białego światła i zdałem sobie sprawę, że przepływam obok latarni morskiej na Alligator Reef. We śnie zacząłem myśleć o tym, jakie wielkie barakudy i rekiny zamieszkują rafę, i że byłoby strasznie przewrócić łódź właśnie tutaj.

Potem stało się coś potwornego. Ogromna fala w kształcie kleszczy wyniosła łódź w powietrze. Spinning wypadł mi z dłoni, poleciałem do tyłu, spodziewając się, że za chwilę rozwalę sobie czaszkę o deskę pawęży.

Ale zamiast tego zacząłem spadać jakby w głęboką przepaść. Próbowałem się obudzić, co jest straszne, kiedy znajdujesz się w połowie snu. Kiedy już upadłem, coś niewidzialnego zaczęło bujać mną w przód i w tył – na początku delikatnie, później coraz mocniej, aż w końcu majtało mną jak szmacianą lalką.

Machałem rękami, starając się wymacać coś, czego mógłbym się przytrzymać. To, co złapałem, było okrągłą, porośniętą mchem skałą – tak przynajmniej myślałem, póki skała nie zaczęła mówić.

– Noah – wyszeptała. – Puść, proszę, moją twarz.

Otworzyłem oczy.
– Tata?
– Przepraszam, jeśli cię przestraszyłem.
Wystrzeliłem do góry i zapaliłem lampę. Mój ojciec klęczał przy łóżku w swoim pomarańczowym więziennym kombinezonie. Z pewnością nie był częścią mojego snu.
– Dobrze cię zobaczyć, chłopie.
– Ciebie też – powiedziałem. – Ale co ty tu robisz?
– Uciekłem – odpowiedział rzeczowo.
– Uciekłeś? Z więzienia?
– Obawiam się, że nie dali mi wyboru.
Nawet się nie zastanowiłem, kogo mógł mieć na myśli. Tym razem posunął się za daleko.
– Czy mama wie, że uciekłeś?
– Jeszcze nie. Chciałem najpierw obudzić ciebie i Abbey.
Oczywiście, mieliśmy stanowić jego tarczę ochronną. Mama nie zacznie rzucać w niego niczym ciężkim, jeśli w pobliżu będą dzieci.
– Wiem, że wygląda to nie najlepiej – przyznał ojciec. – Wszystko wyjaśnię.
Poważnie wątpiłem w jego wyjaśnienia.
– Mam pomysł – zaproponowałem. – Może wypróbujesz swoją historię na mnie, zanim pójdziesz z nią do mamy.
Tata uśmiechnął się z ulgą.
– Wiedziałem, że mogę na ciebie liczyć, Noah.

Zważywszy na okoliczności, śniadanie przebiegło w zadziwiająco kulturalnej atmosferze.

Tata spędził noc na podłodze w moim pokoju i zaskoczył mamę o poranku. Mama najpierw trochę płakała, a potem długo się przytulała. Abbey i ja wyszliśmy z kuchni i zaparkowaliśmy przed telewizorem, który nadal nie działał.

Kiedy mama robiła jajka i naleśniki, pojawił się monter i gdy usiedliśmy do stołu, nadal łomotał na dachu. Nie komentowałem sprawy zepsutej anteny, a mama nie pytała. Jej uwaga była całkowicie skupiona na ojcu.

Na początku swobodnie rozmawialiśmy i nawet się śmialiśmy. Tata zapytał Abbey, jak idą lekcje pianina, mamę, czy pralka nadal cieknie i jak dziadek Kenneth daje sobie radę po operacji przepukliny. Mnie poprosił o raport z wędkowania.

Wreszcie odłożył widelec i powiedział:

– Chciałbym przeprosić za zmartwienia, których byłem powodem. Nie żałuję, że próbowałem zatopić Coral Queen, ale muszę przyznać, że moja ocena sytuacji przyćmiona była frustracją, porywczością i, no cóż... złością.

Bardzo odkrywcze – pomyślałem.

– Czy wiecie, co to jest zakaz udzielania wywiadów? – zapytał nas ojciec.

Abbey spojrzała na mnie zdenerwowana. Ja popatrzyłem na matkę, która wciąż oczekiwała, że ojciec wyjaśni, dlaczego ucieczka z więzienia była takim doskonałym pomysłem. Na jej prośbę zdjął pomarańczowy kombinezon i włożył dżinsy oraz koszulę. Dla kogoś z zewnątrz mógł wydawać się zupełnie normalnym facetem.

– Po moim wywiadzie, za sprawą Dusty'ego Mulemana i jego kolegów na szeryfa spadły gromy – opowiadał. – Dlatego zdecydował, że nie mogę udzielać już żadnych wywiadów. Po prostu odebrał mi głos! A dzwonili do mnie z Programu 7, odezwał się „Miami Herald" i nawet ogólnokrajowe radio publiczne NPR!

– Wiemy, co to NPR – powiedziała cichutko Abbey.

– Dalej, Paine – odezwała się matka, a jej głos świadczył o dużym napięciu.

– Naprawdę, w ogóle nie wiedziałem, co robić. Żaden z policjantów nie chciał już ze mną rozmawiać – wyjaśniał tata. – Siedziałem sobie sam w celi i myślałem, że przecież wolność słowa to podwaliny tego kraju. Został założony przez ludzi, którym w ojczystych krajach zabroniono mówić, co myślą. Przez ludzi, którzy byli zdeterminowani, aby budować nowe społeczeństwo – otwarte i wolne.

– Chyba że miałeś pecha i zdarzyło ci się być w tym społeczeństwie niewolnikiem – wtrąciłem.

– Dobra uwaga, Noah. Osadnicy, którzy przybyli do Ameryki, nie byli świętymi – przyznał ojciec – ale ich zasady, które stały się prawem, były twarde i sprawiedliwe. A ja gniję w więzieniu, pozbawiony możliwości wypowiedzi przez jakiegoś ograniczonego, małomiasteczkowego biurokratę z odznaką. To po prostu niesłuszne, niesłuszne.

Ojciec odgrywał swoją rolę. Naprawdę wierzył, że nawet więzień ma prawo do tego, żeby występować w telewizji.

– Wczoraj wieczorem, kiedy przynieśli mi kolację, jeśli w ogóle można to nazwać kolacją, na autostradzie, tuż przed biurem szeryfa wydarzył się poważny wypadek. Jakiś pijany kierowca stracił panowanie nad swoim kabrioletem. Wszyscy policjanci pobiegli na pomoc.

– A ty wymaszerowałeś tylnymi drzwiami – domyśliła się Abbey.

– Zapomnieli zamknąć moją celę – ojciec spojrzał na mnie, oczekując wsparcia. – To był jeden z tych momentów, które wymagają podjęcia natychmiastowej decyzji.

– Mogłeś zdecydować, że się wyluzujesz i zjesz kolację – zasugerowałem.

– Ale jak mogłem tam tkwić, z kagańcem na pysku jak pies – odpowiedział. – Co dobrego mogłem zrobić w takiej sytuacji? Ludzie muszą wiedzieć, co się wokół nich dzieje. Muszą znać prawdę!

Przerwał i czekał na aplauz. Daremnie.

– Przez kilka godzin ukrywałem się w lesie, tuż za sklepem z narzędziami – kontynuował cicho – a potem ruszyłem do domu.

Abbey zaczęła skubać swojego naleśnika. Ja nalałem sobie jeszcze jedną szklankę soku pomarańczowego. Słyszeliśmy tę historię już w nocy. Teraz nadszedł czas, żeby mama ją osądziła.

– Paine, jest coś, o czym powinieneś wiedzieć – odezwała się znowu. Pan Shine dowiedział się czegoś ciekawego na temat Coral Queen.

– Co, Dusty się przyznał? – zapytał oschle ojciec.

– Nie, ale zgodził się wycofać wszystkie oskarżenia. Powiedział, że zrobi to, jeśli ty obiecasz, że nie będziesz rozpowiadał o nim swoich historii. Chce również, żebyś zgłosił się na terapię do psychologa.

– To nazywasz dobrymi wiadomościami? Chce, żebym robił z siebie wariata?

– Nie powinieneś mieć z tym kłopotów – stwierdziła matka krótko. – Zrobisz wszystko, co będzie trzeba, żeby wrócić do domu. Tego również chce szeryf. Dzwonił wczoraj i powiedział, że przywożą mu dwóch więźniów z Big Pine na rozprawę i potrzebuje dwóch wolnych cel. Zamierzał wypuścić cię dzisiaj rano, nawet bez kaucji. Już rozmawiał z sędzią w sprawie nakazów.

– To znaczy...

– Och, nic nie mów – Abbey walnęła się ręką w czoło.

– Masz rację – przyznała matka – nie musiałeś uciekać. Przygotowali się, żeby cię wyrzucić.

Tata opadł na krzesło. Spojrzałem na niego i wzruszyłem ramionami ze współczuciem.

– Trochę nie w porę – mruknąłem.

– Ale czy mogą to zrobić? – zapytał żałośnie. – Czy można wykopać kogoś z więzienia, nawet jeśli odmówi wpłacenia kaucji?

– W tym hrabstwie można. Uwierz mi – powiedziała mama.

Przez długą chwilę wpatrywaliśmy się w zimne jajka i naleśniki, myśląc o absurdzie całej tej historii.

W końcu odezwał się ojciec:

– No cóż. Nic złego się nie stało. Wyszło na to samo.

– Nieprawda – przerwała mama ze złością. – Sędzia nie podpisał jeszcze nakazu zwolnienia. Zatem według przepisów opuściłeś areszt samowolnie. To jest ciężkie przestępstwo, Paine, gorsze niż zatopienie łodzi. Tym razem mogą cię wysłać do prawdziwego więzienia.

Tata założył ręce.

– To teraz jestem uciekinierem.

– Gratulacje – wymamrotała Abbey.

Mama była na granicy rozpaczy.

– „Nic złego się nie stało!" Kpisz sobie ze mnie?

– Donna, chodziło mi tylko...

Przerwało mu pukanie do drzwi. Monter czekał, żeby mu zapłacić. Mama wypisała czek i szybko wróciła do stołu.

– Oto co zrobimy, Paine – powiedziała, podnosząc słuchawkę – zadzwonimy do pana Shine'a i poprosimy, aby przygotował twój powrót do aresztu. Jeśli szeryf będzie łaskawy i w dobrym nastroju, zwolni cię legalnie, po cichu i bez dalszego wstydu.

Słowo „wstyd" zawisło w powietrzu jak odór. Mimo to tata nadal nie zdawał sobie sprawy, jak bardzo ma przechlapane.

– Kochanie – zaczął – nie jestem pewny, czy mogę znowu oddać się w ręce tych ludzi. Tu chodzi o zasady, podstawowe prawa.

Mama odwróciła się do nas i poprosiła:

– Czy mogę porozmawiać z waszym ojcem na osobności? – Nagle usłyszeliśmy, jak ktoś z hukiem zatrzaskuje drzwi samochodu. Ojciec zesztywniał. Mama odłożyła telefon. – Noah, sprawdź kto to.

Abbey była już przy oknie.

– Glina – rzuciła niespokojnie.

– Nie! – krzyknął ojciec i prysnął tylnymi drzwiami.

Matka była tak spokojna, że aż mnie to przerażało. Zabrała ze stołu talerz ojca i włożyła go do zlewu. Kiedy policjant zadzwonił do drzwi, poprosiła, żebyśmy zostali w kuchni, a sama poszła otworzyć.

Abbey i ja sprzątnęliśmy ze stołu i zaczęliśmy zmywać. Byliśmy tak zdenerwowani, że pracowaliśmy jak roboty – ona myła, ja wycierałem i odkładałem.

Policjant szybko wyszedł, co przyjęliśmy z ulgą. Myślę, że gdyby chciał, mógłby w poszukiwaniu ojca przewrócić dom do góry nogami.

Kiedy mama weszła do kuchni, miała na twarzy smutny i zmęczony uśmiech. W ręku trzymała złożone ubrania, szczoteczkę i książkę do nauki gry w szachy, którą zaniosłem ojcu do więzienia.

– Przyjechał, żeby zwrócić rzeczy ojca – powiedziała mama. – Szeryf jest ponoć zachwycony, że ojciec uciekł, i nawet nie myśli go ścigać. Tata musi tylko pójść do biura i podpisać jakieś papiery.

– Chcesz, żebym go poszukał?

– Byłabym wdzięczna – powiedziała mama. – Abbey, czy mogłabyś podlać orchidee?

Siostra obrzuciła mamę podejrzliwym spojrzeniem.

– Chcesz się mnie pozbyć? Dlaczego?

– Ponieważ muszę porozmawiać z Noahem.

– Orchidee nie przetrwały zimy – powiedziała Abbey z uśmieszkiem. – Nie pamiętasz?

– To podlej róże – odparła matka.

Znalazłem go na Pioruńskiej Plaży. Był na bosaka, bez czapki, siedział w słońcu, tuż nad wodą.

– To tutaj nauczyłeś się pływać – powiedział.

Usiadłem obok niego.

– Abbey też – dodał. – Mama i ja przychodziliśmy tu z wami co weekend. Kiedy miałeś trzy lata, potrafiłeś zanurkować po muszle aż do samego dna. Pamiętasz?
– Nie bardzo. Byłem mały.
– Czy wiesz, dlaczego plaża nazywana jest Pioruńską? W 1947 od uderzenia pioruna zginął tu mężczyzna. Jasny, piękny dzień, żadnej chmury na niebie i nagle: buum. Uderzenie było tak silne, że rozwaliło przednią szybę pogłębiarki w Whale Harbor.
– Kto to był? – zapytałem
– Mężczyzna, który zginął? Chyba któryś z Russellów, a może Albury, nie jestem pewien. Kiedy uderzył piorun, stał tutaj, na plaży i czyścił swoją sieć. Złapał tego dnia ze trzy tuziny cefali i wszystkie się spaliły – opowiadał ojciec. – Twój dziadek Bobby opowiedział mi tę historię. Dlatego właśnie plaża nazywana jest Pioruńską.

Nie mogłem oprzeć się wrażeniu, że dzień był wyjątkowo słoneczny i bezchmurny. Ojciec musiał zauważyć moją niepewność, bo powiedział:
– Nie martw się, to był jakiś bzik atmosferyczny, pogodowa anomalia. Pewnie nie zdarzy się w tym miejscu w ciągu kolejnego miliona lat.
– Tato, wróć do domu.
– A jeśli to pułapka, którą urządził szeryf?
– To nie pułapka. Szeryf nie chce cię widzieć na oczy – wyjaśniłem.

Woda zakotłowała się i nagle wyskoczyła z niej barakuda, przecinając ławicę iglików.

– Noah, ja mam rację. Dusty wypompowuje gówna do oceanu.

– Wiem o tym. Powiedziałem mu, że lądowy zbiornik na ścieki to atrapa i że załoga Coral Queen finguje wypompowywanie ścieków.

– Wiedziałem, że to musi tak wyglądać – powiedział gorzko. – Założę się, że Weszka Peeking doskonale wiedział o tym całym przekręcie.

– Tato, mam więcej złych wiadomości. Weszka Peeking nie żyje.

– Nie!

Opowiedziałem mu o łysolu z krzywym nosem, który odwiedził Weszkę w przyczepie, i o plamach krwi, które Shelly znalazła w jeepie.

– Shelly myśli, że Dusty Muleman zabił Weszkę albo kazał go zabić, żeby ten nie puścił pary.

Ojciec wyglądał na przerażonego.

– Nie mogę w to uwierzyć – powiedział drżącym głosem.

– Abbey myśli, że powinniśmy się spakować i uciekać do Kanady.

– A co ty myślisz, Noah?

– Myślę, że tam jest okropnie zimno.

– To na pewno – przyznał cicho ojciec.

– A te snowmobile są jeszcze głośniejsze niż skutery wodne.

– To fakt.

– Wymyślimy coś. Jak zawsze. Chodź do domu – powiedziałem.

Tata był głęboko pogrążony w myślach, patrzył ku wejściu do basenu portowego, gdzie zakotwiczona była Coral Queen.

– Dusty powiedział, że wycofa oskarżenia, ponieważ nie chce głośnego procesu. Pozbył się Weszki, co jest ostrzeżeniem dla wszystkich tych, którzy wiedzą, co naprawdę dzieje się na łodzi i chcieliby mi pomóc.

– To, co mówisz, ma sens.

– Ale jeśli Weszka naprawdę nie żyje, to moja wina.

– Nie, nie twoja, tato. Jeśli nie żyje, to dlatego, że jest chciwy – powiedziałem. – Nie chciał powiedzieć prawdy, póki nie upewnił się, że dostanie pieniądze. Jeśli od razu zgłosiłby się do Straży Przybrzeżnej, Dusty Muleman już dawno byłby załatwiony. Chodźmy do domu, proszę.

– Wygląda na to, że dzisiaj woda jest czysta, prawda? Ale nie zawsze wystarczy tylko popatrzeć.

Podniósł się i wolno wszedł do wody, wodząc czubkami palców po jej powierzchni.

– Twój dziadek Bobby przywoził mnie na Keys trzy, cztery razy w roku. Kiedy byłem w twoim wieku, stałem właśnie tutaj i patrzyłem, jak łapie siedmiokilogramową węgorzycę z grzbietu płaszczki.

– Na co złapał? – zapytałem.

– Na kawałek mrożonej krewetki – przypomniał sobie ojciec. – Założę się, że nikt od dawna nie widział węgorzycy na tej płyciźnie. Z wielu powodów: kłusownictwo, zanieczyszczenia, zbyt duży hałas. To właśnie robią ludzie, kiedy znajdują wyjątkowe miejsce, nieujarzmione, pełne życia, tratują je na śmierć. – Odwrócił się i stanął naprzeciwko mnie. – Noah, rozumiesz, dlaczego zatopiłem Coral Queen, prawda? Za każdym razem, kiedy Dusty opróżnia zbiornik, to tak jakby spłukiwał setki zapaskudzonych toalet wprost do oceanu.

Zrobiło mi się niedobrze na samą myśl. Nie mogłem zostawić ojca samego i pozwolić, żeby znowu się nakręcił. Poza tym było coś jeszcze, co musiałem mu powiedzieć, coś jeszcze ważniejszego.

– Mama chce, żebyś natychmiast wrócił do domu. Powiedziała, że to nie podlega dyskusji. Żadnych przemów, żadnych wymówek. Po prostu chodźmy do domu.

– Oj, uspokoi się.

Jakbym mówił do ściany. Postanowiłem więc walnąć obuchem.

– Tato, mama myśli o rozwodzie.

– Co? Nie ma mowy!

– Podsłuchałem, jak mówiła o tym z babcią Janet.

Mój ojciec stał po kolana w wodzie, mrużąc oczy. Przekrzywiał głowę tak, jakby się obawiał, że źle usłyszał.

– Czy mama użyła tego słowa? Czy powiedziała „rozwód"?

– Głośno i wyraźnie. Rozmawiała już z panem Shine'em. Abbey podsłuchała.

– O, Boże – westchnął ojciec – co za bałagan.

W końcu zaczęło to do niego docierać. Widziałem, że naprawdę się zmartwił. Ja też się martwiłem.

– Chodź – powiedziałem – idziemy.

Sięgnął ręką pod wodę i wyłowił małego niebieskiego kraba, którego trzymał w złożonych dłoniach. Kiedy pochylił się, żeby go dokładnie obejrzeć, krab przyczepił swoje małe szczypce do jego nosa i zwisał jak dziwny, malowany ornament. Wybuchnęliśmy śmiechem. Krab zwolnił uścisk i z pluskiem wpadł do wody.

– Idź i powiedz matce, że wkrótce będę w domu – powiedział ojciec. – Wieczorem popłyniemy na ryby: ty, ja i Abbey. Złowimy kilka lucjanów na kolację.

Kiedy wskakiwałem na rower, czułem się doskonale. Miałem do wykonania trudne zadanie, ale tata zareagował tak, jak oczekiwałem. Jechałem, myśli skakały mi po głowie i nie zwracałem uwagi na to, co się wokół dzieje.

A powinienem.

W jednej chwili pedałowałem najszybciej, jak umiałem, a sekundę później leciałem nad kierownicą własnego roweru. Wylądowałem na prawym ramieniu, przetoczyłem się i zatrzymałem, leżąc płasko na plecach. Nad sobą zobaczyłem rozzłoszczoną twarz Jaspera Mulemana Juniora.

– Hej, gnojku, gdzie masz pomocnicze kółeczka? – zapytał.

Usłyszałem tępy i prostacki śmiech, niewątpliwie był to śmiech Barana. Musieli zauważyć, że nadjeżdżam, i ukryć się w lesie. Usiadłem i popatrzyłem na rower, świeżo oberwana gałąź balsamowca sterczała wśród szprych przedniego koła.

– To oryginalny pomysł – rzuciłem do Jaspera Juniora.

Baran złapał mnie za kołnierz i zaciągnął między drzewa. Słyszałem Jaspera, który biegł za nami. Kiedy doszliśmy do polany, Baran wyprostował mnie, obrócił i przytrzymał ramiona.

Jasper Junior stanął przede mną, jego twarz znalazła się tuż przed moim nosem.

– No, gdzie się podziewa twój żulowaty ochroniarz? Ten, który przewrócił moją taczkę.

Zastanawiałem się, czy już wiedział, że coś złego stało się Weszce Peekingowi.

– To nie mój ochroniarz – odpowiedziałem – to mój szofer.

– Niezły z ciebie komediant – mruknął Jasper. Potem zamachnął się i uderzył mnie w brzuch. – To za Snake Creek, za zatopienie mojej łódki.

Uderzenie zwaliło mnie z nóg. Czułem, że wiotczeję w ramionach Barana jak makaron. Myślałem, co by tu bystrego odpowiedzieć, ale jedyne, co mogłem z siebie wydobyć, to pisk, który przypominał odgłos, jaki wydaje powietrze uchodzące z balonu. Wydawało mi się, że wieki całe trwało, zanim złapałem oddech, i zaraz potem Jasper walnął mnie raz jeszcze.

– A to za twojego zwariowanego ojca, który zatopił statek mojego taty.

W tym momencie świat zawirował mi przed oczami i wszystko wokół zszarzało. Myślałem, że już po mnie. Próbowałem ruszać ustami, ale niczego nie mogłem powiedzieć.

Słyszałem natomiast, jak Jasper mówi:

– Baran, teraz twoja kolej.

– Nie, dzięki, brachu – odparł i pozwolił mi upaść na ziemię.

Natychmiast zamknąłem oczy i wysunąłem język, udając, że nie żyję. Ta sztuczka wychodzi oposom, które w obliczu niebezpieczeństwa udają, że są martwe, ale nie mnie. Jasper kopnął mnie tak mocno w kość udową, że aż trzasnął mu wielki palec u nogi. Zaczął skakać i krzyczeć, że uszkodziłem mu stopę. Baran stwierdził, że jeśli zamierza się kogoś kopać, to dobrze jest włożyć buty. Jasper kazał mu się zamknąć i po chwili odszedł, utykając i narzekając, a za nim podążał chichoczący Baran.

Ja też bym się pośmiał, gdyby mnie tak bardzo nie bolało.

Nie jest łatwo udawać, że wszystko gra, kiedy czujesz się tak, jakby cię zepchnięto z dachu. Tym razem nie było widać żadnych siniaków, które rodzice mogliby zauważyć, bo Jasper rąbnął mnie w brzuch (a nie w oko), a brzydki siniak na udzie, na szczęście, można było zakryć spodniami.

Nie powiedziałem ani mamie, ani tacie, co się stało, boby się wściekli i poszli prosto do Dusty'ego Mulemana albo nawet na policję. A ja chciałem rozwiązać to po swojemu. Dlatego starałem się zbytnio nie ruszać i jak ostatni wałkoń tkwiłem przed telewizorem. W lecie nigdy nie siedzę w domu – łowię ryby, nurkuję, jeżdżę na desce – dlatego Abbey patrzyła na mnie podejrzliwie. Mama też zauważyła moje nietypowe zachowanie, ale nie wnikała, bo była zbyt zajęta pilnowaniem ojca.

Pan Shine przygotował powrót ojca do więzienia, choć szeryf nie mógł się doczekać, kiedy ojciec da mu w końcu spokój. Sędzia nałożył na tatę areszt domowy, który miał trwać do momentu podpisania ugody w sprawie Coral Queen. Żeby mieć na ojca oko, przyczepiono mu do kostki elektroniczną bransoletę. Jeśli wyszedłby nawet dziesięć centymetrów za próg naszego domu, w biurze szeryfa włączyłby się alarm i łatwo by go namierzyli.

Przez tydzień żyliśmy prawie jak normalna rodzina, poza tym, że ojciec nie mógł opuszczać domu. Jedno z nas zawsze zostawało z nim, nie tylko dlatego, żeby dotrzymać mu towarzystwa, ale też pilnować, by nie okazał się za sprytny i na przykład nie zdjął bransolety.

Graliśmy dużo w gry wideo, oglądaliśmy pokazy wędkarskie na kanale sportowym i w ogóle nie rozmawialiśmy na temat statku kasyna. Abbey postanowiła wybudować wioskę olimpijską dla krabów i projekt ten wyjątkowo pochłonął naszego ojca. Kiedy Abbey i ja zbieraliśmy kraby (była ich kupa w lasku przy autostradzie), ojciec siedział przy kuchennym stole i majsterkował. Nie minęło wiele czasu, a wybudował bieżnię, basen, tyczki i płotki.

Niestety, przeciętny krab nie jest szczególnie wysportowany, co więcej, holuje na swoim grzbiecie postukującą skorupę. Dlatego też krabie zawody, główna część projektu Abbey, zakończyły się fiaskiem. Większość zawodników pokuliła się po kątach i ani drgnęła. Mimo to przedsięwzięcie zajęło ojca i pozwoliło mu nie myśleć o Coral Queen.

Do momentu, kiedy pewnego późnego popołudnia pojawiła się Shelly.

Abbey, przyglądając się, jak wysiada z jeepa, powiedziała:

– To będzie dobra zabawa.

Shelly ubrana była w swój strój barmanki, który – jak na strój barmanki przystało – był krzykliwy i kusy. Miała buty na wysokich obcasach i rajstopy, które wyglądały jak zrobione z sieci do łowienia cefali. Otworzyłem drzwi i pomyślałem z ulgą o tym, że mamy nie ma w domu.

– Dawno się nie widzieliśmy – rzuciła Shelly do mojego ojca i uścisnęła go krótko, oficjalnie. Potem przedstawiła się Abbey, która gapiła się na tatuaż z drutem kolczastym.

– Napijesz się czegoś zimnego? – zaproponował ojciec.

– Mrożonej herbaty, jeśli można. Nie mogę długo zostać.

Wszyscy usadowiliśmy się w salonie. Shelly skrzyżowała nogi i popijała herbatę. Tata, siedzący na brzegu fotela, umierał z ciekawości.

– Jak się masz, Noah? – zapytała mnie Shelly.

– Wspaniale.

– Naprawdę dobrze się czujesz? – rzuciła mi podejrzliwe spojrzenie, jak zawsze, kiedy wiedziała, że nie mówię prawdy.

To przerażające – niczego nie można było przed nią ukryć.

– Jak w pracy? – zapytałem, by zmienić temat.

– Praca jak praca – odpowiedziała. Potem zwróciła się do ojca: – Co masz na nodze, Paine?

Ojciec wyjaśnił jej, jak działa elektroniczna bransoleta.

– Możesz uwierzyć? Jestem w areszcie domowym!

– No, to masz przechlapane.

I nagle ni stąd, ni zowąd Abbey zapytała o tatuaż. To kolejna cecha mojej siostry. Nie boi się niczego.

Shelly uśmiechnęła się i przeciągnęła palcem po błękitnym szlaczku.

– Opowiem ci tę historię, kiedy będziesz starsza – powiedziała. – Ale mówiąc krótko, to była długa noc i fatalna impreza.

– Ale dlaczego drut kolcowy? – Abbey zawsze mówiła „kolcowy".

– Żeby pokazać całemu światu, jaka ze mnie twardzielka – wyjaśniła Shelly. – Prawdę powiedziawszy, teraz żałuję, że nie kazałam wytatuować sobie stokrotek. Kiedy będę miała osiemdziesiąt lat, to dopiero będzie wyglądać. Pewnie moje wnuki zapytają, dlaczego wymalowałam sobie na ramieniu ogrodzenie dla bydła. Paine, możesz kąpać się z tym gadżetem na kostce czy cię porazi?

Ojciec zaśmiał się.

– Mogę, jest wodoszczelne.

– Niesamowite – zdziwiła się Shelly.

– Jakieś wieści od Weszki? – zapytałem z nadzieją.

Potrząsnęła głową.

– Ale mam inne wiadomości. Dlatego tu wpadłam.

Czekaliśmy, kiedy upijała duży łyk ze szklanki.

– Znowu to robią – powiedziała. – Znowu spuszczają ścieki do wody. Ostatniej nocy zostałam dłużej, żeby uzupełnić zapasy w barze, i widziałam na własne oczy. Dusty już wyszedł, a załoga sądziła, że i mnie nie ma.

Zauważyłem, że ręce ojca zacisnęły się na oparciu fotela. Abbey też zwróciła na to uwagę.

– Po prostu przerzucili węża za burtę – mówiła dalej Shelly – jakby to była najnormalniejsza rzecz na świecie.

– Która była godzina? – zapytał ojciec.

– Między pierwszą a wpół do drugiej. Przystań była pusta.

– Ten gość to łajza pierwszej klasy – rzuciła Abbey, jak zwykle bez zahamowań.

– Nie ma co do tego złudzeń – zgodziła się Shelly. – I mam coś jeszcze. Wielki, łysy facet z nosem w kształcie litery „Z". Ten, który odwiedził Weszkę tej nocy, kiedy zaginął. Ma na imię Luno i jest głównym mięśniakiem Dusty'ego. Chyba jest z Maroka albo coś takiego.

Celowo nie patrzyłem na siostrę. Żadne z nas nie powiedziało ojcu, że Abbey ugryzła zbira Dusty'ego w rękę pamiętnej nocy w porcie, kiedy podkradł się i złapał ją za gardło. Doprowadzilibyśmy ojca do szaleństwa.

A mama? Zapomnij! Bylibyśmy już w połowie drogi do Saskatchewan.

– Co jeśli zrobią się podejrzliwi i zaczną ci robić kłopoty? – zapytałem Shelly.

– Dlaczego mieliby mnie podejrzewać? Popatrz na to z punktu widzenia Dusty'ego. Dlaczego miałabym u niego pracować, gdybym wiedziała, że Luno zamieszany był w śmierć Weszki? Musiałabym być samobójczynią – powiedziała Shelly i mrugnęła okiem. – Dusty kupił moją historię. Myśli, że chciałam wrócić do pracy, ponieważ Weszka zostawił mnie bez grosza. A prawdę mówiąc, zarobki nie są najgorsze.

Ojciec podniósł się i zaczął chodzić tam i z powrotem.

– Dobra, lepiej będzie, jeśli już pójdę – powiedziała Shelly.

– A jak sobie radzisz z Dustym? – zapytałem.

– O, nie martw się tym. Jest pod kontrolą.

– Uważaj na siebie – ostrzegł ojciec.

– Okej. Jeśli tylko nie spróbujesz zatopić łodzi, kiedy bar jest otwarty – odparowała Shelly.

Potem pożegnała się i wybiegła, pozostawiając nas w ciszy wypełnionej delikatnym zapachem mandarynek.

Wieczorem Abbey właściwie nie tknęła kolacji. Powiedziała, że nie czuje się dobrze i musi położyć się wcześniej.

Mama utuliła ją i wróciła do stołu.

– Myślę, że twoja siostra może mieć grypę. Dobrze się czujesz?

– W porządku – mruknąłem.

– A ty, Paine?
– Jak nigdy – odpowiedział ojciec.
– Dzwoniłeś do swojej firmy taksówkarskiej? – zapytała mama.
– Jutro. Obiecuję.
Miał sprawdzić, czy trzymają jego miejsce.
– Myślę o odzyskaniu licencji kapitańskiej – powiedział. – Żebym znowu mógł prowadzić wyprawy.
Matka odłożyła widelec.
– Nie mówisz poważnie?
– Dlaczego nie?
– Myślisz, że po tym, co zrobiłeś z Coral Queen, Straż Przybrzeżna pozwoli ci brać ludzi na wodę? Kochanie, będziesz miał szczęście, jeśli pozwolą ci prowadzić taksówkę!

Tata nabił na widelec zieloną fasolkę i nie ciągnął tematu.

– Ktoś dzwonił do ciebie z „Herald", kiedy brałeś prysznic. Wyjaśniłam, że nie będziesz udzielał już więcej wywiadów. Tak?
– Tak – wymamrotał ojciec.

Jeden z warunków, jaki Dusty Muleman postawił ojcu, brzmiał, że tata przestanie trajkotać w mediach.

– Wiesz, on znowu zaczął opróżniać zbiorniki – powiedział tata. – To prawda. Zapytaj Noaha.

Mama spojrzała na ojca.
– A skąd to wiesz?
– Mamy swoje źródła – powiedział ojciec tajemniczo.

– Wiemy to od kogoś, kto pracuje na Coral Queen – dodałem.

– Rozumiem – stwierdziła matka. – W takim razie, to wasze źródło powinno natychmiast zgłosić się do władz i złożyć zeznanie. Tak to się powinno odbywać. Noah, proszę, podaj ryż.

– Ale Dusty ma układy z policją i Strażą Przybrzeżną – zwrócił uwagę ojciec. – Nie zrobią nic, póki ktoś nie złapie go na gorącym uczynku.

– Może ktoś to zrobi – powiedziała matka – ale ten „ktoś" nie mieszka w tym domu. Po raz ostatni odwiedzałam więzienie, czy to jasne?

Tej nocy nie mogłem zasnąć. Wyciągnąłem moje stare skate'owe magazyny. Było naprawdę późno, dobrze po północy, kiedy mama zajrzała do mojego pokoju i zobaczyła, że nie śpię. Usiadła na łóżku i powiedziała, że przykro jej z powodu nieprzyjemnej atmosfery przy kolacji. Wszystko wróci do normy, obiecała, jak tylko skończą się sądowe problemy ojca, który w końcu wróci do pracy.

– Czy rzeczywiście myślałaś o rozwodzie, kiedy rozmawiałaś o tym z babcią Janet? – zapytałem, choć wymagało to zebrania całej odwagi, jaką miałem.

Mama odetchnęła głęboko i zacisnęła usta.

– Słyszałeś, jak rozmawiam przez telefon? O, tak mi przykro, Noah, zrozum, byłam naprawdę zmartwiona...

Wiedziałem, że chce mnie objąć tym wielkim, duszącym uściskiem, jaki pamiętałem z dzieciństwa. Zdobyła się tylko na dotknięcie mojej dłoni.

– Twój ojciec ma niezwykłą i żywą osobowość – powiedziała – jestem pewna, że już to widzisz. Bardzo go kocham, ale czasami doprowadza mnie do obłędu. Mówiąc szczerze, częściej niż „czasami".

– Wiem, mamo.

– Rozumiem, że pewne rzeczy, które dzieją się na świecie, bardzo go dotykają: chciwość, niesprawiedliwość i okrucieństwo wobec natury. Jego zaangażowanie w te sprawy bardzo mi się w nim podoba. Ale z drugiej strony jest dorosłym mężczyzną i musi się odpowiednio zachowywać. Nie chcę być żoną faceta, który siedzi w więzieniu.

– A więc naprawdę myślałaś o rozwodzie – upewniłem się.

– Nie żartuję sobie z takich spraw. To nie byłoby w porządku wobec ciebie i Abbey. – Nie musiałem mówić mamie, jak bardzo się martwimy. Wiedziała. – A skoro już mowa o twojej siostrze, zajrzę i zobaczę, jak się czuje.

Powiedziałem „dobranoc", wyłączyłem światło i naciągnąłem kołdrę pod szyję. Słyszałem, jak mama otwiera drzwi do pokoju Abbey i wymawia jej imię. Nie słyszałem odpowiedzi, więc sądziłem, że śpi.

Ale wtedy mama zaczęła wołać ojca głosem, którego nie znałem, tak jakby ugrzązł jej w gardle. Tata natychmiast pojawił się na końcu korytarza, ja też.

Kiedy wbiegliśmy do pokoju Abbey, matka stała ze łzami w oczach. Przyciskała do twarzy pobielałe dłonie, jej ramiona drżały.

– Nie ma jej – krzyczała. – Nie ma Abbey!

Łóżko mojej siostry było puste. Okno szeroko otwarte, a moskitiera wyjęta i oparta o ścianę.

– W porządku. Wszyscy się uspokójmy – zarządził tata.

Starał się uspokoić nie tylko mnie i mamę, uspokajał także siebie. Próbował objąć matkę, ale się wyrwała.

– Ktoś ją porwał, Paine! Ktoś się włamał i ją porwał.

– Nie, mamo, nikt jej nie porwał – odezwałem się.

– Skąd wiesz? Skąd?

Co mogłem powiedzieć? Że czasami sam wymykam się nocą z domu i jadę na ryby albo na kraby z Thomem i Rado. Którejś nocy, po jednej z moich wypraw, przyuważyłem, że Abbey ukryła się w moim pokoju i obserwowała, jak wspinam się przez okno i zakładam moskitierę. Nigdy nie naskarżyła rodzicom, ale z pewnością zapamiętała mój trik.

– Porywacz nie zawracałby sobie głowy i nie opierał moskitiery o ścianę – zauważyłem. – Wyciąłby ją nożem.

– Noah ma rację – powiedział ojciec. – To jest zbyt dokładne i uporządkowane działanie. Cała Abbey.

Mama wytarła oczy o rękaw ojca.

– To co się stało? Uciekła? Dlaczego miałaby uciekać?

– Nie wydaje mi się, żeby Abbey uciekła – powiedziałem.

– Noah, mów, o co chodzi.

– Miała coś do załatwienia.
– W środku nocy? Sama? – Matka odwróciła się do ojca i przygwoździła go morderczym, laserowym spojrzeniem. – Paine, co się tutaj dzieje? – Odwróciła się do mnie i złapała mnie za lewe ucho. – A ty, co masz mi do powiedzenia, młody człowieku?

Nigdy nie mówiła „młody człowieku", chyba że sprawa była bardzo poważna.

– Tak, mamo?

Byłem prawie pewien, gdzie poszła Abbey. I czułem, że ojciec też wiedział.

– Czy to ma coś wspólnego z Coral Queen? – zapytała matka.

– To możliwe – przyznałem słabo.

– Więc cała rodzina straciła rozum?! – Puściła moje ucho i zawołała: – Paine, wracaj tu natychmiast!

Chwilę później tata pojawił się w drzwiach sypialni. Ubrany był w spodnie w kolorze khaki, stare trampki i bejsbolówkę. W ręku miał latarkę, którą trzymał na łódce.

– A ty dokąd się wybierasz? – zapytała matka.

– Nie ma kamery – zakomunikował ojciec, jakby nie słyszał pytania mamy.

– Odpowiedz na moje pytanie. Dokąd idziesz?

– Znaleźć Abbey – odpowiedział spokojnie ojciec.

– Paine, masz areszt domowy. Pamiętasz?

Ojciec z zakłopotaniem podniósł prawą nogawkę spodni. Na kostce nie było bransolety.

– O, to po prostu świetne – prychnęła matka. Zazwyczaj nie była sarkastyczna, ale jeśli już, to stawała się brutalna. – Może od razu spakuję twoje rzeczy. Będą ci potrzebne w więzieniu stanowym. Czy pozwalają tam mieć własną pidżamę?

– Donna, proszę, to nie czas na kłótnie.

– Naprawdę? Nasza mała córeczka błąka się gdzieś sama w nocy, a ty włączasz alarm w biurze szeryfa i za moment dziesiątki wozów policyjnych otoczą nasz dom.

– Sam pójdę po Abbey – zgłosiłem się. – Nie martw się, mamo, poradzę sobie.

– Nie, pójdziemy wszyscy razem – zarządziła matka. – A jeśli wpadniemy, bardzo was proszę, żebyście trzymali języki za zębami i pozwolili mi mówić. Zrozumiano?

Mój ojciec i ja spojrzeliśmy po sobie z rezygnacją. Sprzeciw nie miał sensu.

– Noah, proszę, zabierz ze spiżarni spray na komary. Paine, czy możesz poszukać moich kluczyków?

Mama prowadziła samochód, jej obie dłonie spoczywały na kierownicy. Jadąc, przestrzegała ograniczenia prędkości, nie chciała, żeby policja nas zatrzymała i zobaczyła ojca w samochodzie.

Kiedy skręciła w stronę przystani, tata wychylił się przez okno i zaczął świecić latarką po mangrowcach, sprawdzając, czy Abbey nie ukryła się wśród drzew. W snopie światła zobaczyliśmy rodzinę szopów i zaspaną czaplę błękitną, ale żadnego śladu mojej siostry.

Byliśmy jakieś sto metrów od przystani, kiedy mama zatrzymała samochód. Zaproponowałem, że powinniśmy się rozdzielić, ale ojciec nie zgodził się na to. Jego zdaniem byłoby to zbyt ryzykowne. Wysiedliśmy razem z samochodu i ruszyliśmy w stronę łodzi.

Mama co chwilę wykrzykiwała imię Abbey, a ojciec przeczesywał ciemności latarką. Kiedy doszliśmy do portu, zobaczyłem, że na Coral Queen panuje ciemność, ale widać było światło w budce kasy biletowej, która stała na początku pomostu. Położyłem palec na ustach, sygnalizując rodzicom, żeby byli cicho. Przy jednej z latarni stało zaparkowane długie, czarne SUV Dusty'ego Mulemana. Stłoczyliśmy się w cieniu dziurawego zbiornika na ścieki. Tata wyjął pordzewiałą osękę z jednej z przycumowanych łodzi czarterowych. Jego przyśpieszony oddech zdradzał wielkie zdenerwowanie. Mama zachowywała spokój.

– Wy dwoje zostajecie tutaj. Ja idę ocenić sytuację – zarządził ojciec.

– Nie zrobisz tego – powiedziała matka. – Teraz jesteśmy drużyną.

Tata wdał się w sprzeczkę, ale nagle przerwał i zaczął nasłuchiwać. Ja też coś usłyszałem – śmiech mężczyzny, dochodzący z kasy biletowej.

– A jeśli mają tam Abbey? – wyszeptałem niespokojnie.

– Grzecznie poprosimy, żeby ją wypuścili – odpowiedziała matka. – Jeśli to nie poskutkuje, wymyślimy coś innego. Idziemy.

Matka waży tylko pięćdziesiąt pięć kilo, ale nie zachowuje się jak słabeusz. Podeszła do kanciapy, załomotała do drzwi i weszła, nie czekając, aż ją ktoś poprosi – po prostu wtargnęła. Ja i ojciec tuż za nią.

– Ooo, patrzcie, kogo tu mamy? – zawołał Dusty Muleman, odkładając słuchawkę.

Siedział pod żarówką przy kiwającym się stoliku. Przed nim leżały sterty pieniędzy i rachunki z kasyna.

– Dusty, przepraszamy za najście, ale to ważna sprawa – powiedziała matka.
– Nie ma sprawy, Donna.
Spojrzał na nas z rozbawieniem.
– Widziałeś może Abbey dzisiaj wieczorem? – zapytała matka.
– Abbey? A co miałaby tu robić? – zauważył drwiąco.
Tata zaczął się przesuwać powoli w kierunku Dusty'ego, ściskając w dłoni osękę, co nie wróżyło nic dobrego.
– Przyszła tu nałapać sardynek – odezwałem się cicho.
Często zdarza się, że na dnie łodzi rybackiej zostają drobne ryby, o czym Dusty Muleman doskonale wiedział.
– Mieliśmy w planie wędkowanie i mogła tu przyjść po przynętę – wyjaśniałem dalej.
– A co ona robi o tej porze poza domem? Większość dziewczynek w jej wieku już od dawna śpi, opatulona w swoich łóżeczkach – komentował Dusty.
– Widziałeś ją? – mama zapytała raz jeszcze. – Zaczynamy się o nią martwić.
– Nie.
Dusty ubrany był w luźną, kolorową koszulę z drzewami palmowymi. Grube, wilgotne cygaro wisiało w kąciku jego ust. Na szczęście nie było zapalone, bo w tym małym pomieszczeniu udusilibyśmy się dymem.

– Poczekajcie, zapytam Luno – powiedział i zaczął coś mówić szorstkim głosem do walkie-talkie. Potem zwrócił się do ojca. – Paine, jestem trochę zaskoczony, że widzę cię tutaj. Szeryf powiedział mi, że masz areszt domowy.

– Miałem – odpowiedział ojciec – póki moja córka nie zaginęła.

Miał zaciśnięte szczęki i naprężone ramiona. Cały był napięty jak sprężyna, w każdej sekundzie gotowy do skoku na Dusty'ego Mulemana, który był mniejszy od ojca i kluchowaty.

Mama wyczuła, co się święci. Wyrwała z ręki taty przerdzewiałą broń i ostrożnie postawiła ją w kącie.

– Posłuchaj, Dusty – powiedziała. – Paine ma ci coś do powiedzenia.

– Tak? – zdziwił się ojciec.

– Tak. Nie pamiętasz? Chciałeś przeprosić za to, co wydarzyło się z Coral Queen.

Zacząłem kasłać tak, jakbym dostał ataku. Nie mogłem przestać.

– Przeprosić? – upewnił się ojciec.

– Tak, Paine, rozmawialiśmy o tym ostatniej nocy. – Głos mamy był miły, ale bardzo stanowczy. – Ty i Dusty znacie się za długo, żeby pozwolić, aby sytuacja wymknęła się spod kontroli.

– Donna ma rację – powiedział Dusty. – Przez te wszystkie lata, kiedy wypływaliśmy razem z przystani Teda, nigdy nie mieliśmy zatargów.

Ojciec po prostu wrzał, ale co mógł zrobić? Dusty zobowiązał się do wycofania zarzutów, jeśli ojciec zacznie się zachowywać jak należy. Mama wykombinowała, że to dobry moment na wyrażenie skruchy.

– W porządku – zaczął ojciec sztywno. – Przepraszam za zatopienie twojej łodzi.

– Przeprosiny przyjęte – Dusty cmoknął cygaro i jego pokrętne szare oczka zwróciły się w moją stronę. – Synu, słyszałem od Jaspera Juniora, że mu uprzykrzasz życie?

– Żartuje pan, prawda? – odpowiedziałem pytaniem.

Dusty pokręcił głową. Tata spojrzał na mnie z zaciekawieniem.

– Jest wręcz odwrotnie – zacząłem protestować. – On i Baran...

– On i Baran co? – zapytał tata.

– Nic.

– Noah, o co chodzi? – zapytała matka, jakby nie pamiętała mojego podbitego oka.

Pewnie nie chciała dolewać oliwy do ognia – Abbey zaginęła, a wolność ojca leżała w rękach Mulemana. Więc i ja musiałem powstrzymać się od szczegółowej opowieści o wszystkim, co zaszło pomiędzy mną i Jasperem. Dusty świetnie się bawił moim kosztem. Widziałem to po sposobie, w jaki się uśmiechał.

– Wiem, że Keys coraz bardziej upodabniają się do Miami – powiedział Dusty – ale chłopak nie powinien mieć kłopotów z bezpiecznym powrotem do domu z wędkowania. Nie sądzicie?

– Oczywiście – powiedziała matka, chociaż tym razem wyczułem w jej głosie lekki chłód.

Kiedy na mnie spojrzała, widziałem, że nie wierzy w ani jedno słowo wypowiadane przez Mulemana. Wiedziałem również, że oczekuje, iż powściągnę swoją dumę i zrobię wszystko dla dobra rodziny, tak jak ojciec.

– Przekaż Jasperowi, że to się więcej nie powtórzy – powiedziałem Dusty'emu.

– To mi się podoba – mruknął Dusty i rzucił mi triumfujące spojrzenie.

Nagle drzwi otworzyły się i stanął w nich Luno. Z bliska był jeszcze brzydszy i wyższy, niż pamiętałem. Jego śliska, łysa czaszka świeciła się na różowo w bladym świetle żarówki, a jego uśmiech był tak samo krzywy jak jego nos. Jedno z ramion grubości gałęzi owinięte było kawałkiem brudnej gazy. To pewnie tam chapsnęła go moja siostra. W jednej dłoni trzymał walkie-talkie, w drugiej do połowy wypitą butelkę piwa.

– O co chodzi, szefie? – zapytał Dusty'ego.

– Widziałeś dzisiaj wieczorem małą dziewczynkę, gdzieś na przystani?

– Dziewczynkę?

– Tak, dziecko – powiedział Dusty. – Brązowe, kręcone włosy, jeśli dobrze pamiętam.

– Popielatoblond – poprawiła matka.

Luno rzucił lodowate spojrzenie na swoje zranione ramię. Ciekawy byłem, czy przyznał się Dusty'emu, że pogryzł go jakiś mały intruz. Byłem również ciekaw, czy Luno rozpoznał, że to ja walnąłem go tamtej nocy na łodzi.

Jeśli tak, to nie pokazał tego po sobie. Jego wzrok był zimny i obojętny. Teraz nie miałem już wątpliwości, że był zdolny do wszystkiego. Nawet do zabicia Weszki Peekinga.

Tata nie czuł się ani trochę onieśmielony obecnością łysego zbira. To, że przed nikim nie czuł respektu, było jego kolejnym problemem.

– Nie być tutaj żadnej dziewczynki – powiedział Luno, wzruszając ramionami.

– Chcielibyśmy sami się trochę rozejrzeć – poprosił ojciec.

– Jak Luno mówi, że nie ma dziecka, to nie ma. Macie to jak w banku – włączył się Dusty.

– Proszę – poprosiła matka – to nie zajmie wiele czasu.

– Nie ma sprawy. Nie mam nic do ukrycia – Dusty wyjął cygaro z ust. – Paine, chciałem zapytać, jak tam twoja terapia kontrolowania emocji?

Ugoda z Dustym zakładała, że tata zapisze się na terapię. Oczywiście ojciec sądził, że to głupota.

– Mamy umówione spotkanie z terapeutą na Key Largo, jak tylko Paine zakończy areszt domowy – poinformowała matka.

– Doskonale – powiedział Dusty.

– Tak, nie mogę się doczekać – wymamrotał ojciec.

– Posłuchaj, człowieku, nie możesz zatapiać cudzej łodzi, tylko dlatego, że coś sobie uroiłeś – wyjaśnił ojcu Dusty. – Musisz się kontrolować. Poważnie!

– Będzie się kontrolował – zapewniła matka.

Twarz ojca poczerwieniała.

– Chodźmy poszukać Abbey – mruknął.

Luno poszedł za nami, pilnować, żebyśmy nie zaczęli węszyć. Przeszliśmy z jednej strony przystani na drugą, przeszukując doki, gdzie cumowały łodzie czarterowe. Mama i tata nawoływali Abbey, ale jedyną odpowiedzią było wściekłe ujadanie psa – wielkiego owczarka niemieckiego, którego jeden z właścicieli łódki zostawił na pokładzie.

Kiedy wróciliśmy do budki, pełniącej rolę kasy, światło było wyłączone. Dusty'ego już nie było. Luno oparł się o zderzak swojego poobijanego auta i skrzyżował nabite ramiona.

– No, dziewczynka nie być tu – powiedział. – Idźcie do domu.

Mama i ja odwróciliśmy się, żeby odejść, ale ojciec się nie poruszył. Stał tak nos w nos ze zbirem Dusty'ego. Było zbyt ciemno, żeby zobaczyć ich twarze, ale w powietrzu wisiało takie napięcie, jakie wyczuwa się przed uderzeniem pioruna.

– Jeśli cokolwiek stanie się mojej córce – ostrzegł go ojciec niskim głosem – wrócę tu po ciebie i twojego szefa.

Luno zachichotał i wychrypiał coś w obcym języku. Nie wiadomo, co powiedział, ale nie zabrzmiało to tak, jakby przestraszył się pogróżek ojca.

– Chodźmy, Paine – odezwała się mama, jako że była rozsądną osobą i nie czuła się pewnie w obecności Luno. – Paine, proszę, jest bardzo późno.

Ojciec powoli odwrócił się i zaczął iść. Wszyscy troje czuliśmy na sobie palące spojrzenie zbira, kiedy wlekliśmy się po zakurzonej drodze. Mama i ja odganialiśmy komary, brzęczące wokół ojca, który nie zadał sobie trudu, aby spryskać się płynem. Wydawało się, że nie zauważa tych małych krwiopijców albo po prostu się nimi nie przejmował.

Kiedy już bezpiecznie dotarliśmy do auta, mama odetchnęła głęboko i zapytała:

– W porządku, Noah, to gdzie teraz powinniśmy szukać twojej siostry?

Niestety nie miałem planu B. Byłem tak pewien, że poszła szpiegować na Coral Queen, że nawet nie rozważyłem innej możliwości.

– Po prostu jedźmy – powiedział ojciec ponuro, majdrując coś przy przełączniku latarki.

W mdłym świetle deski rozdzielczej widać było jego twarz, pokrytą dziwnymi czarnymi piegami. Kiedy się lepiej przyjrzałem, zdałem sobie sprawę, że te piegi to po prostu komary, zbyt zajęte opijaniem się krwią, żeby odfrunąć.

– Może Abbey wróciła już do domu – powiedziałem z nadzieją. – Pewnie jest już w łóżku i śpi jak kłoda.

Mama przytaknęła.

– Tak, powinniśmy wrócić do domu. Abbey będzie się martwić, kiedy zobaczy, że przed domem nie ma samochodu.

– A jeśli jej nie będzie? Co wtedy? – zapytał ojciec.

– Wtedy, Paine, zadzwonimy na policję – powiedziała matka z nutką gniewu w głosie.

Po tej wymianie zdań nie było już o czym rozmawiać. Mama oddalała się od portu, jadąc powoli zakurzoną drogą. Tata nie mógł włączyć latarki, więc zaczął kląć i uderzać w nią dłonią. W końcu się poddał i zaczął bawić się radiem.

Matka musiała ostro skręcić, by wjechać w Old Highway, bo na drodze pojawił się opos. Potem nacisnęła gaz i odkręciła szybę, żeby wywiało wszystkie komary.

Tata zapadł się w fotelu i pochylił głowę. Mama zaczęła nucić jakąś piosenkę Beatlesów, udając, że się nie martwi, ale i tak wiedziałem, co jest grane. Jechała siedemdziesiąt na godzinę, przy ograniczeniu do pięćdziesięciu, co było chyba jej rekordem prędkości.

Przejechaliśmy tak może ze trzy kilometry, kiedy obok drogi mignęło mi coś większego niż wszystkie znane mi zwierzęta.

– Mamo, zwolnij! – zawołałem.

– Co?

– Donna, zatrzymaj się! – krzyknął ojciec.

– Na miłość boską! – zawołała mama i gwałtownie zahamowała.

Wszyscy wybuchnęliśmy śmiechem, czując olbrzymią ulgę. W świetle reflektorów stała moja mała siostra. Miała swój plecak, białe buty nike z pomarańczowymi odblaskami na piętach, kamerę przewieszoną przez ramię. Jej chude, gołe nogi błysz-

czały od płynu przeciw komarom. Jak zawsze, była świetnie przygotowana. Uśmiechnęła się i wystawiła kciuk.
— Czy możecie mnie podwieźć? — zapytała.

12

Rodzice byli tak zachwyceni odnalezieniem Abbey, że nawet nie starali się udawać gniewu z powodu jej nocnej ucieczki przez okno sypialni. Kiedy wróciliśmy do domu, natychmiast wysłali nas do łóżek. Bladym świtem Abbey była już na nogach, nalegając, żebyśmy obejrzeli jej nagranie z przystani. Byłem pod wielkim wrażeniem tego, co próbowała zrobić, ale niestety nie jest drugim Stevenem Spielbergiem. Nagranie było tak ciemne i poruszone, że nie było szansy zobaczyć, co się dzieje.

Abbey była jak na haju. Podbiegła do ekranu i wskazując na zamazany obraz, zaczęła krzyczeć:

– Patrzcie, to wąż! Widzicie, wrzucają go wprost do wody!

– Kochanie, gdzie się schowałaś? Na słupie telefonicznym?

– Nie, na tuńczykowej wieży – rzuciła siostra przez ramię.

To był świetny pomysł. Tuńczykowa wieża to wysoka aluminiowa platforma, umieszczona nad kokpitem czarterowych łodzi dalekomorskich. Kapitan wspina się na nią i nawet z dużej odległości może zauważyć polujące ryby. To było doskonałe miejsce, pozwalające z ukrycia sfilmować statek kasyno. Niestety Abbey napotkała kilka przeszkód.

Pierwsza polegała na tym, że kamera taty nie jest już najnowsza i kiepsko rejestruje ciemny obraz. Po drugie, moja siostra nie opanowała umiejętności posługiwania się obiektywem, dlatego wszystko na taśmie było malutkie, a obraz zaśnieżony. Co prawda można było rozpoznać zarys Coral Queen, ale załoga przypominała chrabąszcze.

– To nie twoja wina – powiedziała mama – tylko kamery.

– Ale przecież można zobaczyć co się dzieje, prawda? – Siostra wbijała palec w ekran. – To wąż od zbiornika... o tutaj.

– Teraz widzę – powiedziałem.

– Ja też – potwierdził ojciec.

Nie byliśmy wcale pewni, na co patrzymy, ale nie chcieliśmy zranić Abbey. Wyjęła kasetę z odtwarzacza i ogłosiła:

– Teraz musimy zanieść nagranie do Straży Przybrzeżnej i Dusty Muleman jest ugotowany!

Mama i ojciec wymienili spojrzenia pełne wątpliwości. Żadne z nich nie chciało powiedzieć Abbey, że nagranie jest bezwartościowe.

– Wiem, co myślicie – powiedziała siostra – ale przecież mają tam najnowocześniejszy sprzęt. Mogą powiększać, zrobią to tak, że obraz będzie krystaliczny. Przecież FBI i CIA niczym innym się nie zajmują. Mogą liczyć pryszcze na nosach terrorystów z odległości trzech kilometrów!

Na podjeździe przed domem zaczęły trzaskać drzwi samochodu. Trochę nas to przestraszyło, bo była siódma rano.

Mama wyjrzała przez okno.

– Paine, to policjant!

– O nie, znowu – wyjęczała Abbey.

– Postaraj się go zatrzymać – rzucił ojciec. – Noah, chodź ze mną. Potrzebuję twojej pomocy.

Pobiegliśmy korytarzem do pokoju rodziców. Ojciec zamknął drzwi na klucz. Elektroniczna bransoleta schowana była pod łóżkiem razem z narzędziami, za pomocą których ją zdjął. Podtrzymywałem ciężką plastikową obrożę, podczas gdy ojciec szaleńczo wywijał kombinerkami, śrubokrętem i kluczem francuskim.

– Trzymaj nieruchomo – wyszeptał – najmniejsze poruszenie i zniszczę nadajnik.

Z salonu słyszeliśmy niski głos policjanta, który grzecznie mówił:

– Nie, dziękuję. Naprawdę nie.

Brzmiało to tak, jakby dziękował za proponowane mu śniadanie.

Po chwili usłyszałem kroki matki i delikatne pukanie do drzwi.

– Paine, jesteś tam? Przyszedł pan z biura szeryfa i chce się z tobą widzieć.

– Za minutę zejdę – leniwie rzucił ojciec, starając się wydobyć z siebie zaspany głos. Obserwując, jak zażarcie walczył narzędziami, byłem pewny, że ojciec naprawdę nie chce wracać do więzienia, co mu groziło, jeśli w porę nie założyłby swojej elektronicznej obręczy. – Już prawie – wymamrotał, robiąc przerwę na wytarcie dłoni.

Obaj byliśmy zlani potem, tak bardzo się denerwowaliśmy. Po chwili znowu usłyszeliśmy kroki w korytarzu, tym razem cięższe od kroków mojej matki. Pukanie do drzwi było natarczywe i niecierpliwe.

– Panie Underwood, proszę otworzyć. Tutaj posterunkowy Blair z biura szeryfa. Panie Underwood?

I znowu mocne pukanie.

Ponagliłem ojca. Spojrzał na mnie, uśmiechnął się i podniósł triumfalnie wyprostowany kciuk. Puściłem bransoletę, która zatrzasnęła się na jego kostce. Policja nigdy się nie dowie, że ojciec zdjął ją na całą noc. Tak przynajmniej sądziliśmy.

Teraz policjant nacisnął na klamkę. Chwyciłem narzędzia i schowałem je pod łóżko.

Ojciec otworzył drzwi.

– Przepraszam, że kazałem panu czekać. Musiałem włożyć ubranie.

– Proszę tędy – usłyszałem głos policjanta, który nie brzmiał zbyt przyjacielsko.

Ojciec był świetnym przewodnikiem wypraw wędkarskich. Wszyscy na Keys byli tego zdania. Tarpony, albule, karmazyny, żuchwiki – nic się przed nim nie ukryło. Tata po prostu wprowadzał swoich klientów na ryby, podczas kiedy inni przewodnicy działali po omacku. Mama mówi, że ojciec ma wyjątkowy talent, który odziedziczył po dziadku Bobbym.

Wszyscy widzieliśmy, jak bardzo tęskni za codziennymi wyprawami w morze. Nigdy nie narzekał, ale był nieszczęśliwy, jeżdżąc taksówką w tę i z powrotem po Highway One. Już trzy razy ktoś wjeżdżał mu w tył samochodu, za każdym razem działo się to na moście, bo zawsze zwalniał, żeby popatrzeć na wodę. To było silniejsze od niego – obserwowanie pływów, głębokości wody, kierunku wiatru, wszystkiego, co było ważne, by podejść rybę.

Po trzecim wypadku do akcji wkroczył właściciel korporacji taksówkowej. Ojciec wyjaśnił, że stłuczki nie następowały z jego winy. To inni kierowcy dostawali mandaty za niezachowanie bezpiecznej odległości.

Nie przekonało to szefa. Tracił pieniądze, kiedy taksówka nie pracowała na siebie, tylko stała w warsztacie.

– Jeszcze jeden wypadek – powiedział w końcu szef – a zwolnię cię.

Facet zachowywał się, jakby był Donaldem Trumpem.

Miałem przeczucie, że po tym, co przydarzyło się z Coral Queen, ojciec nie będzie miał do czego wracać. I miałem rację. Kiedy mama zadzwoniła do firmy, dowiedziała się, że właściciel zatrudnił nowego kierowcę tego samego dnia, kiedy tata został aresztowany. Mama powiedziała, że nie wini człowieka, przecież interes musi działać. Ale wiedziałem, że się martwi. Liczba rachunków do zapłacenia wciąż rosła, a jej pensja nie wystarczała. I nie wyglądało na to, że sytuacja się poprawi, bo ojciec po raz kolejny trafił do więzienia.

Nie wiem, czy wydał go Dusty Muleman, czy jego bransoleta była tak zaprogramowana, że wysyłała specjalny sygnał, kiedy ją usuwano. W każdym razie szeryf zdecydował o powrocie ojca za kratki z powodu „manipulowania urządzeniem monitorującym, założonym na polecenie sądu".

Kiedy odwiedziłem go w więzieniu, nie był w najlepszym nastroju.

– To już robi się nudne – powiedział znużony.
– Nie musiałeś dzisiaj przychodzić, Noah. To denne miejsce.

Właściwie to byłem zadowolony z depresji ojca, ponieważ w końcu reagował w normalny sposób na pobyt w więzieniu. A standardowe reakcje to u ojca rzadkość. Tak bardzo się różnił od beztroskiego kolonisty, którego odwiedzałem trzy tygodnie wcześniej.

– Założę się, że matka jest naprawdę rozzłoszczona – dodał.

– Czym? – zapytałem.

Tym razem nikt z nas nie był na niego zły. Zdjął tę głupią bransoletkę, bo musiał odnaleźć Abbey.

Każdy ojciec, który odkryłby, że jego dziecko zniknęło w środku nocy, zrobiłby to samo.

– Mama stara się złapać pana Shine'a – wyjaśniłem.

– Powiedz, żeby sobie nie zawracała głowy. Zatrzymali mnie tylko na czterdzieści osiem godzin, żeby, tu zacytuję: „dać mi nauczkę". I kto tu mówi o marnotrawieniu pieniędzy podatników!

– Co powinniśmy zrobić z nagraniem Abbey? – zapytałem.

Tata potrząsnął głową.

– Kochana, naprawdę próbowała, ale widziałeś jakość. Jeśli pokażemy je Straży, wyśmieją nas.

Pewnie miał rację.

– To co teraz? – zapytałem, przygotowany na kolejny, szalony pomysł mojego taty.

Ojciec obrzucił nieprzyjaznym spojrzeniem wielkiego policjanta z podwójnym podbródkiem, który opierał się o drzwi. Mężczyzna kartkował magazyn o motocyklach, ale dam głowę, że przysłuchiwał się każdemu naszemu słowu.

– Już po wszystkim, Noah – powiedział ojciec z westchnieniem. – Mam dość Dusty'ego i Coral Queen. Chcę wrócić do domu i prowadzić prawie normalne życie.

– Naprawdę?

– Naprawdę.

Dokładnie przyjrzałem się jego twarzy w poszukiwaniu jakiegoś cienia szelmostwa, ale niczego nie znalazłem.

– Wiem, kiedy należy się poddać. Gra skończona – skwitował ojciec.

Jeśli udawał przed naszą masywną niańką, to robił to perfekcyjnie. Wyglądał na przemęczonego i przybitego. Mówił jak człowiek, który doznał porażki.

– Wyprawa Abbey była naszą ostatnią deską ratunku – powiedział. – Wiele zaryzykowała, by udowodnić, że to ja miałem rację. Ale wiesz co, Noah? Udowodnienie swoich racji nie jest warte narażania życia tych, których kochasz. Jeśli cokolwiek stałoby się twojej siostrze tamtej nocy, nigdy bym sobie tego nie wybaczył. Nigdy.

Wzdrygnąłem się na myśl, co mógłby zrobić z Abbey ten odrażający Luno, jeśli zobaczyłby ją i kamerę wideo. Tata pochylił się w moim kierunku i powiedział ściszonym głosem:

– Słuchaj, ja nie chciałem stać się bohaterem, kiedy zatapiałem łódź Dusty'ego. Chciałem go tylko powstrzymać, żeby nie traktował oceanu jak szamba. I to się zemściło. Dlatego teraz...

– Koniec widzenia – policjant zamknął gazetę.

Ojciec ścisnął moje ramię.

– Wszystko się zmieni, kiedy wrócę do domu. Obiecuję ci to, Noah.

Wyszedłem z budynku więzienia z mieszanymi uczuciami. Chciałem, żeby coś się zmieniło, bo mama poczułaby się lepiej, ale na pewno nie chciałem, by tata stał się inną osobą.

A może nie było innej drogi?

Kiedy wróciłem od ojca, spakowaliśmy z Abbey lunch i pojechaliśmy na Pioruńską Plażę. To był jeden z tych parnych, zamglonych dni, kiedy nie widać linii horyzontu, kiedy morze i niebo zlewają się w jedną błękitną nieskończoność. Ciepłe powietrze drżące nad powierzchnią wody powodowało, że latarnia morska wydawała się chybotać i tańczyć, kiedy patrzyłem na nią z tej odległości.

Usiedliśmy na ciepłym piasku, zjedliśmy kanapki i podzieliliśmy się butelką wody. Zbierałem się, aby powiedzieć Abbey, co myślę o nagranej przez nią taśmie, ale jak zwykle mnie uprzedziła.

– To było do niczego – rzuciła. – Już to skasowałam.

– Miałaś doskonały plan. Nie twoja wina, że nie wypalił.

– A, wszystko jedno...

Kiedy opowiedziałem jej, co usłyszałem od ojca w więzieniu, długo się nie odzywała. W końcu przemówiła:

– To chyba dobrze, że obiecał zmiany?

– Chyba tak, nie jestem pewny.

Ciemnoczerwona motorówka śmignęła wzdłuż plaży, potem szybko zawróciła i zaczęła płynąć w naszym kierunku. Mężczyzna za sterem był imponującym mięśniakiem, z taką ilością złota na szyi, że zastanawiałem się, jakim cudem może się wyprostować. Zwolnił, zatrzymał łódkę i zaczął coś krzyczeć do kobiety, która opalała się jakieś pięćdziesiąt metrów od nas. Silnik pracował tak głośno, że nie słyszeliśmy, co mówił, ale kobieta podniosła się i miłym gestem zachęciła go, żeby podpłynął. Kiedy się zbliżył, rzuciła mu w głowę puszką z piwem.

– Ale! – zawołała Abbey. – Mogłaby być rozgrywającym w Miami Dolphins.

– Chyba wiem, kto to – odpowiedziałem.

Motorówka ruszyła na pełnym gazie, mężczyzna wyrzucił puszkę do wody. Kiedy przepływał obok nas, krzyczał i masował obolałe czoło.

– Znasz tę kobietę? No nie mów! – Abbey wpatrywała się w blond plażowiczkę. Byliśmy za daleko, żeby mogła zauważyć tatuaż z drutem kolczastym i koła w uszach.

– Chodź ze mną – zaproponowałem siostrze.

Kiedy podeszliśmy, Shelly strząsała piasek z ręcznika. Miała na sobie odblaskowo żółty kostium kąpielowy i okrągłe, lustrzane okulary. Na jej twarzy była tak gruba warstwa kremu, że wyglądała, jakby wpadła w lukrowany tort.

– Oto cudowne małe Underwoody – zawołała na nasz widok.

– Co ci powiedział ten facet z czerwonej motorówki? – zapytała jak zwykle bezpośrednia Abbey.

– Zaproponował mi coś w rodzaju randki – odpowiedziała Shelly. – Musi jednak popracować nad manierami.

– Nieźle mu przywaliłaś – zauważyłem.

– Uwierz mi, zasłużył na to – powiedziała Shelly i mrugnęła, wskazując na Abbey. – Jeśli byłby to Brad Pitt, a nie jakiś cienias z siłowni w Lauderdale, sprawa wyglądałaby inaczej. Siedziałabym teraz tuż koło niego i gnała w kierunku Bimini.

Powiedziałem Shelly, że ojciec znowu jest w więzieniu.

– To beznadziejne – zauważyła. – Chcecie się czegoś napić?

Abbey wzięła puszkę coli, ja podziękowałem. Zauważyłem, że puszka piwa, którą Shelly wykonała swój celny rzut, unosiła się na falach jakieś dwadzieścia metrów od brzegu.

Shelly podniosła brwi i zrobiła groźną minę:

– Nie znoszę brudasów.

– Ja też – odpowiedziałem i zacząłem wchodzić do wody.

– Ej ty, dokąd się wybierasz?

– Po puszkę. Żaden problem – powiedziałem.

– Myślę, że to jest problem – powiedziała Shelly.

– Zobacz, jaka brudna jest woda.

Spojrzałem w dół i poczułem, jak żołądek podchodzi mi do gardła. Płycizna miała ciemnożółty odcień. Wokół moich nóg unosiły się cuchnące pasma czegoś błotnistego.

– Co to jest? – wykrzyknęła Abbey.

– Coś strasznie obrzydliwego – odpowiedziałem.

– Teraz nawet czuję zapach.

– Wychodź szybko – krzyknęła Abbey.

– Ja też tak myślę – poparła ją Shelly – i to migiem.

Mimo że przebrnięcie przez to paskudztwo z Coral Queen było niewyobrażalnie obrzydliwe, nie mogłem zostawić puszki. Za każdym razem, kiedy wypływaliśmy z ojcem, zawsze się zatrzymywał, aby wyławiać śmieci, które bezmyślni ludzie wrzucali do wody – kubki ze styropianu, butelki, pudełka po przynęcie, plastikowe torebki, wszystko. Tata mówi, że naszym obowiązkiem jest sprzątanie po odmóżdżonych kretynach. Mówi również, że inteligentne jednostki są zobowiązane nie dopuścić do tego, żeby głupie jednostki niszczyły planetę. Dlatego też my, Underwoodowie, zbieramy wszędzie śmieci. Nawet jeśli dryfują w ściekach.

Kiedy wróciłem, machając puszką, Abbey aż się cofnęła i powiedziała:

– Noah, to było wyjątkowo paskudne.

– To prawda – potwierdziła Shelly – ten świr wdał się w ojca. Jesteś dokładnie jak twój stary. Chodź, oddaj mi to.

Shelly dwoma palcami wyjęła puszkę z mojej dłoni i trzymała w wyciągniętej ręce tak, jakby była radioaktywna.

– Zauważyliście wgniecenie? – rzuciła z uśmiechem. – Cienias z siłowni nieźle oberwał.

Wrzuciła puszkę do wysokiego kosza na śmieci. Potem odwróciła się do mnie.

– A nie mówiłam? Dusty znowu wypuszcza ścieki.

Wcale nie zapomniałem. Z miejsca, gdzie wcześniej siedzieliśmy z Abbey, woda wyglądała normalnie i bezpiecznie. Kiedy się do niej weszło – była obrzydliwa.

– W porządku, młody ekologu, teraz biegnij prosto do domu i zeskrob z siebie to wszystko pod gorącym prysznicem – poradziła Shelly.

– Nie przejmuj się – powiedziałem, wycierając nogi liściem kokoloby.

– Nie ma ryb – zauważyła Abbey. – Nawet tych małych zielonych błystek, które tu zawsze były.

– Wrócą, jak tylko woda się oczyści – pocieszyłem ją.

Nagle z oceanu wychyliła się brązowa, gruzełkowata głowa żółwia morskiego. To mógł być ten sam, którego widzieliśmy razem z Thomem i Rado. Ale kto wie, żółwie głowy niewiele się od siebie różnią.

– Nie! – zawołała moja siostra. – Noah, zrób coś!

Żółw nie zdawał sobie sprawy, że pływa w ścieku. Zacząłem skakać i klaskać w dłonie, starając się go wystraszyć, ale to nie działało. Żółw unosił się leniwie, mrużąc oczy w słońcu.

Abbey zaczęła się trząść i płakać. Shelly powiedziała jej, żeby się nie martwiła, bo żółwie to twarde sztuki.

– Żyją na tej planecie dużo dłużej od nas. Dadzą sobie radę.

– Ale nie ten – wyszlochała moja siostra. – Pochoruje się od tej wody.

Abbey miała rację. Całkowitą.

Dlatego znowu wszedłem do wody, kopiąc, pluskając, krzycząc jak wariat. Nie była to najinteligentniejsza rzecz, jaką kiedykolwiek zrobiłem, ale przykułem jego uwagę. Przerażony żółw zanurkował i odpłynął, pozostawiając za sobą wzburzony ślad.

Tym razem po wyjściu z brudnej wody nie usłyszałem żadnego komentarza. Abbey wyglądała tak, jakby chciała mnie uścisnąć, ale z oczywistych powodów się powstrzymała. Shelly pokręciła głową, wciąż nie wierząc w to, co zrobiłem, i rzuciła mi ręcznik.

Razem przebrnęliśmy przez piasek na parking, do zaparkowanego jeepa.

– Obiecaj, że umyjesz się, jak tylko wrócisz do domu – powiedziała.

– Obiecuję – odpowiedziałem.

– A ty, Abbey, obiecaj mi, że postarasz się trzymać brata z dala od kłopotów.

– Jasne – odpowiedziała Abbey niezbyt entuzjastycznie.

Shelly spojrzała wokół, sprawdzając, czy jesteśmy sami. Nie trzeba było się przejmować, bo na parkingu stał tylko jeep.

– Coś wam powiem, ale musicie zapomnieć, kto wam to powiedział, w porządku?

Pochyliła się nad nami i ogarnął nas zapach mandarynek.

– Jest jeden facet, cywil, który pracuje w Straży Przybrzeżnej i ma poważny problem z hazardem, rozumiecie? Jest uzależniony.

– Tak jak od narkotyków? – zapytała Abbey.

– Tak, albo od wódki – potwierdziła Shelly. – Billy nie może przestać grać. Oczko, kości, ruletka, gra we wszystko. Jest stałym klientem na Coral Queen, cztery noce w tygodniu. Czasami częściej. Rozumiecie już, do czego zmierzam?

Ja wiedziałem.

– Jest winny Dusty'emu pieniądze?

Shelly pokiwała głową.

– Jest mu winien tyle, że nawet gdyby żył do setki, nie spłaciłby długu.

– Zatem odwdzięcza się w inny sposób.

– Szybko łapiesz, Noah – przyznała Shelly. – Za każdym razem, kiedy Straż Przybrzeżna przygotowuje inspekcję na Coral Queen, Billy Babcock dzwoni do Dusty'ego, żeby go ostrzec. To dlatego nigdy nie złapali ich na gorącym uczynku.

Abbey ze złością machnęła ręką.

– To znaczy, że ojciec miał rację. Dusty dostawał cynk.

– Hej, nie słyszeliście tego ode mnie – przypomniała Shelly.

– Ale...

– Cii! – Shelly pokazała na białego pikapa, który właśnie wjeżdżał na parking.

Samochód zahamował i zaparkował tuż obok jeepa. Na drzwiach miał napis: Departament Parków i Zieleni. Mężczyzna w jasnobrązowym mundurze wysiadł z samochodu i kiwnął do nas po przyjacielsku. Wyjął z auta spory młotek, sześć metalowych kołków i stertę tekturowych tablic.

– Wybieracie się na plażę? – zapytał.

– A co się dzieje? – zainteresowała się Shelly.

Mężczyzna pokazał nam jeden ze znaków. NIEBEZPIECZEŃSTWO – napisane było drukowanymi literami, a poniżej: UWAGA! WODA ZAINFEKOWANA. Pod tym napisem, już mniejszymi literami, dodano: Kąpiel na własne ryzyko.

– Zainfekowana czym? – zapytała moja siostra, tak jakby nic nie wiedziała.

– Ludzkimi odchodami – powiedział gość z Departamentu Parków i Zieleni. – Zadzwonił do nas mężczyzna, który rano wybrał się na ryby. Sanepid pobrał próbki i okazało się, że wyniki są poza wszelkimi normami. Możecie pojechać na Long Key albo do Harris Park.

– To dobry plan – odpowiedziała Shelly.

Mężczyzna ruszył na plażę, a moja siostra i ja pożegnaliśmy się z Shelly i poszliśmy w stronę rowerów.

– Noah, to, co zrobiłeś dla tego żółwia, to było...
– Głupie? Wiem.
– Nie. Cool – powiedziała Abbey – na swój sposób.
– Czy to był komplement?
– Nie możemy tej sprawy tak zostawić – zaczęła Abbey z determinacją.
– Teraz ty zachowujesz się jak ojciec – odpowiedziałem.
– Tak? To nie ja włazilam do tej syfiastej wody, i to dwa razy. Czy to cię nie wkurza?
– Owszem, wkurza.

Byłem wściekły i było mi niedobrze. Ale przypomniałem sobie o nocnej wyprawie Abbey i czym się mogła skończyć. Nigdy nie zapomnę lodowatych oczu Luno, kiedy patrzył na nas w budce Dusty'ego.

– Matka ma już dość mocnych wrażeń – przypomniałem siostrze.

– O niczym się nie dowie – mruknęła Abbey – bo następnym razem my zrobimy to jak należy.

To „my" rozumiało się samo przez się. Wiedziała, że nie pozwolę jej zbliżyć się do przystani beze mnie. Zdjęliśmy zabezpieczenia z rowerów i zaczęliśmy pedałować do domu w lepkim, lipcowym upale. Wiedziałem, że śmierdzę po kąpieli w gównianej wodzie, choć Abbey twierdziła, że niczego nie czuje. Zacząłem się zastanawiać, dlaczego Dusty'emu uchodzi płazem to, co robi. Przy tak dużej liczbie łodzi nikt nie jest w stanie udowodnić, że zanieczyszczenia pochodzą z Coral Queen.

Albo nikt wystarczająco się nie postarał. Nadszedł czas, żeby ktoś to zrobił.

– Nie możemy mieszać w to ojca – postanowiłem. – I tak ma dużo kłopotów.

– Na pewno – uśmiechnęła się Abbey. – Noah, czy to znaczy, że masz plan?

– Nie emocjonuj się – powiedziałem i pomyślałem, że to zdanie powinno stać się dewizą rodziny Underwoodów.

Tata nie żartował, mówiąc, że wszystko się zmieni. Jeszcze tego samego dnia, w którym wyszedł z więzienia, znalazł sobie pracę w firmie Tropical Rescue. Nie była to praca, którą ojciec mógłby pokochać, ale znałem powody, dla których ją podjął. Chodziło o łódź. Jako pracownik Tropical Rescue miał do dyspozycji zadaszoną, siedmiometrową łódź motorową z dwoma silnikami o mocy stu pięćdziesięciu koni mechanicznych, co prawda nie do łowienia ryb, ale do ściągania turystów, którym skończyło się paliwo albo którzy utknęli na mieliźnie. Normalnie ojciec nie miał litości dla takich patałachów. Mówił na nich „niedorajdy" albo jeszcze gorzej, w zależności od tego, jaki kłopot sprowadzili sobie na głowę. Teraz musiał pracować, więc uzbroił się w cierpliwość i powstrzymywał od komentarzy na temat swoich klientów.

Straż Przybrzeżna śpieszy z pomocą tylko w wypadku zagrożenia życia, wszystkie inne przypadki przekazuje prywatnym przedsiębiorstwom, takim jak Tropical Rescue, które za swoje usługi wystawiają wysokie rachunki. Co ciekawe, nie narzekają na brak pracy. To niesamowite, ilu ludzi, wybierając się na ocean, nie sprawdza stanu paliwa, nie patrzy na kompas albo na mapę. Po prostu ustawiają swoje wynajęte łodzie w kierunku horyzontu i płyną. Wokół wszystkich wysp Keys jest mnóstwo śladów po śrubach napędowych łodzi, które wpłynęły na mieliznę.

Celem pierwszej wyprawy ratunkowej ojca była łódź wypełniona sprzedawcami oprogramowania z Orlando, którzy osiedli na mieliźnie aż na Ninemile Bank. W jakiś cudowny sposób zdołali oni wpłynąć nowiutkim baylinerem na płyciznę, gdzie głębokość wody wynosi piętnaście centymetrów! Nie jest to prosta sztuka, chyba że jesteś pijany albo masz czarną opaskę na oczach.

Tata, w równie cudowny sposób, zdołał powstrzymać się od obraźliwych komentarzy. Nawet się nie zezłościł. Nie robił sobie żartów z tępaka, który stał za sterem. Nie, mój ojciec – nowy i udoskonalony Paine Underwood – zachował spokój i dobre maniery. Cierpliwie poczekał na przypływ, odholował baylinera od brzegu i przyprowadził do Caloosa Cove. Powiedział nam, że naprawdę współczuł handlowcom, kiedy wręczał im rachunek. Do wysokiej opłaty za holowanie dochodziła jeszcze ogromna kara za niszczenie trawy morskiej, jaką nakładają strażnicy rezerwatu. Dla sprzedawców z Orlando były to jedne z najdroższych wakacji.

Chociaż ojciec nie lubił mieć do czynienia z niedorajdami, to i tak praca w Tropical Rescue była sto razy lepsza niż jeżdżenie taksówką. Ojciec miał lepszy humor, co oznaczało, że i mama była w dużo lepszym nastroju, śmiała się i żartowała tak, jak kiedyś.

Nasi rodzice byli tacy szczęśliwi, że Abbey i ja staliśmy się superostrożni. Uważaliśmy, aby nawet słowem nie wspomnieć o śliskiej sprawie kasyna Dusty'ego Mulemana. Omawialiśmy nasz nowy plan tylko wówczas, kiedy byliśmy sami, z dala od domu, tam, gdzie rodzice na pewno nie mogli nas usłyszeć.

Kilka dni po wyjściu ojca z więzienia Departament Parków i Zieleni usunął ostrzegawcze tablice z Pioruńskiej Plaży. Następnego poranka założyliśmy z Abbey kostiumy kąpielowe, zabraliśmy ręczniki i wybiegliśmy z domu. Rodzice sądzili, że biegniemy na plażę, choć my planowaliśmy wizytę u Shelly. Chyba z sześć razy pukałem do drzwi jej przyczepy. Kiedy w końcu otworzyła, nie wyglądała na zachwyconą. Miała zapuchnięte i na wpół zamknięte oczy, a jej włosy wyglądały tak, jakby ktoś wystrzelił z nich racę.

– Która godzina? – zapytała schrypniętym głosem.

– Siódma trzydzieści – odpowiedziałem.

– Rano?! – skrzywiła się ze wstrętem. – Chyba żartujecie!

– To ważne. Prosimy – powiedziała Abbey.

Weszliśmy za Shelly do środka. Umościła się na sofie, chowając nogi pod sfatygowany, różowy szlafrok.

– Zabójczy ból głowy – wyjaśniła, oblizując usta. – Wczoraj była wielka impreza.

Shelly ewidentnie cierpiała, dlatego też od razu przeszliśmy do rzeczy.

– Potrzebujemy twojej pomocy – wyjaśniłem – i to już teraz.

– W jakiej sprawie?

– Żeby powstrzymać Dusty'ego Mulemana. Obiecałaś, że nam pomożesz, pamiętasz?

Roześmiała się śmiechem, który mówił: „co też mi przyszło do głowy" i spojrzała na Abbey.

– A ty obiecałaś, że będziesz trzymać brata z dala od kłopotów.

– Nie będzie żadnych kłopotów, jeśli tylko nam pomożesz – powiedziała spokojnie Abbey.

Wyglądało na to, że Shelly zmieniła zdanie. Zastanawiałem się, czy tylko udaje, że nie boi się Dusty'ego Mulemana. Zniechęconym głosem powiedziała:

– Nie wiem, co powinniśmy zrobić, żeby go powstrzymać. Jest zakumplowany ze wszystkimi grubymi rybami w mieście.

– Ale zanieczyszcza Pioruńską Plażę – odparłem. – Czy wiesz, jak można się pochorować po kąpieli w tak brudnej wodzie? To samo grozi rybom, delfinom, małym żółwiom. To obrzydliwe, co robi Dusty.

– Tak, ale...

– I nie zapominaj, co stało się z Weszką – dodałem. – Pamiętasz, jak mówiłaś mi, że jesteś częścią tej sprawy? Pamiętasz?

– Właśnie o nim teraz myślę – wtrąciła Shelly. – Powiedzmy, że go zabili. Myślisz, że będą mieli jakieś opory, żeby zrobić to samo ze mną albo z tobą, jeśli coś będzie nie tak?

To nie był czas na to, żeby Shelly zaczęła mieć obawy, ale czy można było ją winić? Jeśli miała rację co do Weszki, to rzeczywiście Dusty i Luno byli prawdziwymi mordercami.

Ale wystarczyło mi jedno spojrzenie, by stwierdzić, że moja siostra się nie wycofa, bez względu na ryzyko. Ja też nie.

– Shelly, wiem, że to niebezpieczne...

– Nie wspominając, że zwariowane – dodała.

– Tak, i pewnie zwariowane – zgodziłem się – ale jeśli nie chcesz być wspólnikiem, w porządku. Rozumiem.

Zamknęła oczy i odchyliła głowę.

– Oho, a oto nadciąga kac moralny. – Ścisnęła głowę dłońmi. – Wystarczy, Noah. Moja biedna blond głowa zaraz eksploduje.

Shelly wyciągnęła się na sofie. Abbey wyjęła z zamrażalnika kilka kostek lodu i zawinęła je w ściereczkę. Shelly ostrożnie przyłożyła kompres do czoła. Po kilku minutach pojękiwań powiedziała:

– Wygląda na to, że dzisiaj rano nie obudził się we mnie bohater, ale obietnica jest obietnicą. Wchodzę w to.

Abbey i ja spojrzeliśmy po sobie z ulgą.
– No więc, co to za plan? – zapytała Shelly. – Jaką rolę odgrywa w nim wasz ojciec?
– Plan nie uwzględnia ojca. Nie mówimy mu o tym – odpowiedziała Abbey.
Shelly otworzyła jedno przekrwione oko, którym przyjrzała nam się z uwagą.
– To świetny pomysł – powiedziała.
– Jeśli nas złapią, to i tak jego będą za wszystko winić – zauważyłem. – Dlatego potrzebujemy ciebie.
– Jestem gotowa – westchnęła Shelly.
Kiedy przedstawiliśmy jej nasz plan, nie śmiała się, nie robiła żartów. Po prostu leżała i myślała.
– No i co? – ponagliła zniecierpliwiona Abbey.
Shelly podniosła się, przytrzymując lodowy kompres na czole.
– Ten wasz plan jest tak pokręcony, że może wypalić – stwierdziła.
– Czy to znaczy, że nam pomożesz?
– Wszystko, co mam zrobić, to spuszczać wodę – utwierdziła się. – To wszystko?
– Tak, to jest twoje zadanie. Spłukiwać, spłukiwać, spłukiwać.

To, co stało się potem, było tylko moją winą. Znowu byłem nieostrożny.
Jechaliśmy z Abbey wolno wzdłuż Old Highway, rozmawiając o Coral Queen. Nagle usłyszałem, że ktoś szybko za nami biegnie. Zanim zdążyłem co-

kolwiek zrobić, Jasper Muleman chwycił kierownicę mojego roweru, Baran kierownicę Abbey i po chwili znaleźliśmy się w cieniu australijskich sosen.

Tylko nie powtórka – pomyślałem spanikowany. Nie bałem się o siebie, chodziło o siostrę.

Ledwie Jasper powalił mnie na ziemię, usłyszałem przenikliwy wrzask Barana. Od razu wiedziałem, co się stało. Baran nie docenił przeciwnika.

– Powiedz, żeby go puściła – krzyknął do mnie Jasper Junior.

– Nie mogę.

Jasper szarpnął mnie, żebym ukląkł.

– Underwood, jeśli ona nie puści Barana, połamię ci kości.

Baran nadal wył. Abbey wbiła zęby w jego lewe ucho i wisiała na nim jak wygłodniały aligator. Był co najmniej o trzydzieści centymetrów wyższy, więc musiał uważać. Podniesienie głowy groziło utratą ucha, każdy ruch potęgował wycie. Chłopak naprawdę cierpiał.

– Powiedz, żeby go puściła – zażądał Jasper. – Nie widzisz, on krwawi.

– Abbey, czy Baran naprawdę krwawi? – zapytałem.

Pokręciła głową, co spowodowało głośniejsze wycie. Żal było słuchać.

Jasper Junior zaczął mnie szarpać za ramiona.

– Powiedz, żeby puściła, powiedz, żeby przestała!

– Pod jednym warunkiem – zażądałem – puścicie ją wolno.

Junior uśmiechnął się swoim sławetnym szyderczym uśmieszkiem.

– A co powiesz na to, głąbie? Jeśli twoja siostra nie przestanie żuć ucha Barana, to ja zacznę walić w twoją głowę orzechem kokosowym.

Baran zdołał się na tyle uspokoić, żeby przedstawić swoją propozycję:

– Dziewczyna zabiera zęby z mojego ucha, odchodzi wolno. Masz moje słowo, Underwood.

– Hej, w żadnym razie – zaprotestował Jasper.

– A ty się zamknij – warknął Baran.

Patrzył w naszym kierunku z szyją pochyloną ku ziemi, z głową przekręconą w bok, żeby dać Abbey wystarczający luz. Biorąc to wszystko pod uwagę, moja siostra była wyjątkowo spokojna.

Nie zauważyłem nawet kropli krwi, ale nie miałem zamiaru powiadamiać Barana, że nie grozi mu wykrwawienie się na śmierć.

– No to co, chłopaki, umowa stoi? – zapytałem.

– Stoi – wystękał Baran.

– Jak chcecie – warknął Jasper, wbijając mi w bok swój kościsty łokieć.

– W porządku, Abbey – powiedziałem – teraz już puść.

– Eee – wymamrotała z buzią wypełnioną pogniecionym uchem.

– No, przestań. Puść Barana.

– Eee.

– Chcesz złapać jakąś chorobę? On się nie kąpał pewnie od świąt.

Nawet to nie nakłoniło jej do zwolnienia uścisku. Wiedziałem dlaczego. Nie chciała zostawić mnie samego.

– Nie bój się, nic mi się nie stanie – powiedziałem, co nie zabrzmiało przekonująco.

Wiedziała, że to nieprawda. Wiedziała, że zrobią ze mnie mięso na hamburgery.

– Eee – wyjąkała ze współczuciem.

– Abbey, nie wygłupiaj się.

Nie było mowy, żebym pozwolił jej zostać tutaj, w lesie. Junior był bezwzględnym smarkaczem, który bez zastanowienia pobiłby mniejszą od niego dziewczynkę.

– Chyba będę rzygał – oznajmił Baran.

Abbey zagryzła mocniej, a dźwięk, który wydał z siebie Baran, był nieludzki.

Jasper przygwoździł mnie do ziemi i owinął ramię wokół mojej szyi.

– Teraz posłuchaj, mały szczylu – warknął do mojej siostry – zrobimy tak, jak powiem. Jeśli nie puścisz ucha Barana, skręcę kark twojemu bratu. Liczę do trzech.

Abbey nie odpowiedziała, ale w jej oczach zobaczyłem łzy. Moja twarz musiała wyglądać jak pomidor, który za chwilę eksploduje – tak mocno Jasper ściskał mnie za szyję. Nie mogłem powiedzieć siostrze, co ma zrobić, bo nie byłem w stanie wydobyć z siebie słowa.

– Raz – zaczął liczyć Jasper.

Abbey nie puszczała.

– Dwa...

Abbey ani drgnęła.

– Dwa – Jasper warknął raz jeszcze.

Starałem się wysunąć, ale nie miałem szans – bolało, nawet jak oddychałem. Mgła zaczęła zasnuwać mi oczy, powoli ogarniała mnie ciemność i byłem pewny, że zemdleję.

Następne słowa, które usłyszałem, brzmiały:

– Spróbuj powiedzieć dwa i pół, konusie.

To nie był głos Jaspera, brzmiał zbyt staro i chropowato, ale byłem pewien, że przestałem dobrze słyszeć z powodu niedotlenienia mózgu.

– Puść go! – I było jasne, że polecenie skierowane było nie do Abbey, tylko do Jaspera. Ku mojemu absolutnemu zdziwieniu Junior natychmiast mnie puścił. Upadłem na ziemię i jeszcze przez chwilę na czworaka łapałem oddech, zanim złapałem oddech.

– Wszystko w porządku, Noah?

Zdumiony, podniosłem oczy. Głos należał do tyczkowatego mężczyzny o długich rękach, z burzą srebrnych kręconych włosów. Na poczerniałym łańcuchu, który miał na szyi, błyszczała złota moneta. Jego pobrużdżona twarz wyglądała jak pniak drzewa mahoniowego, a na jednym z opalonych policzków miał bliznę w kształcie litery „M".

Każdy mógł zauważyć, że mężczyzna był stary, ale silny i twardy. Stał oparty o pień wysokiej sosny, nie miał koszuli ani butów. Jego obcięte dżinsy były spłowiałe od słońca, a brudna czerwona bandanka owinięta wokół prawego nadgarstka. Kręcone włosy na jego piersiach były tak samo srebrne, jak te na głowie.

Jasper Junior nie należał do najbystrzejszych, ale wiedział, że z tym nieznajomym trzeba postępować delikatnie.

– Tak sobie żartowaliśmy – powiedział nieśmiało.
– Naprawdę? – Stary pirat uśmiechnął się w taki sposób, że Jasper zbladł.

Baran popiskiwał jak szczeniaczek i nic nie mówił. Nieznajomy odwrócił się do mojej siostry i powiedział:

– Teraz twoja kolej, Abbey. Może byś puściła chłopaka?

Na dźwięk jej imienia oczy mojej siostry zrobiły się wielkie jak spodki. Otworzyła buzię, odsunęła się i zaczęła energicznie spluwać w krzaki. Baran wyprostował się, przyłożył pięść do pulsującego ucha, starając się zahamować niewidoczne krwawienie.

– Kim jesteś? – zapytałem starego mężczyznę.
– Skąd znasz nasze imiona?

Mężczyzna przeszedł tuż obok mnie i zbliżył się do Jaspera Juniora, który wyglądał tak, jakby zdecydowanie potrzebował iść do toalety.

– Jeśli jeszcze raz zaczepisz te dzieciaki – ostrzegł go starszy pan – gorzko tego pożałujesz. *Comprende?*

Jasper, trzęsąc się, skinął głową.

Baran był o kilka centymetrów wyższy od pirata, ale ta przewaga nie była w niczym pomocna. Mężczyzna podszedł i do niego, po czym spojrzał mu prosto w twarz.

– Jest taki ładny, letni dzień, nie mogłeś znaleźć sobie nic lepszego do roboty niż dokuczanie małej, bezbronnej dziewczynce? To takie żałosne, synu.

– Ona bezbronna? Mało nie odgryzła mi ucha!

– Chyba miałeś szczęście – powiedział nieznajomy z uśmiechem.

Mrugnął do mnie i do Abbey i wskazał kciukiem za siebie.

– Biegnijcie do domu, ale szybko.

– Kim jesteś? – zapytała moja siostra.

– Nikim. Naprawdę. – Nie żartował. – No, już, uciekajcie – powtórzył. – A my tu skończymy naszą pogawędkę.

Szybko podnieśliśmy rowery i odjechaliśmy. Zaledwie wyjechaliśmy spomiędzy drzew, zaczęliśmy pedałować w kierunku domu tak szybko, jak tylko mogliśmy.

– Widziałeś kiedyś tego faceta? – zapytała Abbey, z trudem łapiąc oddech.

– Nie przypominam sobie.

– No to skąd wiedział, kim jesteśmy? Szpiegował nas, czy co? Wyglądał groźnie. Noah, myślisz, że jest niebezpieczny?

– Naprawdę nie wiem, Abbey.

Może powinienem być przestraszony po spotkaniu z tym dziwnym, starym piratem, ale nie byłem.

Z jakiegoś powodu wierzyłem we wszystko, co nam powiedział. Z jednym wyjątkiem – nie wierzyłem, że jest nikim.

Na godzinę przed zachodem słońca dotarliśmy do Cowpens. Nazwa wyspy wzięła się stąd, że przy jej brzegach Indianie hodowali krowy morskie w podwodnych zagrodach.

Tata zarzucił kotwicę dwieście metrów od głównego szlaku. Łódź Tropical Rescue była dużo większa niż nasza mała łódka, dlatego tym razem na pokładzie była mama. Zgodziła się popłynąć z nami, co było dla wszystkich miłą niespodzianką. Usiadła na dziobie, plecami do słońca, i robiła nam zdjęcia podczas wędkowania.

Od razu złowiłem kilka sporych lucjanów, a ojciec grubego bassa. Moja siostra wyciągnęła najeżkę, która natychmiast zamieniła się w kolczasty balonik – zdaniem Abbey wyglądała jak jej nauczyciel z czwartej klasy. Oczywiście ani Abbey, ani ja nie wspomnieliśmy o tym, co wydarzyło się popołudniu, kiedy wracaliśmy od Shelly. Ojciec wziąłby się za Jaspera, a mama pobiegłaby na policję, żeby powiedzieć im o dziwnym, starszym człowieku. Poza tym na łodzi rzadko rozmawiamy – tata lubi na wodzie ciszę i spokój. Długie rozmowy na oceanie to, jego zdaniem, brak szacunku dla natury.

Po wędkowaniu odłożyliśmy sprzęt i usiedliśmy, czekając na zachód słońca. Niebo na zachodzie było prawie czyste, poza kilkoma strzępiastymi chmurami i długim spienionym śladem po wojskowym odrzutowcu. Tata usiadł na dziobie, tuż obok mamy, która oddała aparat Abbey. Ja przerzuciłem nogi przez sterburtę, tam gdzie wielkimi pomarańczowymi literami napisane było: „Tropical Rescue". Nad łodzią przefrunęło stado pelikanów, formując literę „V". Leciały w stronę Zatoki Meksykańskiej. Z południowego wschodu wiał delikatny wiatr, który usypiająco kołysał naszą łodzią.

Abbey szturchnęła mnie i pokazała oczami na rodziców, którzy siedzieli, trzymając się za ręce. Wszystko było na swoim miejscu i miałem uczucie, że może w końcu zobaczę legendarny błysk zieleni. To był idealny wieczór na zielone błyski.

Słońce stopniowo zmieniało barwę ze złotej na jaskraworóżową i wyglądało, jakby roztapiało się w linii horyzontu. Wszyscy milczeliśmy, chcieliśmy, aby ten moment trwał wiecznie.

Ludzie, którzy nie widzieli zachodu słońca nad morzem, padliby tu z wrażenia. Wydawało się, że czas stanął w miejscu, kiedy wielka płonąca kula zawisła na widnokręgu, balansując na dalekiej krawędzi ziemi. Tak naprawdę, słońce zachodziło bardzo szybko. Kiedy już ostatni krwisty promień roztopił się w Zatoce, zauważyłem, że pochylam się do przodu, z nadzieją obserwując linię horyzontu spod przymrużonych powiek. I nagle słońca już nie było, została tylko bladożółta pustka. Spojrzałem na Abbey, odkładała aparat. Uśmiechnęła się i wzruszyła ramionami.

– Och, to było cudowne – wyszeptała moja mama.

– Tak, ale ani widu zielonego błysku – narzekała Abbey.

– Może następnym razem – powiedział, jak zawsze, mój ojciec.

Trwałem ze spojrzeniem utkwionym w horyzoncie, chociaż różowa poświata zamieniała się powoli w ciemność. Słyszałem, jak tata podnosi kotwicę, mama zapina kurtkę, a Abbey pyta, czy może sterować do przystani. Nie mogłem oderwać wzroku od nieba.

Pięćdziesiąt siedem dolarów i szesnaście centów. To wszystko, co zdołaliśmy z Abbey uzbierać. Pięćdziesiąt jeden należało do siostry. Ja miałbym więcej, gdyby nie to, że w pierwszym miesiącu wakacji kupiłem nowe traki do deskorolki.

– Myślisz, że to wystarczy? – zapytała Abbey w drodze do sklepu.

– Musi wystarczyć – odpowiedziałem.

Nie wiedziałem, jak duży zbiornik na ścieki ma Coral Queen, ale przypuszczałem, że powinien zmieścić kilkaset litrów nieczystości. Nie wiedziałem też, jak dużo barwnika uda nam się kupić za uzbierane pięćdziesiąt siedem dolarów i szesnaście centów.

Abbey zaprowadziła mnie do regału, na którym wystawione były barwniki spożywcze.

– Niebieski się nie nadaje, prawda?

– Oczywiście, nie będzie go widać – zgodziłem się, przeszukując półki. – Właściwie do czego używa się tych farbek?

– Do robienia lukrów, deserów. Do różnych pyszności.

– Czy jest pomarańczowy?

– Nie, ale widzę tu fuksję – powiedziała Abbey.

– Co?

– No fuksja, tak jak roślina, Noah.

Nie widziałem tego na oczy, ale brzmiało jak coś, w co nie chciałbym wdepnąć.

– Mocny czerwonawy fiolet – wyjaśniła Abbey – doskonały do Operacji Wielki Plusk.

Taki kryptonim nadaliśmy akcji, której celem było uziemienie Dusty'ego Mulemana. Postanowiliśmy użyć barwnika spożywczego zamiast farby, której skład chemiczny mógłby narazić na szwank morską florę i faunę. W dodatku był koncentratem, co oznaczało, że niewielka jego ilość zabarwiała wiele litrów wody. Niestety sprzedawano go w małych plastikowych buteleczkach, o pojemności około trzydziestu mililitrów. Na półce stał tylko jeden pojemnik, poprosiliśmy więc chłopaka z obsługi, żeby znalazł więcej.

– Ile? – zapytał.

– Przynieś wszystko, co macie.

Kiedy dotarliśmy do kasy, kasjerka przyjrzała się nam dokładnie i zaczęła podliczać nasze zakupy.

– Co, na litość boską, będziecie robić z trzydziestoma czterema butelkami barwnika spożywczego – zawołała, podnosząc brwi.

Abbey uśmiechnęła się słodko.

– Będziemy piekli tort urodzinowy – odpowiedziała.

– Naprawdę?
– Bardzo duży tort – dodała siostra.
– I bardzo fioletowy, rozumiem – powiedziała kasjerka, wręczając nam torbę pełną butelek.

W drodze do domu ciągle się oglądałem, sprawdzając, czy nie śledzi nas podstarzały pirat. Wciąż zastanawiałem się, kim był i skąd o nas wiedział. Abbey mówiła, że to pewnie gość, który dawno temu obsługiwał wyprawy rybackie albo jakiś bezdomny spod mostu, ktoś, kto często nas widuje i słyszał, jak do siebie wołaliśmy. Kimkolwiek był, miałem oczy otwarte. Kiedy skręciliśmy już w naszą ulicę, usłyszałem, że ktoś nas zawołał. To był Baran, osoba, której najmniej się spodziewaliśmy. Pomachał do nas, kiedy podjeżdżaliśmy, ale ani Abbey, ani ja nie przywitaliśmy się z nim, bo jego obecność na progu naszego domu była dość podejrzana. Zeskoczyłem z roweru i zapytałem:
– O co chodzi?
Baran był zdenerwowany i trochę nieswój. Na jego lewym uchu, które nadal było spuchnięte i pomarszczone, widać było ślady zębów Abbey. Odchrząknął chyba z pięć razy, zanim przemówił.
– Eee, ja tylko chciałem powiedzieć, że przepraszam. Naprawdę przepraszam.
Postawiłem torbę z butelkami barwnika na chodniku. Moja siostra, która stała tuż za mną, zapytała:
– Czy to znowu jakiś chory dowcip?

– W żadnym razie – Baran zdecydowanie zaprzeczył. – Ja naprawdę przepraszam, za wszystko.

Patrzył mi prosto w oczy.

– Za te wszystkie razy, kiedy Jasper ci dokuczał. To było nie w porządku.

– Baran, co ci się stało?

– Nic, dlaczego pytasz?

– Ponieważ nagle zamieniłeś się w milutkiego misiaczka. To bardzo dziwne.

– Nie przesadzaj, Underwood, czy człowiek nie może szczerze powiedzieć „przepraszam"? Z czym masz problem?

Baran się zdenerwował i nie chciałem już bardziej naciskać.

– Okej, w porządku – powiedziałem. – Mówisz „przepraszam" i ja ci wierzę.

– Wspaniale.

– Ale ja ci nie wierzę – wtrąciła się Abbey. – Albo udajesz, albo jesteś po przeszczepie osobowości.

Długa, tępa twarz Barana napięła się w zakłopotaniu.

– Co to ma znaczyć? O jakim przeszczepie mówisz?

– Nieważne – odpowiedziałem – a co z Jasperem?

– O, prawie zapomniałem. On też przeprasza.

– Naprawdę? To gdzie on się podziewa?

Baran wzruszył ramionami. Na jego spłowiałej koszulce z logo Harley Davidson pojawiły się plamy potu.

– Nie mógł przyjść, ale prosił, żebym wam przekazał, że to się więcej nie powtórzy – powiedział Baran. – Już nigdy was nie zaczepimy.

– To miłe z jego strony. Teraz powinniście przysłać nam kwiaty. – Oczywiście Baran nie złapał mojego sarkazmu. – Chciałbym jeszcze usłyszeć osobiste przeprosiny Juniora – dodałem.

– Marne szanse – wymamrotała moja siostra.

Podniosła torbę z zakupami i weszła do domu.

Spocony Baran nadal stał przed naszym domem, gapiąc się na swoje wielkie gołe stopy. Może to zabrzmi dziwnie, ale było mi go szkoda. Rzucił szkołę, wyjechał z Keys, żeby stać się wielką gwiazdą bejsbolu. Teraz wrócił, żeby pakować zakupy i zadawać się z takimi leszczami jak Jasper Junior.

– No, dawaj, Baran, powiedz prawdę – namawiałem go, chociaż mówienie prawdy nie leżało w jego naturze.

Powoli podniósł wzrok.

– Underwood, kim jest ten szalony, stary facet? Ten z lasu?

– Po prostu przyjaciel – powiedziałem i pomyślałem: przyjaciel i zupełny nieznajomy.

– Skąd ma tę straszną bliznę na policzku?

– Niechętnie o tym mówi – rzuciłem, żeby Baran uznał, że się dobrze znamy.

– To było tak – zaczął Baran – ten stary powiedział mnie i Jasperowi, żebyśmy...

– Co?

– Powiedział nam, żebyśmy przeprosili ciebie i twoją młodszą siostrę. Bardzo mu na tym zależało – mówił Baran. – Ale teraz, kiedy jest już po wszystkim, Jasper odmówił. Powiedział, że nie będzie robił tego, co mu kazał jakiś stary leśny dziadek.

– Co jeszcze powiedział ten starszy gość z lasu? – zapytałem.

Baran odwrócił się i dokładnie zlustrował ulicę.

– Powiedział, żebyśmy się pilnowali. Powiedział, że będzie w pobliżu i żebyśmy zawsze o tym pamiętali.

Wizyta Barana w końcu nabrała sensu. Przepraszał, bo bał się, że jeśli tego nie zrobi, będzie miał do czynienia z podstarzałym piratem.

– Powiesz mu, prawda, Underwood? Powiesz mu, że tu byłem i przeprosiłem, jak tylko go znowu zobaczysz?

– Jasne, Baran. Jak tylko go spotkam.

Zastanawiałem się, czy jeszcze kiedyś spotkam podstarzałego pirata.

Po lunchu pojechaliśmy z Abbey do Shelly. Chcieliśmy dostarczyć jej barwniki i raz jeszcze przećwiczyć nasz plan. Chociaż znowu przywitała nas na progu w zniszczonym szlafroku, z plastikową jednorazówką do golenia w ręku, była zdecydowanie w lepszej formie niż poprzedniego dnia. Ruchem ręki zaprosiła nas do środka i nad zlewem kuchennym kontynuowała przerwane golenie nóg. Nigdy jeszcze nie widziałem tego z tak bliska. Shelly nie robiła tego tak sprawnie jak profesjonalistki z reklam telewizyjnych. Za każdym razem, kiedy się zacięła, przeklinała jak szewc i ścierała krew małym palcem. Abbey obserwowała zafascynowana, ja czułem się trochę dziwnie, więc odwróciłem się plecami i udawałem, że jestem całkowicie pochłonięty widokiem zaszlamionego akwarium. Słyszałem skrobanie ostrza po skórze, kiedy Shelly spytała:

– To co, jesteśmy gotowi?
– A co z Billym Babcockiem? – zapytałem.
– Nie przejmuj się, mam dobry pomysł.

Ale się przejmowałem. Jeśli Straż Przybrzeżna dostałaby informację o ściekach podczas dyżuru Billy'ego, Dusty Muleman zostałby natychmiast ostrzeżony. Załodze nie zajęłoby wiele czasu odcumowanie Coral Queen i odpłynięcie daleko od brzegu, gdzie mogliby bez obawy opróżnić zbiorniki, pozbywając się kompromitującego barwnika. Cała nasza akcja byłaby na nic.

– Od kiedy Billy wie, że Weszka odszedł, spędza wiele czasu przy moim barze – powiedziała Shelly – pozostawiając dziesięciodolarowe napiwki, przy dziesięciodolarowych rachunkach.

– Zapraszał cię na randkę? – zapytała Abbey.
– Jakieś dwa albo trzy razy co wieczór.

Shelly wyrzuciła plastikową jednorazówkę do kosza na śmieci, nalała sobie kawy i usiadła przy stole.

– Dam sobie radę z Billym Babcockiem – powiedziała z pewnym uśmiechem. – Teraz pokażcie, co tam macie.

Abbey podała jej torbę z barwnikami. Shelly zajrzała do środka.

– Niewiele tego. Jesteście pewni, że taka ilość wystarczy?

– To koncentrat – zacząłem wyjaśniać.

– Wiem, że to koncentrat, Noah. Udało mi się upiec kilka łakoci w moim życiu.

Abbey powiedziała, że wykupiliśmy wszystko, co było w sklepie.

– Są tu trzydzieści cztery buteleczki. W porządku?

– Nie ma problemu – powiedziała Shelly – mam taką torebkę, że mogłabym w niej ukryć hondę civic.

Wzięła jedną z butelek do ręki.

– Używaliście już tego?

Abbey i ja pokręciliśmy głowami.

– To nie leci jak woda, jest bardziej kleiste, ma konsystencję kremu do opalania. Żeby wyleciało, trzeba mocno nacisnąć – zademonstrowała Shelly na zamkniętym pojemniczku. – Opróżnienie trzydziestu czterech butelek zajmie trochę czasu.

Nie zastanawialiśmy się nad tym, kiedy wybieraliśmy żelowy barwnik.

– Pomyślcie, przy barze pracuję sama – powiedziała Shelly – a Dusty nie lubi, kiedy jego klienci czekają w kolejce. Każdej nocy mam tylko dwie piętnastominutowe przerwy na siusiu. To chyba za mało, żeby to wszystko wylać?

– Czy to znaczy, że nam nie pomożesz?

– Nie denerwuj się. Powiem Dusty'emu, że zatrułam się sałatką z krewetek. Przecież nie przyniesie mi kubła.

– Czy kingston jest w pobliżu baru? – zapytałem.

Abbey szturchnęła mnie.

– Co?

– Toaleta – wyjaśniłem. – Tak się mówi na toaletę na statku.

Shelly wyjaśniła, że Coral Queen ma trzy łazienki.

– Jedna jest na dziobie, druga na rufie i trzecia na górze obok sterówki, ale tej nie należy brać pod uwagę. Ta jest dla menedżera kasyna i dla załogi.

– Ale przecież ty należysz do załogi – zauważyła Abbey.

– Nie, kochanie. Jestem barmanką. Robię siusiu z cywilami.

Im dłużej się temu przysłuchiwałem, tym bardziej się martwiłem. Im dłużej Shelly będzie poza barem, tym większe ryzyko, że Dusty albo ktoś z załogi zacznie jej szukać. A co jeśli zapcha się toaleta, której będzie używać?

Zdecydowałem się na małą zmianę planu.

– Będziesz potrzebowała pomocy – powiedziałem. – Wezmę połowę butelek i wyleję je w innej łazience.

Shelly pokręciła głową.

– O nie, Jamesie Bondzie Juniorze. To zbyt niebezpieczne.

– Halo! A co ze mną? – wtrąciła się Abbey.

Razem z Shelly odwróciliśmy się i zgodnie powiedzieliśmy.

– Nie!

– Jeśli nie zabierzecie mnie ze sobą, wszystko powiem rodzicom – zapowiedziała moja siostra. – Przysięgam, Noah.

Nie żartowała. Na szyi pulsowała jej żyłka, taka była podekscytowana.

– Nie zrobiłbyś tego bez mnie – mówiła. – Gdyby nie moje pięćdziesiąt jeden dolarów, nie zabarwiłbyś nawet poidełka dla ptaków!

Z tym nie mogłem się kłócić.

– Sytuacja zaczyna się komplikować – zauważyła Shelly, siorbiąc swoją kawę.

– Spokojnie, mamy tylko tę jedną szansę, żeby dopaść Dusty'ego. Nie możemy popełnić błędu.

Shelly spojrzała na mnie z powątpiewaniem.

– Jeśli wy, maluchy, dacie się złapać...

– Nie damy – ucięła dyskusję Abbey.

– Ale jeśli...

– Nigdy nie wspomnimy twojego imienia – powiedziałem. – Obiecujemy.

– Podwójnie obiecujemy – dodała Abbey.

Shelly westchnęła.

– Chyba straciłam rozum.

Było już prawie wpół do szóstej, kiedy pan Shine podjechał z rodzicami pod dom. Całe popołudnie spędzili w sądzie, dopracowując warunki ugody w sprawie Coral Queen. Dusty Muleman zgodził się wycofać oskarżenie, a tata zobowiązał się do spłacenia firmie ubezpieczeniowej Dusty'ego kosztów podniesienia i sprzątnięcia łodzi oraz naprawy silników. Rachunek musiał być wyjątkowo duży, bo ojciec dostał na jego spłacenie pięć lat. Tata musiał przyrzec, że nie powie niczego złego na temat Dusty'ego ani w telewizji, ani w prasie, ani w żadnym miejscu publicznym.

– To zamach na pierwszą poprawkę do konstytucji – narzekał ojciec, siadając do kolacji. – Równie dobrze mógłbym chodzić z korkiem w ustach.

– Ważne jest to, że już po wszystkim – powiedziała mama. – Teraz nasze życie może wróci do normy.

Nawet nie ważyłem się spojrzeć na Abbey, obawiając się, że mama coś wyczuje. Tata był zbyt pochłonięty ugodą, aby coś zauważyć.

– Całe hrabstwo i tak myśli, że jestem stuknięty – stwierdził gorzko.

– A kto by się przejmował tym, co myślą inni? – powiedziałem.

– A kto by się przejmował, że jesteś stuknięty? – zaszczebiotała Abbey. – Przecież jesteś pozytywnie stuknięty.

Jej zdaniem miał to być komplement i na szczęście ojciec tak to zrozumiał.

– To, co robi Dusty, jest bezbożne, to zbrodnia przeciwko naturze – kontynuował tata. – Wiecie, na co zasługuje? Zasługuje na...

– Paine, uspokój się – powiedziała mama stanowczo. – Pewnego dnia dostanie dokładnie to, na co sobie zasłużył. Co rzucisz za siebie, znajdziesz przed sobą.

Tata prychnął.

– Oby tylko!

– Mama ma rację. W końcu nie ujdzie mu to na sucho. – Moja siostra zagrała w otwarte karty. Mała przebiegła aktorka. – Kiedyś go złapią. Nie przejmujcie się.

Tata spojrzał na nią z wdzięcznością.

– Mam nadzieję, że masz rację.

Ale widać było, że nie wierzy w przyłapanie Dusty'ego.

– Noah, potrzebujemy, żebyś jutro wieczorem został z Abbey – zmieniła temat mama.

– A to dlaczego? – Udawałem, że mi się to nie podoba, ale w głębi duszy byłem zachwycony. To była złota okazja, której potrzebowaliśmy.

– Idziemy z ojcem na kolację, a potem do kina – powiedziała mama.

– Ach, romantyczna randka! – droczyła się Abbey.

– Idziemy uczcić nową pracę ojca.

– Tak – mruknął ojciec. – Moją ekscytującą nową pracę, która polega na holowaniu głąbów z mielizn.

– Lepsze to niż taksówka – wtrąciłem.

– Lepsze. Trzeba przyznać – zgodził się ojciec.

– Macie być w łóżkach o jedenastej. Ani minuty później – zakomenderowała mama. – Słyszeliście?
– Oczywiście – odpowiedziałem.
– Podwójne oczywiście – potwierdziła Abbey.
– Równo o jedenastej.

Żadne z nas nie spojrzało mamie w oczy. Kiepsko było kłamać, ale przecież nie mieliśmy wyboru. Teraz tylko pozostawała nadzieja, że złapiemy Dusty'ego Mulemana na gorącym uczynku.

Była za kwadrans siódma, kiedy rodzice wyszli na swoją romantyczną randkę. Ponieważ Coral Queen otwierała się o siódmej, nie mieliśmy z Abbey chwili do stracenia. Pojechaliśmy na rowerach do domu Rado i przeskoczyliśmy drewniane ogrodzenie, co okazało się nie najlepszym pomysłem. Rado z rodzicami byli nadal na wakacjach w Kolorado (o czym wiedziałem), ale zostawili Godzillę w domu, w ogrodzie (o czym nie wiedziałem). Godzilla nie jest najinteligentniejszym psem na świecie, ale na pewno największym, jakiego znam. Rado mówi, że „w części jest rottweilerem, w części nowofundlandem, a w części niedźwiedziem grizli". Jednym słowem, Godzilla ma dużą przewagę nade mną i moją siostrą. I tego wieczoru nie był zbyt szczęśliwy, że nas widzi.

– Dobry piesek – starałem się udawać spokojnego.

– Dobry ruch – wyszeptała Abbey – ale i tak zginiemy.

Godzilla przygwoździł nas w rogu ogrodzenia, skąd nie śmieliśmy się ruszyć. Miałem nadzieję, że bestia mnie pamięta, ale to pewnie nie miało znaczenia, jeśli sąsiedzi zapomnieli go nakarmić. Abbey będzie na przystawkę, ja na główne danie.

– Cześć, pieseczku – powiedziałem, wyciągając prawą rękę.

– Czyś ty zwariował? – zasyczała Abbey.

– Psy nigdy nie zapominają zapachu osoby, którą spotkały.

– A kto tak powiedział?

– Animal Planet. Oglądałem cały program na temat psich nosów – wyjaśniłem.

– No tak, szkoda, że nie widziałeś odcinka o zębach...

Ale Godzilla nie chwycił mojej ręki. Powąchał podejrzliwie i szturchnął wilgotnym nosem. Skłamałbym, gdybym powiedział, że się nie trząsłem.

– Noah, on nie macha ogonem – szepnęła Abbey, wstrzymując oddech.

– Dzięki za informację.

– Jeśli cię ugryzie, ja ugryzę jego.

– Spokojnie.

Mówią, że z oczu psa można wyczytać, czy jest przyjacielski, czy nie. Niestety nie mogłem tego sprawdzić, bo oczy Godzilli przykrywała gęsta sierść nowofundlanda. Ślina ciekła mu z pyska, co oznaczało, że albo chce mu się pić, albo jest głodny, albo te dwie rzeczy naraz. Lewą ręką sięgnąłem do kieszeni, wyłowiłem z niej jabłko, które zabrałem z domu.

Abbey chrząknęła.

– Chyba żartujesz. Psy nie jedzą owoców.

– Nic lepszego nie wymyślimy, chyba że gdzieś w plecaku masz kawał polędwicy wołowej.

Wyciągnąłem rękę z jabłkiem w kierunku Godzilli.

– Masz piesku, chrup!

Godzilla wyciągnął łeb wielkości kotwicy i prychnął.

– To odmiana Granny Smith – zacząłem mu tłumaczyć, jakby to miało znaczenie. – No spróbuj. Jest smaczne.

– Tak, jeśli jesteś wiewiórką – wymamrotała Abbey.

Ale ku naszemu całkowitemu zdziwieniu wielkie psisko otworzyło paszczę i wbiło kły w jabłko, zabierając je z mojej trzęsącej się dłoni.

Godzilla potruchtał ze swoją zdobyczą, a ja powiedziałem:

– Popatrz na jego ogon!

Wesoło nim machał.

Ruszyliśmy w stronę kanału, gdzie Rado trzymał niebieską dingi przywiązaną do falochronu. Ojciec Rado zrobił ją ze zniszczonego jachtu motorowego, połatał płytami z włókna szklanego i wyglądała jak nowa. Nie miała więcej niż trzy metry długości, ale była solidna, sucha, z wysokimi burtami. Rado, Thom i ja często na niej pływaliśmy i nurkowaliśmy wokół mostu.

Weszliśmy do łódki, zaraz rzuciłem Abbey kapok. Nie chciała go założyć, ale ją zmusiłem. Powiedziałem, że się nie ruszymy, póki tego nie zrobi. Potem dałem jej szybką lekcję uruchamiania silnika. Ten był prawie zabytkowym egzemplarzem, który się zacinał, zanim się rozgrzał. Pokazałem Abbey, jak dwoma rękami szarpnąć linkę, co nie było łatwe, bo jeśli się w odpowiednim momencie nie puściło linki, to szarpnięcie mogło wyrzucić cię za burtę.

Po wielu próbach silnik zaskoczył i wykrztusił fioletowy dym. Na szczęście ojciec Rado pilnował, żeby zbiornik paliwa był zawsze pełny. Ale i tak sprawdziłem. Gdyby zabrakło nam benzyny, to byłby prawdziwy koszmar.

Abbey przeszła na dziób i odwiązała linę cumowniczą. Odbiliśmy.

– Gotowa? – zapytałem.

– Całkowicie – odpowiedziała i pokazała mi wzniesiony kciuk.

Kiedy odpływaliśmy w stronę ujścia kanału, spojrzałem za siebie i zobaczyłem Godzillę stojącego na brzegu. Szczeknął raz, ale jego głos był przytłumiony wilgotnym jabłkiem, które nadal międlił w pysku.

Kiedy dorastasz nad morzem, uczysz się wielu przesądów. Na przykład wielu kapitanów nie pozwoli ci zabrać na pokład banana, bo są przekonani, że przynosi nieszczęście. Nikt nie wie, skąd się to wzięło, ale wszyscy w to wierzą jeszcze od czasów dziadka Bobby'ego. Inny przesąd jest taki, że delfiny przynoszą szczęście, dlatego byłem zachwycony, kiedy zobaczyłem kilka, polujących na ławice malutkich ryb. Policzyliśmy wystające z wody płetwy grzbietowe i łatwo odgadliśmy, że rozbrykane stado składa się z sześciu dorosłych i jednego młodego. Nieźle się bawiły, pędząc w spienionych kołach, podrzucając w górę niewielkie cefale. Nie byłem do końca pewny, czy to rzeczywiście był to dobry znak, ale widok delfinów zawsze działa na mnie pozytywnie. Gdyby nie to, że byliśmy w akcji, zatrzymałbym łódź i popatrzyłbym, jak się bawią, ale musieliśmy się śpieszyć.

W lecie długo jest widno, więc zdążyliśmy dopłynąć do przystani jeszcze przed zmrokiem. Kiedy dotarliśmy do boi przy nabrzeżu, fale stały się trochę większe. Wpłynąłem łódką między mangrowce, wyłączyłem silnik i wyskoczyłem, z trudem łapiąc równowagę na śliskich korzeniach. Moja siostra wyjęła z plecaka butelkę gatorade, jakiś spray na komary, książkę i latarkę. Podała mi plecak z buteleczkami barwników.

– W porządku? – zapytałem. – Przez jakiś czas będziesz musiała radzić sobie sama.

– O, nie martw się. Oczywiście, wszystko w porządku.

– Nigdzie się nie ruszaj, aż usłyszysz, jak krzyczę: „Geronimo!" Będziesz wiedziała, że to ja.

– Dlaczego „Geronimo"? – zapytała.

– Ponieważ widziałem, jak ktoś tak krzyczał, w jakimś filmie.

– A co to znaczy?
– To znaczy: „Pośpiesz się i uratuj mnie, zanim zbir Dusty'ego Mulemana skopie mi tyłek" – wyjaśniłem. – Masz jeszcze jakieś pytania? Uważaj, żeby cię nikt nie zauważył. Zobaczymy się później.

Kiedy zacząłem iść w stronę przystani, usłyszałem, jak Abbey woła za mną:
– Uważaj na siebie, Noah!

Pomachałem jej, ale się nie odwróciłem.

Kiedy w końcu wydostałem się z mangrowców, miałem przemoczone buty, a łydki podrapane naroślami wodnymi, które pokrywały korzenie.

Mocno pochylony, przebiegłem przez prześwit między drzewami i ukryłem się za budką z biletami. Na ziemi stały dwie duże skrzynie, o których mówiła mi Shelly. Wyglądając zza rogu, zobaczyłem, że parking wypełniony jest samochodami. Klienci stali w kolejce, aby dostać się na pokład Coral Queen. W tłumie nie było żadnych dzieci, bo nieletni nie mogą wchodzić do kasyna. Dlatego musiałem być szczególnie czujny. Za pomocą ostrej krawędzi znalezionego kamienia otworzyłem wieko skrzyni. Była wypełniona butelkami – „Rum z Haiti", tak było napisane. Po cichu zamknąłem wieko i otworzyłem drugą skrzynię. Tak jak obiecała Shelly – była pusta. Wcisnąłem się do środka i zasunąłem wieko. Żeby się zmieścić, musiałem się położyć i podciągnąć nogi. Plecak Abbey, wypełniony pojemniczkami z barwnikiem, służył mi za poduszkę. Czułem się jak jeden ze statystów, którego upychają do magicznej skrzyni, z której chwilę później znika.

W skrzyni było ciemno i pachniało stęchlizną. Na początku martwiłem się, że nie będę miał czym oddychać, ale wkrótce poczułem, że przez niedomknięte wieko dostaje się powietrze. Zrobiłem kilka głębokich wdechów, zamknąłem oczy i czekałem.

Po niedługim czasie usłyszałem szuranie i niskie głosy rozmawiających mężczyzn. Jednego z głosów nie rozpoznałem, ale drugi bez wątpienia należał do łysego goryla Dusty'ego – Luno.

Mężczyźni stęknęli, kiedy podnieśli pierwszą skrzynię, zabierając ją na pokład. Gdy wrócili po drugą, moje serce waliło jak młot. Luno chwycił za jeden bok, jego towarzysz za drugi. Zesztywniałem i wstrzymałem oddech. Słyszałem, jak klną i narzekają na ciężar.

Z każdym krokiem skrzynia chwiała się, kołysała i obijała. Wiedziałem, że nic ze mnie nie zostanie, jeśli wieko się zsunie, dlatego włożyłem paznokcie pomiędzy przerwy między deskami, żeby je przytrzymać.

W końcu zbiry postawiły skrzynię z hukiem i wiedziałem, że jestem na łodzi. Kiedy sobie poszli, o niczym innym nie marzyłem, jak o tym, żeby wyskoczyć z tej drewnianej trumny. Mógłbym to zrobić, ale obiecałem Shelly, że zostanę w skrzyni i poczekam, aż po mnie przyjdzie.

Dlatego czekałem. I czekałem. I czekałem.

Na Coral Queen robiło się coraz tłoczniej i głośniej. Nikt nie zbliżał się do skrzyni, więc myślałem, że została przeniesiona do jakiegoś magazynku, upchnięta gdzieś za drzwiami. W każdym razie utknąłem w miejscu, gdzie nie było klimatyzacji.

Nie trzeba było długo czekać, żebym zaczął się pocić jak skunks, a w gardle miałem Saharę. Zastanawiałem się, jak długo jeszcze wytrzymam w tym starym, zatęchłym pudle.

Wydawało mi się, że tkwiłem tam całe wieki, ale tak naprawdę nie upłynęło dwadzieścia minut, kiedy usłyszałem trzykrotne pukanie Shelly. Pomogła mi się wygramolić i podała butelkę lodowatej wody – to była najsmaczniejsza woda w moim życiu. Uściskałem Shelly – jej mandarynkowe perfumy i wszystko. Taki byłem wdzięczny.

Położyła palec na ustach i pokazała, żebym poszedł za nią. Znowu miała na sobie te niesamowite rajstopy z sieci i buty z ostrym czubkiem, na bardzo wysokich obcasach, dzięki czemu była kilka centymetrów wyższa. Poprowadziła mnie ciemnym korytarzem, który otwierał się na jeden z pokładów kasyna. Uderzył mnie hałas – brzęczały automaty do gry, ludzie ryczeli ze śmiechu, jakiś żałosny zespół kaleczył piosenkę Jimmy'ego Buffeta.

– To tam – powiedziała Shelly, wskazując na drzwi.

Na drzwiach był wyrzeźbiony napis: „Syreny".

– Nie ruszaj się – powiedziała i szybko zniknęła za syrenimi drzwiami.

Sekundę później drzwi otworzyły się i wychyliła się zza nich blond głowa Shelly. Rozejrzała się ostrożnie i pokazała, że mam do niej wejść.

Do damskiej toalety!

Tak też zrobiłem, choć oboje z trudem się w niej mieściliśmy.

– Gdzie masz rzeczy?

Pokazałem plecak Abbey. Dzień wcześniej Shelly i ja podzieliliśmy między siebie zapasy barwnika – siedemnaście dla mnie, siedemnaście dla niej.

– Masz napis? – zapytałem.

Uśmiechnęła się i pokazała mi kwadratowy kawałek tektury, na którym czarnym flamastrem wykaligrafowała: „Toaleta nieczynna".

– Prywatność gwarantowana – zapewniła mnie.

– A co z tobą? – zmartwiłem się, że nie będzie miała bezpiecznego miejsca na wylanie swojej części.

– Na dziobie są jeszcze jedne „syrenki". Pójdę tam w czasie mojej przerwy.

– A co jeśli ktoś tam będzie? – zapytałem.

– Wpadnę do „piratów".

– Do męskiej toalety? Mówisz poważnie?

– A kto mnie zatrzyma? – Shelly wzruszyła ramionami.

Miała rację.

– Muszę wracać do baru – powiedziała – czeka tam na mnie Billy Babcock z oczami jak księżyc w pełni. Biedaczek myśli, że mnie kocha.

Po przyjacielsku uścisnęła moje ramię.

– Powodzenia, młody Underwoodzie.

– Też ci tego życzę, Shelly.

Zamknąłem drzwi na zasuwkę i ledwie usłyszałem, że Shelly przyczepiła napis, otworzyłem plecak Abbey.

Kingston na łodzi jest jak mała szafa, w której trudno nawet usiąść i robić swoje. Pachniało mieszanką zwietrzałego piwa, wybielacza i perfum Shelly, ale i tak było nieco mniej obrzydliwie niż we wszystkich innych publicznych wychodkach, które odwiedziłem.

Zresztą to nic w porównaniu z czasem, który spędziłem w skrzyni. Przez chwilę zastanawiałem się, co powiedziałby ojciec, gdyby zobaczył mnie w damskiej toalecie na Coral Queen. Jako odpowiedzialny rodzic pewnie by się wściekł, że wkradłem się na pokład, jako wojujący ekolog byłby dumny, że staram się przyłapać Dusty'ego Mulemana.

Znając ojca, miałby dla mnie jedną radę: „Nie daj się złapać".

Kiedy otworzyłem pierwszą buteleczkę barwnika, od razu wiedziałem, że Shelly miała rację. Żel wypływał z niej wolno jak smoła. Dokładnie wycisnąłem opakowanie, aby ostatnia kropla trafiła tam, gdzie powinna.

Potem solidnie spłukałem. Shelly ostrzegła mnie, że żel szybko staje się bardzo kleisty, więc jeśli utknąłby w rurach, nasz plan byłby na nic.

Był tylko jeden sposób, żeby to sprawdzić. Uklęknąłem, zatkałem nos i zajrzałem w obrzydliwą otchłań. Żadnego śladu fuksji. Jak dotąd wszystko szło zgodnie z planem.

Czekało na mnie jeszcze szesnaście buteleczek.

Kiedy utkniesz w toalecie, czas zaczyna płynąć bardzo wolno. Byłem już gotów do ucieczki, ale czekałem, bo ludzie zatrzymywali się przed drzwiami „Syrenek" – rozmawiając, śmiejąc się, śpiewając z orkiestrą.

Marzyłem o tym, żeby wyjść, ale musiałem być cierpliwy.

Wciąż myślałem o Abbey, która siedziała samotnie w dingi Rado, czytając książkę w świetle latarki. Wiedziałem, że wśród mangrowców nie ma żadnych niebezpiecznych zwierząt, obawiałem się jednak, że mogą ją wystraszyć jakieś nieznane hałasy nocy. Jeśli się nigdy wcześniej nie słyszało walczących szopów, można przysiąc, że to masakra piłą mechaniczną.

Kiedy nie martwiłem się o siostrę, zastanawiałem się, co dzieje się na pokładzie Coral Queen. Przy takiej zabawie pozostałe toalety muszą pracować non stop. Jeśli Dusty Muleman zastosuje swój tradycyjny chwyt, całe te ścieki wypłyną trochę później do wody basenu portowego.

To mnie nadal rozwścieczało i był to dobry znak. Musiałem być wściekły, żeby z determinacją wypełnić zadanie. Co dwie, trzy minuty patrzyłem na zegarek, zastanawiając się, dlaczego wskazówki poruszają się tak wolno.

Rodzice pewnie jeszcze nie zjedli. A po kolacji mieli jeszcze w planie wyjście do kina, na najpóźniejszy seans. Co oznaczało, że będą w domu około wpół do pierwszej. Musieliśmy być w domu przed nimi.

Coral Queen zamykano o północy. Gdybym zaczekał z ucieczką do północy, zostałoby mi tylko pół godziny, żeby dotrzeć do dingi, odprowadzić ją do przystani Rado, złapać rowery i popędzić do domu. Miałbym małe szanse, żeby szybko płynąć tą małą łódką w ciemności. Z drugiej strony nie podobała mi się perspektywa trzech kolejnych godzin w damskiej toalecie.

Postanowiłem wybiec w tłum i modliłem się tylko, żeby nikt nie próbował mnie złapać. Shelly mówiła, że większość klientów jest tak pochłonięta hazardem, że nie zauważyłaby nawet, gdyby na pokładzie pojawił się nosorożec. Miałem nadzieję, że miała rację.

Po cichu zebrałem wszystkie puste butelki – jedyny obciążający nas dowód – i włożyłem je do plecaka Abbey.

Ale w momencie kiedy odsunąłem zasuwkę, metalowa klamka zaczęła się poruszać. Ktoś próbował dostać się do środka.

Złapałem klamkę obiema rękami i zaparłem się o umywalkę.

– Hej! Otwierać. Muszę wejść! – zażądał kobiecy głos.

Albo nie zauważyła napisu, który zawiesiła Shelly, albo była tak zdesperowana, że było jej wszystko jedno. Z zewnątrz dobiegło mocne chrząknięcie i klamka nieomal wypadła mi z rąk.

Drzwi otworzyły się na jakieś pięć centymetrów i miałem szansę obejrzeć intruza. Wyglądała na jakieś osiemdziesiąt pięć lat, ważyła jakieś czterdzieści kilo. Nie był to ktoś, kogo spodziewałem się zobaczyć. Tak mocno ciągnęła klamkę, że oczekiwałem za drzwiami zawodnika sumo.

– Otwórz natychmiast, muszę wejść – zaskrzeczała.

Miała na sobie błyszczącą perukę w kolorze miedzi, która wyglądała jak hełm. Na twarzy widniała gruba warstwa makijażu, a jej błyszczące, sztuczne rzęsy były tak długie jak u wielbłąda. Z opuchniętych ust papugoryby, pomalowanych na kolor pokrojonego mango, zwisał papieros.

– Nie widzi pani, co jest napisane? – zapytałem przez szparę.

– A co tu czytać, Einsteinie?

Wtedy właśnie zauważyłem kartkę z informacją, która leżała na zaśmieconej podłodze, pomiędzy jej nogami. Mocowanie Shelly nie było najsolidniejsze.

– Hej, nawet nie jesteś syrenką – warknęła stara, wypluwając papierosa. – Wyjdź, bo zawołam ochroniarzy.

Zebrałem całą moją siłę, żeby zamknąć drzwi.

– Ty mały zboczeńcu! – zawołała i wypluła całą wiązankę przekleństw, które spowodowałyby zawał u babci Janet.

– Proszę mnie zostawić! To nagły wypadek.

– Wypadek? Ja ci pokażę wypadek.

Stara papugoryba zaczęła walić w tandetne drzwi swoją kościstą pięścią.

– Mój pęcherz zaraz wybuchnie jak wulkan Świętej Heleny, słyszysz mnie, młody człowieku!

Teraz wrzeszczała jak opętana. Wiedziałem, że za chwilę pojawi się obsługa, żeby sprawdzić, co się dzieje.

– Słuchaj, szczeniaku, policzę do pięciu i wchodzę, i lepiej żebyś nie siedział na kiblu, kiedy to zrobię. Rozumiesz mnie, junior? To nie będzie ładnie wyglądało.

– Proszę, nie...

– Raz, dwa...

Nie miałem wyjścia. Wstałem z sedesu, włożyłem plecak i pochyliłem się. Kiedy stara, ohydna zgredówa warknęła „pięć", wyleciałem zza drzwi, zanurkowałem pod jej patykowatym ramieniem i zacząłem uciekać.

I nikt nie zwróciłby na mnie uwagi, gdyby wiedźma nie zaczęła się wydzierać.

– Łapać go, łapać tego małego zboczeńca!

Ponieważ jestem bardzo szybki i niezbyt wysoki, sprytnie lawirowałem między nogami pasażerów Coral Queen. Kilku z nich zwróciło na mnie uwagę, a jeden czy dwóch nawet próbowało chwycić za koszulę. Na szczęście większość klientów kasyna ostro imprezowała i nie była w stanie ruszyć za mną w pogoń.

Kiedy przebiegałem przed barem, oczy Shelly zrobiły się wielkie jak spodki. Zapuchnięty facet o chropowatej twarzy, pewnie Billy Babcock, odwrócił się na stołku i przemówił:

– Czy na statku jest d z i e c k o?

Kierowałem się na górę. Tuż za sobą usłyszałem wściekły krzyk. Obejrzałem się i zobaczyłem dwóch ogromnych facetów, którzy za mną biegli. Wyglądali na poważnie wnerwionych. Każdy z nich miał obcisłą czerwoną koszulkę z napisem PERSONEL.

Shelly ostrzegała mnie przed nimi – to byli bramkarze.

Krzyczeli, żebym się zatrzymał, ale to w ogóle nie wchodziło w grę. Czmychnąłem na górny pokład i ruszyłem wprost na dziób. W dole, w lustrze wody odbijały się choinkowe światełka Coral Queen. Było bardzo wysoko, dużo wyżej, niż myślałem.

– Koniec zabawy – powiedział ktoś.

Odwróciłem się, żeby zobaczyć przed sobą dwieście kilo mięsa i mięśni. Bramkarze dyszeli z wysiłku, ale na twarzy mieli zawadiackie uśmiechy. Myśleli, że zapędzili mnie w kozi róg, ale mylili się.

Jeden z nich pokiwał na mnie grubym paluchem:

– No, chodź tu, chłopcze.

Szybko zdjąłem buty i wsadziłem do plecaka.

– Wyluzuj, krewetko, i nie próbuj niczego głupiego – powiedział drugi.

Tej „krewetki" nie mogłem im puścić płazem.

– Jeśli wypadnę za burtę i utonę – powiedziałem – będziecie mieli poważne kłopoty.

– O, tak.

– Moi rodzice wyciągną z Mulemana ostatniego centa. Lepiej uważajcie.

Bramkarze spojrzeli po sobie i ich uśmiechy nieco zbladły.

Kiedy zaczęli rozważać, co zrobić, przeszedłem pod relingiem i przygotowałem się do skoku. Celowo nie spojrzałem w dół.

Jeden z nich zbliżył się do mnie.

– Co ty najlepszego robisz? Oszalałeś?

Byli gotowi mnie powstrzymać.

– Natychmiast stąd zejdź – zakomenderował jeden z bramkarzy, podchodząc do mnie. – Złamiesz sobie kark.

– Tego nie mam w planie – powiedziałem.

Na ich tłustych, zezowatych twarzach zauważyłem oznaki paniki. Pewnie w końcu dotarło do nich, że stracą pracę albo gorzej, jeśli pozwolą, żeby coś złego mi się stało.

Jeden z nich chwycił walkie-talkie i trzymając je blisko przy ustach, powiedział:

– Luno! Lepiej tu przyjdź!

– Powiedz mu, żeby się pośpieszył – powiedział drugi. – Ten dzieciak to prawdziwy świr.

To był najwyższy czas, aby skoczyć.

Bramkarze rzucili się na mnie, ale byłem już w powietrzu. Skoczyłem, myśląc o słodkiej wolności, która czekała na mnie tam, w dole. To dało mi siłę, żeby wrzasnąć:

– Geronimo!

16

Nie pamiętam uderzenia w wodę, ale pamiętam, że nagle byłem bardzo głęboko. Na tyle głęboko, żeby przypomnieć sobie o plecaku Abbey, który wciąż miałem na sobie. Mogłem go porzucić, ale przecież nie wolno zaśmiecać oceanu. Poza tym na plecaku, w dwóch różnych miejscach, był napis ABBEY UNDERWOOD, wykonany jaskrawopomarańczowym flamastrem. Jeśli więc ktoś znalazłby plecak i odkrył puste buteleczki po barwniku, bylibyśmy pogrążeni.

W pośpiechu poluzowałem jeden z pasków plecaka, dzięki temu uwolniłem jedno ramię i mogłem płynąć. Nie starałem się bić olimpijskich rekordów, ale chciałem jak najszybciej odpłynąć od Coral Queen. Rozglądałem się za niebieską dingi, płynącą mi na ratunek. Za mną, tam gdzie zacumowany był statek kasyno, wybuchł wielki wrzask. Odwróciłem głowę i w świetle latarni portowych zobaczyłem Luno, chodzącego tam i z powrotem, wrzeszczącego wściekle na dwóch bramkarzy, którzy wciąż stali na górnym pokładzie. Bramkarze odkrzykiwali, pokazując mu basen portowy. Pokazując mnie, oczywiście.

Zacząłem młócić wodę jeszcze silniej.

Abbey, pośpiesz się. Pośpiesz! – myślałem.

– Chłopiec, zatrzymać się! – zakomenderował Luno. – Zatrzymać się teraz!

Biegł wzdłuż doków przystani, starając się nie stracić mnie z oczu, więc zanurkowałem, żeby go zmylić. Brudna woda zapiekła mnie w oczy, szybko je zamknąłem. To i tak nie miało znaczenia, ponieważ nawet z otwartymi oczami nie zobaczyłbym wieloryba z odległości dziesięciu centymetrów – nie w tym mętnym basenie, nie w tej ciemności. Płynąłem na oślep, ale płynąłem. Kiedy wychyliłem się, aby złapać powietrze, biały snop światła uderzył mnie prosto w twarz.

– Tu jest! – krzyknął Luno.

Stał na stole do czyszczenia ryb, omiatając przenośnym reflektorem wody basenu. Schowałem się pod wodę jak żółw i płynąłem dalej. Kiedy znowu wyskoczyłem na powierzchnię, ponownie zderzyłem się z jaskrawym światłem Luno, który wrzeszczał do mnie, żebym się zatrzymał. Brzmiało to tak, jakby był bliżej mnie.

Gdzie podziewała się moja siostra?

Miałem jeszcze jakieś sto metrów do wyjścia z basenu portowego. Gdyby tylko udało mi się przepłynąć za pomosty, znalazłbym się poza zasięgiem zbira, ale byłem już wyczerpany. Moje ubranie zdecydowanie spowalniało ruchy, a napęczniały od wody plecak wydawał się coraz cięższy.

Wciąż ani śladu dingi.

Nawet jeśli moje „Geronimo!" nie było wystarczająco głośne, Abbey musiała słyszeć łysola, który darł się jak małpa. Nabrałem powietrza i znowu zanurkowałem. Po dwóch ruchach uderzyłem w coś, co wydało mi się ścianą z sadła.

Ścianą, która się ruszała.

Następne, co zapamiętałem, to że jakaś brutalna, niewidzialna siła wypchnęła mnie na powierzchnię i wystrzeliła w powietrze. Kiedy wylatywałem z wody, otworzyłem oczy i zobaczyłem olbrzymi, brązowy kształt, omszały i śliski, który wystrzelił do przodu z wielką prędkością. Szeroki zaokrąglony ogon uderzał w wodę tak mocno, że brzmiało to jak wystrzał.

Od razu zrozumiałem, co się stało – uderzyłem w śpiącego manata.

Z pluskiem wpadłem do wody. Przez dobrych kilka minut unosiłem się na powierzchni. Starałem się uspokoić walące serce, czekając, aż znowu będę mógł złapać oddech. Nagle na przystani zrobiło się zupełnie cicho, słychać było tylko wesołe dźwięki perkusji, dochodzące z Coral Queen.

Gdzie, na litość boską, podziała się Abbey? Gdzie przepadł jaskiniowiec Luno?

Znowu zacząłem płynąć, choć nie tak odważnie jak przed chwilą. Kolizja z krową morską trochę mnie ostudziła – wciąż myślałem, jakie inne stworzenia mogą właśnie przepływać przez ciemne wody basenu. Wielkie manaty są roślinożerne i nie mają apetytu na ludzi. Niestety nie dotyczy to wszystkich stworzeń, które żerują w nocy, na przykład ogromnych i bezwzględnych rekinów. Woda była ciepła jak zupa, ale wzdłuż kręgosłupa poczułem lodowaty dreszcz. Znałem na pamięć tylko kilka modlitw, ale wszystkie je odmówiłem. D w u k r o t n i e. Tak się bałem.

Nie wiem, czy Bóg mnie wysłuchał, ale po chwili usłyszałem znajomy warkot małej łodzi motorowej. Przestałem płynąć i utkwiłem wzrok w kierunku, z którego dochodził hałas. Przy wyjściu z basenu zobaczyłem znajomy kształt.

Kiedy kształt zaczął się przybliżać i ogarnęło go blade światło lamp przystani, rozpoznałem niebieską dingi i patykowatą sylwetkę mojej siostry przy sterze.

Podekscytowany zawołałem do niej – odpowiedziała mi wcześniej ustalonym sygnałem: trzema błyskami latarki. Ruszyłem w kierunku łódki tak szybko, jak mogłem, nie zważając na hałas, jaki robiłem. Marzyłem tylko o tym, żeby wydostać się z wody w jednym kawałku.

Abbey zagwizdała, ale byłem zbyt wyczerpany, żeby odgwizdać. Łódka już nie kierowała się na mnie, wydawało się, że lekko porywa ją prąd. Kiedy do niej dotarłem, czułem skurcze w nogach i ramionach. Chwyciłem za dziób i przy pomocy siostry dostałem się na pokład.

Na początku nawet nie mogłem mówić, po prostu siedziałem, ociekając wodą i dysząc jak stary zmęczony pies. W końcu zdjąłem plecak i wysuszyłem twarz koszulą Abbey.

– Wszystko w porządku? – zapytała.

Pokiwałem głową i zacząłem rozcierać bolące mięśnie.

– Dlaczego wyłączyłaś silnik?

– Nie wyłączyłam – odparła Abbey – sam zgasł.

– To pięknie.

– Dlatego się spóźniłam. Całe wieki uruchamiałam tego głupka.

Przeszedłem na rufę, żeby sprawdzić, co stało się ze staruszkiem. Linka startowa miała prawie metr długości, jeden z jej końców był mocno owinięty wokół koła zamachowego silnika. Mały kawałek plastiku na drugim końcu linki służył jako rączka.

Ręczne uruchomienie silnika przyczepnego jest trudniejsze niż uruchomienie kosiarki. Silniki łodzi motorowych mają dużo więcej mocy, dlatego trzeba dużo siły, żeby obrócić koło zamachowe. Zaparłem się nogami o pawęż i dwoma rękami chwyciłem za plastikowy uchwyt linki.

– Postaraj się – powiedziała Abbey.

– Trzymaj kciuki.

Odchyliłem się do tyłu i pociągnąłem. Silnik zawarczał, zakaszlał i ucichł.

– Kurczę – mruknęła Abbey.

– Nie przejmuj się – rzuciłem, co było głupie, bo tylko idiota by się nie przejmował. Zmieniłem pozycję i jeszcze raz chwyciłem za linkę.

– Kapitanie, do dzieła – zagrzewała mnie Abbey.

I nagle dingi zajaśniała jak gwiazda filmowa – Luno odnalazł nas swoim reflektorem. Zmrużyliśmy oczy, starając się dojrzeć, gdzie stał. Jego głos był odpowiedzią: był blisko.

Za blisko.

– Znowu wy – usłyszeliśmy jego warknięcie. – Znowu dwa smarki! Tym razem nie uciekniąć!

Stał na ostatnim pomoście przystani. Po naszej lewej stronie było wyjście z basenu, a dalej otwarte morze. Jeśli tylko udałoby mi się uruchomić ten przeklęty silnik, zdołalibyśmy uciec. Znowu szarpnąłem za linkę i znowu rozległ się tylko smutny charkot.

– Znosi nas w stronę doków – powiedziała ponuro Abbey.

– Właśnie widzę.

– Nie powinniśmy skoczyć?

– Nie, jeszcze nie.

Spróbowałem jeszcze szarpnąć linką, cztery, pięć, sześć razy, ale za każdym razem rezultat był tak samo żałosny. Bryza nadal pchała dingi w kierunku doków, gdzie Luno miotał się jak wygłodniały tygrys. Od czasu do czasu dla rozrywki oślepiał nas swoim reflektorem.

Abbey kucała nisko na dziobie, ja musiałem stać. Tylko w tej pozycji można było z dużą siłą pociągnąć za sznur.

W światłach przystani bez trudu mogliśmy odczytać wyraz triumfu na twarzy Luno. Miał wąski i obrzydliwy uśmiech.

Zrozpaczony pociągnąłem za linkę i tym razem stary silnik wydał z siebie pełen nadziei dźwięk, żeby chwilę później zgasnąć.

Luno wrzeszczał:

– Mam was smarki, teraz!

Abbey dźgnęła mnie w plecy:

– Noah, szybko, patrz!

W kierunku łysego zbira zmierzała jakaś postać. Od razu ją rozpoznałem po kwiecistej hawajskiej koszuli i oparach cygara. To był Dusty Muleman we własnej osobie.

– Ja stąd zmiatam – powiedziała Abbey i przyjęła pozycję do skoku.

– Nie, czekaj.

Gorączkowo szarpałem za linkę, raz za razem. Nic tak nie pozwala zapomnieć o zmęczeniu jak czyste przerażenie. Pracowałem niczym robot na najwyższych obrotach.

I wtedy moja siostra zawołała:

– Noah, kucnij!

To była doskonała rada, bo kiedy się odwróciłem, zobaczyłem, że Luno celuje do nas z krótkiej broni, którą trzymał w grubej ręce. Dusty stał z boku, leniwie wypuszczając z ust błękitne kółka cygarowego dymu. Scena była tak nierealna, że po prostu zamarłem. Czułem się, jakbym oglądał jakiś koszmar. W głowie miałem pustkę, wpadłem w odrętwienie.

– Co się z tobą dzieje? Schyl się! – wrzeszczała Abbey.

Byliśmy jakieś piętnaście metrów od krawędzi pomostu, co czyniło nas łatwym celem. W końcu w mojej głowie odezwał się dzwonek, wyciągnąłem ramiona do góry i zawołałem:
– Nie strzelaj! Poddajemy się.
Dusty cicho zachichotał. Luno wpatrywał się w nas jak psychopata. Nie obniżył lufy ani na milimetr.
– Dzieciaki popełniły poważny błąd – powiedział – teraz trzeba zapłacić.
Jeśli kiedykolwiek miałbym się zmoczyć w miejscu publicznym, to była idealna okazja.
Jedyne, o czym myślałem, to jak ochronić moją siostrę. Rzuciłem się, przykrywając ją swoim ciałem. Lądowanie było nieudane – walnąłem brodą w górną część nadburcia i prawie przewróciłem łódkę. Oplatając Abbey ramionami, czekałem na wystrzał z broni.
Nie nastąpił. Na pomoście rozgorzała gwałtowna i zażarta walka. Ukryci za burtą dingi, obserwowaliśmy wprost niesłychaną scenę, bo na pomoście pojawił się, nie wiadomo skąd, trzeci mężczyzna, który robił z Luno galaretę. Przerażony Dusty Muleman uciekał w kierunku Coral Queen, jego szpanerskie klapki śmigały w powietrzu. Wesołe pobrzękiwanie perkusji mieszało się z dziwnymi, świńskimi pochrząkiwaniami Luno. Żylasty nieznajomy miarowo młócił go szczotą do czyszczenia pokładu.
Prawdę mówiąc, nie była to zupełnie nieznana nam osoba. Byliśmy wystarczająco blisko, żeby do-

strzec na jego policzku bliznę w kształcie litery „M" i złotą monetę błyszczącą na jego szyi.

– To stary pirat – wyszeptała radośnie moja siostra – nie do wiary!

– Nie waż się ruszyć – rzuciłem i przeczołgałem się na rufę. Raz jeszcze chwyciłem za linkę i klęcząc, szarpnąłem resztką sił, jakie we mnie zostały.

Jakimś cudem stary silnik wrócił do życia.

Obróciłem łódkę i na pełnych obrotach skierowałem do wyjścia z basenu. Spojrzałem za siebie i zobaczyłem, jak tajemniczy pirat wrzuca broń Luno do basenu. Jak na staruszka, nieźle rzucał.

Kiedy wypłynęliśmy na otwartą wodę, zwolniłem. Pływanie łodzią w nocy jest ryzykowne, bo niewiele widać, a tanie latarki nie są specjalnie pomocne.

Na kursie mogą pojawić się różnego rodzaju śmieci – deski, orzechy kokosowe, liny – nie trzeba wiele, żeby połamać łopaty śruby napędowej starego silnika.

Abbey siedziała na dziobie i obserwowała powierzchnię wody, podczas kiedy ja sterowałem, kierując się światłami wybrzeża – rozpoznawałem motele, prywatne posiadłości, pola kempingowe, bary. Najciemniejszy kawałek lądu stanowiła Pioruńska Plaża, spokojna i pusta w żółtym świetle księżyca. Dla żółwiej mamy to był idealny wieczór na złożenie jaj w piasku.

Słone powietrze owiewało rześko nasze twarze, płynęliśmy, tnąc niewielkie fale. Nad nami rozciągało się czarne niebo z migającymi gwiazdami, które mogły poprowadzić nas prosto na Kubę. Byłem szczęśliwszy niż kiedykolwiek, podobnie jak Abbey.
– Zrobiliśmy to! – cieszyła się. – Jesteśmy tacy cool!
– *Adios*, kapitanie Muleman – krzyknąłem, udając, że salutuję. Mieliśmy za sobą najtrudniejszą część Operacji Wielki Plusk. Zastawiliśmy sidła i uciekliśmy, choć nie bez kłopotów. Pościgu Luno nie było w naszym planie, ale wszystko skończyło się dobrze.

Dusty Muleman i jego goryle nie mają żadnych szans, żeby odkryć, co robiliśmy na statku, bo jedyna poszlaka została spłukana.

Głęboko, głęboko, aż do zbiornika, a to było ostatnie miejsce, które chcieliby sprawdzać.

Kiedy Dusty odkryje, co zrobiłem, będzie miał do czynienia z amerykańską Strażą Przybrzeżną. Zamierzałem zadzwonić do nich z samego rana.

Pomimo wszechogarniającej radości, jaka mnie ogarnęła, nie zapomniałem, że znaleźliśmy się w sytuacji, kiedy ktoś chciał do nas strzelać. S t r z e l a ć! Nie do wiary.

Dlaczego Dusty stał tam i pozwolił Luno mierzyć do nas, smarkaczy? Chyba naprawdę go zezłościło, że wciąż deptaliśmy mu po piętach.

Co za traf, że z kolejnej opresji wyciągnął nas ten sam człowiek! Albo stary pirat nas śledził i chronił, jak jakiś dziwny anioł stróż, albo byliśmy z Abbey największymi farciarzami na Florydzie.

– Mocno na prawo – zawołała Abbey z dziobu.

Pchnąłem rumpel i przepłynęliśmy tuż obok lśniącego harpuna. Jak nic, rozdarłby nam kadłub.

– Dobre oko! – pochwaliłem siostrę.
– Dzięki. Co to za hałas?
– Nie mam pojęcia.
– Noah, dlaczego zwalniamy?
– Ja nie zwalniam.

Ale nasza dingi rzeczywiście traciła prędkość. Głośny hałas, który słyszeliśmy oboje, sygnalizował kłopoty z korbowodem.

Silnik chorobliwie zagrzechotał i ucichł.

Wiedziałem, że to oznaczało poważne tarapaty. Próbowałem wmówić Abbey, że kiedyś usuwałem obudowę i regulowałem zapłon iskrowy, ale nie dała się nabrać.

– Domyślam się, że nie mamy tutaj skrzynki z narzędziami – mruknęła.

– Bardzo śmieszne!

Starałem się zapalić silnik, pociągając za linkę, ale nawet nie drgnął. Stary motor był martwy.

Spadła na nas ciężka, męcząca cisza. Raz jeszcze mała łódka znalazła się na łasce wiatru, który pchał nas na ocean w kierunku Cieśniny Florydzkiej. Szczęście przestało nam dopisywać.

– Już po nas – powiedziała Abbey. – Kiedy rodzice wrócą i zobaczą, że nas nie ma, dostaną apopleksji.

Wiatr wiał w kierunku północno-zachodnim. W lecie oznaczało to zmianę pogody – na gorszą.

– Może lepiej rzuć kotwicę – powiedziałem. – Nie! Moment...

Za późno. Kiedy usłyszałem plusk wpadającej do wody kotwicy, żołądek podszedł mi do gardła.

– Niech zgadnę – jęknęła Abbey – lina nie była przywiązana, tak?

– Moja wina. Powinienem sprawdzić.

– Ach tak, więc po prostu utopiłam kotwicę. To dobre – westchnęła zniechęcona. – Co teraz?

W oddali zobaczyliśmy stalowoniebieski błysk, po chwili usłyszeliśmy powolny, głęboki grzmot.

– Jest jakieś dziesięć kilometrów stąd. Niedobrze – mruknęła moja siostra.

Ojciec nauczył nas, jak liczyć sekundy pomiędzy błyskiem i grzmotem – sto jeden, sto dwa, sto trzy – żeby zorientować się, jak daleko jest burza. Podobnie jak Abbey, policzyłem do stu dziesięciu.

– Może nas ominie – powiedziała.

– Może. A jak morze nie pomoże, to pomoże może ląd – pomyślałem.

W ciągu kilku krótkich minut nasz nastrój zmienił się diametralnie. Ze szczytu radości wpadliśmy w otchłań nieszczęścia. Księżyc wychylił się zza dywanu szarych chmur, a odświeżający podmuch pachniał wilgocią. Abbey skuliła się na dziobie, ja przykucnąłem pomiędzy siedzeniami.

Błyskawice były coraz jaśniejsze, a grzmoty głośniejsze. Jedyne, co mogliśmy robić, to zbierać siły. Dingi nie miała wioseł i byliśmy już zbyt daleko od brzegu, żeby próbować dopłynąć wpław. Zresztą żadne z nas nie miało ochoty zanurzyć się w ciemnym oceanie. Pamiętałem, co mówił ojciec – należy jak najdłużej pozostać w łodzi, bo jest ją łatwiej zauważyć niż ciało. Wkrótce rozszumiał się wiatr i zaczął nas smagać strugami zimnego deszczu.

– W porządku? – zapytałem siostrę.
– Bezpiecznie jak u mamusi.

Mała łódeczka uderzała o fale, które odpychały ją coraz dalej od brzegu. W świetle błyskawic, które zamieniało ciemność nocy w jasny dzień, widziałem Abbey, która przykryła się plecakiem. Czułem się strasznie, bo to ja wpakowałem nas w tę historię, byłem wściekły, że pozwoliłem Abbey brać w niej udział. To była najgłupsza rzecz, jaką w życiu zrobiłem.

Krople deszczu waliły z dużą siłą, a każde uderzenie pioruna brzmiało jak wybuch bomby. Choć bardzo się starałem, nie mogłem opanować drżenia kolan, które uderzały o pokład. Nie chciałem, żeby Abbey wiedziała, jak bardzo jestem przerażony i co nam grozi. Jeśli piorun uderzy w łódkę, upieczemy się jak świerszcze na kaloryferze.

Przetarłem szybkę zegarka i sprawdziłem, która jest godzina: za dwadzieścia pierwsza. W tej właśnie chwili rodzice wrócili do domu i zaczęli odchodzić od zmysłów. Zrobiło mi się niedobrze.

– Hej, Noah? – zawołała Abbey.
– Co?
– Mam tyłek w wodzie.
– Ja też – mruknąłem ponuro.
– Nie powinniśmy czegoś zrobić?
– Chyba masz rację.

Przez następne dwie godziny wybieraliśmy wodę, co jest dość upierdliwe, jeśli robisz to buteleczką po barwniku, która ma jakieś trzydzieści mililitrów objętości. Szczęśliwie dla nas burza nie trwała długo, przestało padać i dingi nie zatonęła.

Zaledwie na niebie pojawiły się gwiazdy, usłyszałem chrapanie Abbey. Nie byłem pewien, jak daleko byliśmy od brzegu, ale nadal widziałem cieniutki sznureczek światełek, które znaczyły nabrzeże. Rozciągnąłem się na jednej z ławek i gapiąc się w gwiazdy, zastanawiałem, kiedy nas ktoś odnajdzie. Byłem skupiony na tym, żeby nie zasnąć. Jeśli jakaś łódka przepływałaby obok, mogłem zasygnalizować latarką naszą obecność.

Ale niedługo poleżałem z otwartymi oczami. Obudziło mnie słońce na policzkach i skrzeczące mewy, i coś mokrego, co upadło na moją głowę.

Jeden żałosny kartonik soku.
– To wszystko, co mamy? – zapytałem Abbey. – A co się stało z gatorade?
– Wypiłam – odpowiedziała. – Gdybym wiedziała, że zgubimy się na morzu, zabrałabym całą lodówkę!

Była nadal czerwona ze śmiechu. Prawie dostała wylewu, bo mewa narobiła mi na głowę! Potem omal nie wpadłem do wody, starając się spłukać gówienko i to również rozbawiło moją siostrę.

Przynajmniej przez chwilę nie myśleliśmy o tym, w jakiej sytuacji się znaleźliśmy. A z każdą minutą nasze położenie stawało się coraz bardziej beznadziejne.

Byłem zachwycony, kiedy Abbey podzieliła się ze mną kartonikiem soku, chociaż nie lubię napojów owocowych. Ale kiedy naprawdę chce ci się pić, pijesz wszystko. Była dopiero ósma rano, a my byliśmy już mokrzy od potu. Tak jest w lipcu na Keys. Wiedziałem, że do południa zostaną z nas wióry.

Byłem zły na siebie, że nie nałapaliśmy deszczówki do butelek po barwniku.

– Przypomnij mi, żebym nie ubiegał się o udział w *Ryzykantach* – zrzędziłem.

Abbey położyła sobie plecak na głowę. Wyglądał jak gruby kapelusz.

– Zawsze myślałam, że to ojciec jest rodzinnym świrem, ale popatrz na nas! – powiedziała. – Bez wody, osłony przed słońcem, jedzenia, nawet bez wędki, żebyśmy mogli coś złapać.

Nad naszymi głowami przeleciał niewielki samolot – już trzeci tego ranka – i oboje wstaliśmy, żeby pomachać. Samolot zatoczył koło i odleciał, rujnując nasze nadzieje. Z takiej wysokości dingi musiała wyglądać jak mała niebieska kropka na niebieskim papierze.

– Noah, kiedy będę mogła zacząć się bać? – Abbey starała się, żeby zabrzmiało to jak żart, ale wiedziałem, że jej nie do śmiechu.

– Nadal widzę brzeg – powiedziałem.

– Jak tutaj głęboko?

Ponieważ unosiliśmy się na wschód, ominęliśmy już rafę i kolor wody zmienił się z turkusowego na indygo. Nie wiedziałem, jak było głęboko, ale zgadywałem, celowo zaniżając wynik.

– Piętnaście, może dwadzieścia metrów. To jeszcze nie głęboko.

– Może nie dla tuńczyka, ale dla mnie na pewno.

– Planujesz kąpiel?

– Tak, ja i ryba młot. – Popatrzyła na horyzont i zmarszczyła brwi. – Mówiłeś, że w pobliżu pełno będzie łodzi czarterowych. Obiecałeś, że ktoś nas znajdzie, najpóźniej do dziewiątej.

– Tak, i mamy jeszcze godzinę. – Starałem się, żeby mój głos zabrzmiał optymistycznie.

Wiele kilometrów od nas widzieliśmy zwalisty kształt frachtowca płynącego na południe i kilka dalekomorskich łodzi. Żadna z nich nie płynęła w naszym kierunku. Ani trochę w naszą stronę.

Raz jeszcze próbowałem odpalić silnik, ale bez skutku. Kiedy zamknąłem oczy, żeby dać im odpocząć od słońca, poczułem, że znowu chce mi się pić. Ojciec mówi, że na Florydzie jest upał jak w diabelskim piekarniku i ma rację.

Nagle coś zaczęło piszczeć, jak zardzewiałe zawiasy. Popatrzyłem w górę, żeby wytropić kolejną mewę, kołującą nad naszą dingi.

– Założę się o pięć dolców, że i ta na mnie narobi – powiedziałem.

Abbey zdołała się jeszcze roześmiać.

– Ja tam jestem bezpieczna pod moim plecakiem.

To niesamowite, że była taka spokojna i pogodna. Przecież znaleźliśmy się w poważnych tarapatach. Wiele osób, które znam, w tym dorośli, dałoby już ciała.

– Właśnie o czymś pomyślałam – powiedziała – jeśli utknęliśmy tutaj, na łodzi, kto powiadomi Straż Przybrzeżną?

– Dobre pytanie.

– Wiesz co, to bolesne.

– Wiem, Abbey, tak mi przykro...

– Nie możemy tak mówić! Staraliśmy się powstrzymać coś złego i nie udało się. Ale to nie oznacza, że nie mieliśmy racji, podejmując tę próbę. Noah, słuchasz mnie?

Nie słuchałem.

– Na co się gapisz? – zapytała Abbey.

– Na łódź – odpowiedziałem – chyba że jestem już totalnie zakręcony i mam zwidy. Przysięgam, płynie w naszym kierunku.

Moja siostra zerwała się na równe nogi.

– Widzisz to, co ja? – zapytałem niespokojnie.
– Może to halucynacje?

– Nie, to real.
– Niesamowite!

Zaczęliśmy machać i krzyczeć jak para cieniasów. Tym razem udało nam się. Łódź płynęła w naszym kierunku.

To nie była wielka sztuka, może siedmiometrowa, ale dla nas to była Queen Elizabeth! Nigdy nie widzieliśmy nic wspanialszego.

Dwie osoby, obie z gołymi głowami, w okularach przeciwsłonecznych, stały przed konsolą, pod daszkiem. Kiedy łódź podpłynęła, zwolniła i zrobiła lekki zwrot, naszym oczom ukazał się pomarańczowy napis „Tropical Rescue".

– Noah, czy ja dobrze widzę? To on? – zapytała Abbey.
– Jeden jedyny.
– Chcesz, żebym zaczęła szlochać i drżeć?
– Jeszcze nie teraz – stwierdziłem. – Najpierw sprawdźmy, jak bardzo jest wkurzony.
– Za nim stoi mama? Proszę, powiedz mi, że to nie ona.
– Nie, Abbey, mama zazwyczaj nie paraduje bez bluzki.

Przestaliśmy machać i osłoniliśmy oczy dłońmi, starając się dostrzec, kim jest osoba z gołym torsem.

Abbey z ulgą stwierdziła:
– Dzięki Bogu, to mężczyzna.
– Tak, ale zgadnij kto.
– Kto?
– Widzisz bliznę?

– To wariactwo – wydyszała.

Mężczyzną, który towarzyszył ojcu, był stary pirat. Po prostu mowę nam odjęło, kiedy łódź ratunkowa stanęła obok dingi. Tata rzucił mi linę, którą zawiązałem węzeł cumowniczy.

– Cześć, dzieciaki – mruknął ojciec – bezsenna noc, co?

Żałośnie przytaknęliśmy. Nieznajomy stał tuż obok ojca, uśmiechając się i przekładając pomiędzy palcami złotą monetę. Przyglądał się nam z uwagą.

Tata pomógł nam wejść na pokład. Potem przyciągnął nas do siebie i ścisnął tak, jakby miał już nigdy nie puścić.

– Nic wam nie jest?

Obejrzał nas od stóp do głów i wydawało się, że jest zadowolony, nie znajdując żadnych dziur po kulach, ugryzień rekina czy brakujących kończyn.

– Nic nam nie jest – powiedziałem mu. – Chce nam się pić, to wszystko.

Stary pirat dał każdemu z nas butelkę zimnej wody.

– Kim jesteś? – zapytała Abbey, nie mówiąc nawet „dziękuję". – Przepraszam, że tak pytam, ale nie daje mi to spokoju.

Nieznajomy zdjął okulary i spojrzał na ojca. To nie było smutne spojrzenie, ale było w nim coś ciężkiego.

– Dzieci – powiedział ojciec – przywitajcie się z waszym dziadkiem Bobbym.

– Straż Przybrzeżna USA. Matt Reilly, słucham.
– Dzień dobry, chciałbym poinformować, że jedna z łodzi spuszcza ścieki do wody.
– Nazwa jednostki?
– Coral Queen.
– Statek kasyno? Na przystani Mulemana?
– Tak jest.
– Czy był pan świadkiem wykroczenia? – zapytał Reilly.
– Proszę zwrócić uwagę na purpurowy ślad, który ciągnie się od statku, aż na Pioruńską Plażę. Niech się panowie pośpieszą!
– Z kim rozmawiam?
– Underwood. Paine Underwood.

Drugi telefon tego ranka wykonałem do redakcji „Island Examiner". Tym razem podałem własne imię, nie ojca. Miles Umlatt oczywiście mnie pamiętał.

– Dobrze cię słyszeć, Noah, ale jestem teraz trochę zajęty. Ciężarówka z przynętą przewróciła się na Key Largo i cała autostrada roi się od żywych krewetek.

– Chce pan prawdziwego newsa? Na pierwszą stronę?

– No jasne – mruknął.

Nie mówił poważnie. Mogłem sobie wyobrazić to znudzenie na jego bladej, zmiętoszonej twarzy.

– Wszystko, co ojciec powiedział o Dustym Mulemanie, to prawda. Co do słowa.

– Rozumiem, co czujesz, Noah. Jeśli to byłby mój ojciec, też trzymałbym jego stronę – powiedział Umlatt.

– Chce pan dowodu? Niech pan szybko jedzie do przystani Mulemana.

– Dlaczego? Co się dzieje? – nagle się zainteresował.

– Niech pan zapyta Straż Przybrzeżną – rzuciłem i odwiesiłem słuchawkę.

Tata, mama i Abbey siedzieli w salonie wokół dziadka Bobby'ego. Kiedy wróciłem z kuchni, dziadek wskazał, żebym usiadł obok niego. Po raz pierwszy zauważyłem, że jest tak podobny do mojego ojca. Tata był wyższy i cięższy, ale miał ten sam kwadratowy podbródek i jasnozielone oczy.

Dziadek Bobby wyjął malutkie zdjęcie, pogniecione i wyblakłe, które już wiele razy było składane i rozkładane. Na zdjęciu kręcone włosy dziadka nie były jeszcze siwe, a na policzku brakowało blizny. Podnosił jakieś półnagie dziecko, wysoko nad swoją głową. Dziecko śmiało się i kopało tłustymi, białymi nóżkami.

To byłem ja.

– Miałeś wtedy dwa lata – powiedział dziadek.

To było pierwsze zdjęcie dziadka, jakie kiedykolwiek widziałem. Moi rodzice stracili wszystkie rodzinne albumy podczas sztormu, kiedy nasz dom został zalany. To stało się na dzień przed moimi trzecimi urodzinami.

Dziadek Bobby przekazał zdjęcie dalej. Potem dokładnie złożył je w kwadracik i wsunął do kieszeni. Zwracając się do mnie, powiedział:

– Chcesz zacząć pierwszy?

– Nie, dzięki. Ty pierwszy.

Wziął duży łyk kawy.

– Boże! Od czego zacząć? Pewnie od tego, dlaczego od dziesięciu lat się nie odzywam?

– Nie odzywasz? Wszyscy myśleliśmy, że nie żyjesz! – zawołała Abbey.

– Strasznie mi przykro. Naprawdę – powiedział dziadek Bobby. – Paine, Donna, uwierzcie mi, miałem powody, aby trzymać się od was z daleka.

Łatwo było zgadnąć, że mama i tata cieszyli się z powrotu dziadka Bobby'ego, byli tylko oszołomieni i milczący. Na mojej siostrze nie zrobiło to takiego wrażenia, bo Abbey nigdy dziadka nie widziała. Zniknął przed jej urodzeniem.

– To nie jest wesoła historia – zaczął dziadek. – Pewnego dnia przyszedł do mnie mężczyzna i powiedział, że potrzebuje kapitana na kilka wypraw do

Ameryki Południowej. Płacił dobrze, a ja nie zadawałem wielu pytań. Nie o to chodzi, że nie wiedziałem, o co zapytać, po prostu wolałem nie wiedzieć. Pierwsza wyprawa poszła gładko. Żadnych problemów. Druga to samo. Ale trzecia, człowieku...

– Przemycałeś narkotyki? – zapytałem. Nawet Abbey wydawała się zaszokowana, że zapytałem wprost.

– Nie, kolego. Nie przepadam za tymi, co handlują prochami. To były kamienie – wyjaśnił dziadek Bobby. – Małe zielone kamienie, zwane szmaragdami. Ale każdy przemyt jest przemytem, a głupiec głupcem. A ja byłem właśnie głupcem pierwszej klasy, ponieważ zaufałem ludziom, którzy okazali się chciwymi kłamcami. Zaufałem ludziom, którzy gotowi byli wbić mi nóż w plecy. I wbili, ale w policzek. – Dziadek wskazał ze smutkiem na bliznę w kształcie litery „M". – Pomińmy detale. Wydarzyło się jednak coś bardzo niedobrego i musiałem się ukrywać.

Z bliska nie wyglądał jak pirat – w każdym razie nie jak taki pirat, którego widziałem w filmach. Miał zbyt zadbane zęby i dobre maniery. Z drugiej strony trzeba przyznać, że nie wyglądał na dziadka, którego pokazują w filmach. Jego brzuch był płaski, mięśnie twarde, z całej jego postaci emanowała jakaś dziwna, dzika energia. Od razu było widać, że w życiu nie spędził nawet pół minuty w bujanym fotelu.

– Co stało się z Amandą Rose? – zapytał ojciec.

To była łódź dziadka, którą nazwał imionami swojej żony, mojej babci. Nigdy jej nie poznałem, umarła, kiedy ojciec był jeszcze dzieckiem, takim w wieku Abbey. Miała jakąś rzadką odmianę raka, jak powiedziała nam mama. To był jedyny temat, którego ojciec nie podejmował. Nigdy.

– Paine, oni ukradli moją Amandę Rose – powiedział ze smutkiem dziadek. – Tej samej nocy, której próbowali mnie zabić. I od tego momentu każdą sekundę życia wykorzystuję na wytropienie tych łajdaków i odzyskanie mojej łodzi.

– Departament Stanu przekazywał nam różne wersje wydarzeń. Ktoś powiedział, że miałeś zapalenie wyrostka. Ktoś inny, że to była bójka w barze – odezwała się mama.

Dziadek Bobby poklepał się po brzuchu:

– O ile mi wiadomo, mój wyrostek ma się dobrze. A jeśli chodzi o bójki, to kto by je liczył...

– To dlaczego mówili nam, że nie żyjesz, skoro żyjesz? – zapytałem.

– Bo był jeden martwy Amerykanin, Noah. Znaleźli go niedaleko małej wioski, tuż za Barranquilla. W kieszeni trupa był mój portfel, dlatego gliny z Kolumbii stwierdziły, że to ja – wyjaśnił dziadek Bobby. – To o przewóz tego ciała walczy twój ojciec z urzędnikami w Waszyngtonie. Nigdy nie wykopali trumny i nie przewieźli jej do Stanów, bo zapłaciłem kapitanowi policji, żeby do tego nie dopuścił. – Dziadek uśmiechnął się przebiegle. – Nie chciałem przegapić własnego pogrzebu.

Abbey założyła ręce.

– Poczekaj. Dlaczego jakiś trup miał twój portfel w swojej kieszeni?

– Ukradł mi go. Co było jego wielkim błędem – dziadek Bobby znowu upił łyk kawy. – To było bolesne, sama myśl o tym, że jesteście przekonani, iż pogrzebali mnie na jakimś nędznym cmentarzu, nie wiadomo gdzie. Ale nie mogłem wrócić na Florydę i ściągnąć na was moich kłopotów. Prowadzicie tu porządne, solidne życie. Noah właśnie w nie wkracza. Abbey jest na dobrej drodze...

– Nie mogłeś zadzwonić? – gwałtownie przerwała dziadkowi siostra. – Przecież w Ameryce Południowej mają telefony.

– Albo przynajmniej wysłać list – wciąłem się – tylko po to, żeby tata wiedział, że żyjesz.

Dziadek Bobby oparł się wygodnie i uśmiechnął.

– Dzieci, pozwólcie, że opowiem wam coś o waszym ojcu. To wspaniały człowiek, ale czasami jego rozum ucina sobie drzemkę i serce przejmuje dowodzenie.

Mój ojciec poruszył się zażenowany:

– O, przestań, tato.

Ale dziadek Bobby właśnie się rozkręcał. Zwracał się bezpośrednio do Abbey i do mnie.

– Wiecie, jakie przezwisko miał wasz ojciec, kiedy był jeszcze w szkole? „Kiełbie we Łbie" Underwood.

Abbey i ja wybuchnęliśmy śmiechem.

– Miał ten zwyczaj, że zawsze robił pierwszą rzecz, która mu przyszła do głowy, niezależnie od tego, jak była głupia – opowiadał dziadek. – Więc jak myślicie, co by zrobił, gdyby dowiedział się, że wciąż żyję gdzieś w kolumbijskiej dżungli? Wskoczyłby do samolotu, na łódź albo nawet na osła i poleciał mnie szukać. Mam rację, synu? I pewnie jeszcze dałby się zabić.

Ojciec uporczywie wpatrywał się w swoje buty.
– To dlaczego wróciłeś, tato? – zapytała mama.
– Wspaniała kawa, czy mogę sobie jeszcze dolać?

Kiedy dziadek Bobby był w kuchni, Abbey szturchała mojego ojca i szeptała:
– Naprawdę nazywali cię Kiełbie we Łbie? Ale obciach!
– Doigrasz się – powiedział ojciec, nerwowo się uśmiechając. – Tobą i twoim bratem zajmę się później.

Dziadek Bobby wrócił z pełnym kubkiem kawy i pączkiem z dżemem. Ugryzł go dwa razy i powrócił do swojego opowiadania.
– Oto, co się stało. Siedziałem sobie w barze, w małym miasteczku portowym, gdzie byłem umówiony z pewnym gościem, który twierdził, że widział Amandę Rose na Grenadynach. Kolumbijczycy uwielbiają telewizję i tak się zdarzyło, że ta właśnie *cantina* pokazywała swoim klientom na cały regulator jeden z programów nadawanych z Miami.
– Program 10? – zapytałem.

– Tak, Noah. Więc siedzę sobie, popijam piwo, myślę o swoich sprawach, kiedy nagle patrzę w ekran i co widzę? Pana Paine'a Lee Underwooda, mojego własnego syna, waszego ojca!

Dziadek Bobby na chwilę przerwał opowieść i potrząsnął swoją kędzierzawą czupryną.

– Mój syn ma na sobie najnowszy krzyk mody więziennej, szykowny, rzygliwie pomarańczowy kombinezon, jeśli dobrze pamiętam. I wygaduje jakieś niestworzone historie o zatopieniu czyjejś łodzi, tylko dlatego, że jakiś inny błazen wylewał z niej kupki do morza. Szczęka opadła mi z takim hukiem, że o mały włos nie złamałem sobie rzepki kolanowej. Oto moje dziecko, w więzieniu!

– Powiedz, co zrobiłeś potem – zachęcił dziadka mój ojciec.

– Myślisz o podróży autostopem na jachcie miliardera?

– Wcale nie złapał okazji – wyjaśnił nam ojciec.
– Ukrył się.

Dziadek Bobby opowiedział ojcu już wcześniej całą historię, kiedy razem szukali nas na oceanie.

– Gdzie się ukryłeś? – zapytała Abbey.

Dziadek uśmiechnął się szeroko:

– W magazynku na wino.

– Wspaniale – westchnęła moja mama.

– Nie wypiłem nawet kropelki, Donna, przysięgam – oznajmił dziadek Bobby. – W każdym razie wiedziałem, że jak tylko dobijemy do Key West, celnicy dokładnie przeszukają jacht. Nie czekając na to, wyskoczyłem za burtę, ledwie wpłynęliśmy do zatoki. Dopłynąłem do przystani Mallory, gdzie złapałem okazję na północ. Jechałem z jakąś rudą od ubezpieczeń, która z całych sił próbowała ratować moją pogańską duszę. Podrzuciła mnie do Tavernier, gdzie urządziłem sobie obozowisko pod mostem Snake Creek. Znalazłem stertę starych gazet, z których dowiedziałem się, jak wygląda sprawa Paine'a.

– Dlaczego śledziłeś Abbey i mnie? – zapytałem.

– Po prostu zdałem się na instynkt – odparł dziadek. – W jednej z tych gazet znalazłem artykuł, w którym cytowano Noaha, to, jak opowiada o ojcu. Pamiętasz?

– To nie był mój pomysł – popatrzyłem na ojca z kwaśną miną.

– Z artykułu wynikało, że jesteś bystrym, rozsądnym, młodym człowiekiem. Ale mimo to ciągle myślałem, że jeśli jesteś choć trochę podobny do Paine'a i do mnie, nie będziesz siedział i patrzył, jak Dusty Muleman poniewiera nasze nazwisko, nie wspominając o tym, co robi z Oceanem Atlantyckim. – Dziadek mrugnął do mnie i pochłonął resztę pączka. – Dlatego postanowiłem mieć oko na ciebie i panienkę Abbey, na wypadek gdyby przyszło wam do głowy coś szalonego.

– Dzięki Bogu – powiedziała moja mama.

Dziadek opowiadał, że w ciągu dnia nie wychylał się zbytnio ze swojej kryjówki. Łowił pod mostem ryby, bez wędki, tylko na żyłkę. Po zmroku przedostawał się na przystań i tam czekał na nasz ruch.

– Gdzie się ukrywałeś? – byłem ciekaw.

– Ostatniej nocy na tuńczykowej wieży wielkiego bertrama – powiedział.

Abbey była zachwycona.

– Ja też się tam schowałam! Nakręciłam film z wieży!

– Na górę trzeba się długo wspinać – powiedział dziadek Bobby. – Ale na dół to już krótka wycieczka. Ten łysy goryl nawet się nie obejrzał, a już go miałem!

– Ma na imię Luno – wtrąciłem.

– Dla mnie to on się może nazywać nawet Mildred, nie zamierzam wysyłać mu kartek na imieniny – prychnął dziadek i znowu zrobił przerwę na łyk kawy.

Tata podjął przerwaną opowieść o minionej nocy.

– Wróciliśmy z kina o wpół do pierwszej. Zobaczyliśmy, że nie ma was w łóżkach i od razu wiedzieliśmy, gdzie szukać. Mama chciała wezwać szeryfa, ale się nie zgodziłem, mam po dziurki w nosie ich gościnności. Wskoczyliśmy do samochodu, ruszyliśmy z piskiem opon i wtedy pojawił się dziadek.

– Na środku drogi – dodała mama – bez koszuli, bez butów, ociekający potem.

– Machał rękami i biegł wprost na nas – powiedział ojciec – mój staruszek.

– Co zrobiliście? – zapytałem.

– Odwróciłem się powoli do mamy i powiedziałem: „Albo to duch, albo rząd przekazuje nam nieprawdziwe informacje".

Dziadek Bobby nie zamierzał ujawniać swojej obecności, ale kiedy zobaczył, że odpływamy dingi, zmienił plan.

– Silnik pracował jak garść gwoździ w mikserze. Wiedziałem, że długo nie pociągnie – wyjaśnił – dlatego pobiegłem po waszych rodziców.

– Chwileczkę, zamierzałeś wrócić do Ameryki Południowej, nie mówiąc nawet „cześć"? – zagotowała się Abbey. – Nie dając nam znać, że wszystko z tobą w porządku. To okropne!

Dziadek pochylił się do przodu i chwycił jedną z jej dłoni.

– Posłuchaj, tygrysie. W ciągu tych wszystkich lat nie było w moim życiu dnia, żebym nie marzył o chwyceniu za słuchawkę i pogadaniu z twoim ojcem. Tęskniłem za nim bardziej niż mogę to wyrazić słowami. Ale byłoby bardzo źle, gdybym wciągnął go w moje kłopoty, które naprawdę były śmiertelnie poważne. Dlatego miałem plan, żeby zakraść się na Keys, zobaczyć, co uda mi się zdziałać, ale w sekrecie. Przywiozłem ze sobą gotówkę na kaucję, adwokatów, łapówki, na wszystko. Dużo więcej było w mojej skrytce bankowej w Hallandale, ale doszły mnie słuchy, że ciocia Sandy i wujek Del już sobie z tym poradzili.

– Nie potrzebujemy pieniędzy – wtrącił ojciec.

Dziadek Bobby podniósł jedną z brwi:

– Naprawdę? Wygrałeś na loterii?

– Naprawdę, poradzimy sobie – dodała ciepło mama. – Ale dziękujemy ci, tato.

– Rozumiem – powiedział dziadek i uśmiechnął się.

– Ja natomiast nie rozumiem – zaczęła moja siostra. Wyszarpnęła swoją dłoń z ręki dziadka. – Wiesz, co ja myślę? Myślę, że jesteś wielkim...

– Abbey, odpuść sobie – powiedziałem. – Uratował nam przecież życie.

– Niezupełnie – sprostował dziadek. – To jakiś prywatny samolot zauważył dingi i podał położenie. Wasz ojciec miał radio nastawione na częstotliwość Straży Przybrzeżnej, okazało się, że jesteśmy tylko pięć kilometrów od was. Byliśmy pierwsi. Ojciec należy do tych, którzy wiedzą, gdzie szukać. Ja wybrałem się z nim na przejażdżkę.

– Nie mówię o ściągnięciu nas z morza, tylko o tym, co wydarzyło się na przystani. Luno miał przecież broń.

Mama zesztywniała.

– Jaką broń?

– Ten facet chciał nas sprzątnąć – wybuchnęła Abbey. – Byłoby po nas. Noah położył się na mnie, a wtedy on – tu pokazała na dziadka Bobby'ego – skoczył na zbira i odebrał mu pistolet.

Od razu pożałowałem, że rozpocząłem temat. Mama była biała jak ściana.

– Chciał was zabić? – Spojrzała na dziadka Bobby'ego. – To prawda? Chciał strzelać do dzieci?

– Donna, to był pistolet sygnałowy, do wystrzeliwania flar. Chciał ich tylko przestraszyć – powiedział dziadek.

– Do flar? – w głosie Abbey zabrzmiało rozczarowanie.

– To nadal strasznie niebezpieczne – powiedział ze złością ojciec. – Mógł podpalić dingi albo wasze ubrania.

Dziadek Bobby poprosił, żebyśmy się uciszyli.

– Ważne jest to, że nikomu nic złego się nie stało, no może z wyjątkiem łysola. Teraz nadszedł czas, żeby Noah opowiedział swoją historię. Jesteś gotowy?

– Tak myślę.

Moja siostra udała, że zatyka sobie nos.

– Tylko nie pomiń tej części o mewie – poprosiła.

Nie pominąłem niczego, nawet tych informacji, które stawiały mnie w nie najlepszym świetle. Nikt mi nie przerywał. Po prostu siedzieli i słuchali. Kiedy skończyłem, tata upewnił się:

– Zderzyłeś się z krową morską?

Potem mama zapytała:

– Kim jest ta Shelly?

Potem Abbey:

– Do damskiej toalety? Co za zbok!

Na końcu dziadek Bobby podniósł się z krzesła, zdjął z szyi złoty łańcuch, włożył go do mojej dłoni i powiedział:

– Zasłużyłeś na to, Noah.

Złota moneta, która wisiała na łańcuchu, wydawała się dużo cięższa niż monety, które znałem.

– Kiedyś należała do królowej Hiszpanii – wyjaśnił dziadek. – Jakieś dwieście lat temu.
– Skąd ją masz? – zapytał ojciec.
– Wygrałem w kości. A może w pokera.

Dziadek wzruszył ramionami, jakby rzeczywiście nie pamiętał, skąd ją ma.

– W drogę, drużyno, chodźmy na przejażdżkę.
– Dokąd? – zapytałem.
– Na Pioruńską Plażę. A co myślałeś?

18

Barwnik nie miał tak wspaniałego koloru jak w buteleczkach, ale bez trudu można go było zauważyć. Zarówno prąd, jak i wiatr zadziałały na naszą korzyść i przeniosły mieniący się strumień farby aż do brzegu, wprost ze statku Dusty'ego Mulemana.

Tata i dziadek Bobby stali razem na plaży, podziwiając strumień w kolorze fuksji.

– Jestem pod wrażeniem – przyznał ojciec. – Czy to był twój pomysł, Noah?

– Nasz wspólny – odpowiedziałem.

– Wszystko, co zrobiłam, to wybrałam kolor – powiedziała skromnie moja siostra.

– To nieprawda. Byliśmy partnerami.

Dziadek poklepał ojca po ramieniu.

– Paine, ty i Donna jesteście takimi szczęściarzami. Te dzieciaki to prawdziwe zuchy.

– Zazwyczaj – powiedział ojciec, rzucając nam krótkie spojrzenie.

– Musisz przyznać, że pomysł z farbą był dużo lepszy niż zatopienie łodzi.

– Dzięki, tato, że znowu o tym wspominasz.

Mama wpatrywała się w purpurową plamę. Chociaż miała na nosie okulary przeciwsłoneczne, wiedzieliśmy, że jest zła. Na początku sądziłem, że była wściekła na mnie i Abbey, ale okazało się, że nie. Była wściekła na Dusty'ego Mulemana.

– Niewiarygodne – wybuchnęła w końcu. – Jak można zrobić coś takiego. Przecież sam jest ojcem, na litość boską. Wszystkie dzieci z wyspy przychodzą tu pływać, a on zatruwa wodę tym... tym...

– Gówienkiem – podpowiedziała Abbey.

– Wszystko jedno czym – zagotowała się matka. – Ten człowiek powinien znaleźć się za kratkami. Stanowi zagrożenie dla zdrowia publicznego.

Ojciec miał długą listę osób, które powinny zostać przyskrzynione za to czy za tamto. Ale po raz pierwszy słyszałem, żeby moja matka wysyłała kogoś do więzienia. Mój dziadek był również poruszony tym, co zobaczył, ale starał się tego nie okazywać.

– Więzienie to za dobre miejsce dla takiej gnidy – powiedział spokojnie – ale byłby to dobry początek.

Abbey i ja spojrzeliśmy po sobie niepewnie. Widzieliśmy już dziadka Bobby'ego w akcji.

– Paine, pamiętasz tego olbrzymiego lucjana, którego tu złapaliśmy? – zapytał dziadek. – Ważył jakieś siedem kilo.

– Pamiętam. Tylko że ważył sześć. Równo sześć.

– Tak? Wszystko jedno. To była ryba! – zawołał dziadek Bobby. – Takie się łapało, zanim zaczęli rozrzucać po rafie te kłusownicze wynalazki. No i zanim jakieś typy zaczęły spuszczać zawartość kibli wprost do oceanu.

Dziadek ledwo trzymał swój głos na wodzy, tak jakby za chwilę miał wybuchnąć.

– Nie martw się, tato – powiedziała mama. – Pewnego dnia Dusty Muleman dostanie dokładnie to, na co sobie zasłużył. Tacy ludzie jak on zawsze tak kończą.

To była jej sławna teoria, że „co rzucisz za siebie, znajdziesz przed sobą". Dziadek tego nie kupił, ale był zbyt grzeczny, żeby się przyznać. Podniósł kawałek drewna i zaczął nim machać w zabrudzonej wodzie.

– Ktoś powinien powiadomić Straż Przybrzeżną, póki jeszcze nie ma odpływu – powiedział.

Nie wspomniałem im o telefonach, które wykonałem wcześniej w domu. Ale właśnie w tym momencie, jak na zawołanie, usłyszeliśmy jakiś warkot.

– Słyszycie? Słuchajcie wszyscy! – zawołała Abbey.

Tuk-tuk-tuk-tuk...

Wszyscy spojrzeliśmy w górę.

– Tam – pokazał nam ojciec.

Ma wzrok jak rybołów, żadne z nas niczego nie widziało.

Po chwili dziadek też coś zauważył i pokazał nam, gdzie mamy patrzeć. Na początku widzieliśmy tylko mały, rozmazany punkcik na wielkim błękicie nieba.

Kiedy punkt urósł, okazało się, że jest jaskrawopomarańczowy i że to helikopter.

Kiedy maszyna robiła koło nad naszymi głowami, terkot śmigieł stał się trudny do wytrzymania. Na jej brzuchu widzieliśmy czerwony napis „Straż Przybrzeżna". Nagle boczne drzwi helikoptera rozsunęły się i wychylił się z nich mężczyzna w ciemnym kombinezonie. Na głowie miał hełm, a w ręku kamerę, którą kierował w dół, na wodę.

Nagrywał obraz naszego imponującego strumienia w kolorze fuksji.

Pomachaliśmy mu, ale był zbyt zajęty, żeby nam odpowiedzieć. Helikopter stopniowo przesuwał się wzdłuż fuksjowego strumienia, najpierw w kierunku plaży, później w kierunku przystani i dalej do Coral Queen. Nad samym statkiem unosił się bardzo, bardzo długo.

Dusty Muleman został oficjalnie pogrążony.

Abbey piała z radości, dziadek Bobby klaskał i potrząsał pięścią. Ruszyliśmy do domu, pełni nadziei i szczęśliwi. Mimo rozsadzającej nas radości rodzice nie zapomnieli o naszym wyczynie.

– Ale i tak oboje macie szlaban – poinformowała nas mama w samochodzie.

Pokazałem Abbey, żeby się nie odzywała, ale mnie zignorowała.

– Na jak długo? – zapytała z oburzeniem.

– Bezterminowo – powiedział tata.

Co było i tak lepsze niż ustalenie z góry liczby dni bądź tygodni. Z doświadczenia wiedziałem, że

„bezterminowo" można było negocjować – jeśli tylko Abbey przestałaby marudzić.
– To nie w porządku – oświadczyła moja siostra.
– Prawdę mówiąc, to niesprawiedliwe.
– Uważaj na to, co mówisz, młoda damo – ostrzegła ją mama.
– Ale właśnie uratowaliśmy Pioruńską Plażę, powinniśmy dostać za to jakieś dodatkowe punkty.
– Abbey, kochanie, nie będzie tak źle. I to pewnie dobry pomysł, żebyście z bratem przez jakiś czas nie wchodzili nikomu w drogę – włączył się dziadek Bobby, który był rodzinnym ekspertem w tej dziedzinie.

Poczekałem, aż dotrzemy do domu, żeby poprosić rodziców o przełożenie daty szlabanu.
– Od jutra, proszę.
Ojciec spojrzał na mnie podejrzliwie.
– Dlaczego? Masz jakieś wielkie plany na dzisiejsze popołudnie?
– Muszę iść i podziękować Shelly.
– Ja też – Abbey nagle wyrosła u mojego boku.
Tata pozostawił decyzję mamie, która przeszyła nas swoim spojrzeniem „ja nie żartuję".
– Macie godzinę i ani minuty dłużej.
Skoczyliśmy na rowery, Abbey zawołała jeszcze przez ramię:
– Lepiej na nas poczekaj, dziadku Bobby!

Chociaż mama i tata bardzo się kochają, to jednak kłócą się o wiele rzeczy. Czasami wydaje nam się, to znaczy Abbey i mnie, że chodzi o głupoty, czasami są to poważniejsze sprawy. Tak było wówczas, kiedy mama mówiła o rozwodzie, jeśli tata nie opuści więzienia i nie weźmie się w garść. Doskonale rozumiałem jej postępowanie, chociaż z drugiej strony rozumiałem ojca, który zatopił Coral Queen. Ale kiedy nasi rodzice się kłócą, to nie dochodzi do niczego więcej prócz ostrej wymiany słów. Żadnych pięści, żadnych latających sprzętów.

Niestety nie wszyscy tak postępują. Niektórzy dają się ponieść emocjom, o czym przypomniała nam wizyta u Shelly.

Siedziała na stopniach swojej przyczepy, patrząc bezmyślnie przed siebie. Miała na sobie czarne dżinsy i szarą koszulkę firmy Gap, niebieską czapkę założyła daszkiem do tyłu. W jednej dłoni trzymała oszronioną butelkę piwa, w drugiej grabie, których kilka zębów było powyginanych, a kilku brakowało. Nie wydawało mi się, żeby Shelly zniszczyła grabie, harując w ogrodzie.

– Co się stało? – zapytałem.

– Miłość to ciężka sprawa, przysięgam – oznajmiła Shelly. – Chcecie wejść? Jest straszny bałagan, nie żartuję.

– Pomożemy ci posprzątać – zaproponowała Abbey.

– O jakim bałaganie mówisz? – zapytałem.

– O takim, jakiego w życiu nie widziałeś – odparła Shelly. – Nadal chcesz wejść?

Po tym, jak zapoznałem się z wyglądem grabi, nie byłem pewien. Żeby opóźnić decyzję, zapytałem, co działo się na Coral Queen po moim występie. Shelly tylko się śmiała.

– Nikt niczego nie słyszał, bo orkiestra grała bardzo głośno. Wszyscy dalej pili i grali. Klienci, którzy widzieli, jak biegłeś, sądzili, że jesteś członkiem załogi.

– A co z tą okropną starszą panią, która próbowała włamać się do łazienki?

– Z nią? Stosik darmowych żetonów załatwił problem. Wróciła do gry w oczko szczęśliwa jak małża – relacjonowała Shelly. – A skoro już mowa o przygodach w toalecie, to musiałam zrobić siedem rund, zanim udało mi się wylać tę całą fuksję. Za każdym razem, kiedy się rozgościłam, ktoś zaczynał walić do drzwi, wołając, że już nie wytrzyma. Nadgarstki mnie bolą od ciągłego spłukiwania.

– Ale plan był doskonały – zapiszczała Abbey. – Słyszałaś, że przyleciał helikopter? To Straż Przybrzeżna, widzieliśmy, jak nagrywają wszystko na taśmę.

– Żartujecie! – Shelly wyglądała na zadowoloną.

Wstała i zaczęła obracać grabiami jak cheerleaderka batutą.

– Czy Dusty mówił coś po zamknięciu kasyna?

– Nie, był kłębkiem nerwów – powiedziała Shelly. – W dokach doszło do niezłej bijatyki i Luno porządnie oberwał, tak słyszałam. Jeden z bramkarzy odwiózł go do szpitala, a potem pojawiły się gliny, pytając, co się wydarzyło, ale oczywiście Dusty już się ulotnił. Załoga też o niczym nie wiedziała. Poczekali, aż wszyscy się rozejdą, i wypompowali zawartość zbiornika prosto do basenu, jak zwykle.

Powiedziałem Shelly, że wykonała niesłychane zadanie.

– Dziękuję za przygotowanie skrzyni. Dziękuję za wprowadzenie mnie do damskiej toalety, a przede wszystkim za to, że podjęłaś takie ryzyko.

– To, co zrobiłaś, to całkowity odjazd – potwierdziła Abbey. – A co z tajemniczym szpiegiem Dusty'ego w Straży Przybrzeżnej? Jak to zorganizowałaś, że nie było go rano, kiedy Noah zadzwonił z informacją?

Shelly przerzuciła grabie przez ramię, jakby to była broń.

– Wejdźcie – westchnęła – ale, jak mówiłam, nie zobaczycie nic ładnego.

Nie żartowała. Wnętrze przyczepy wyglądało jak po wybuchu niewielkiej bomby – potłuczone lampy, przewrócone meble, wgłębienia i dziury w boazerii z tworzywa.

Dwóch rozczochranych mężczyzn leżało na brzuchach – jeden na obrzydliwym włochatym dywanie, drugi na obrzydliwej zatęchłej sofie. Nie widzieliśmy ich twarzy, zatem trudno było powiedzieć, czy żyli, czy nie. Ten na podłodze ociekał wodą i był cały w zielonej mazi z akwarium, które leżało obok, potłuczone.

Shelly dźgnęła trzonkiem grabi nieprzytomną postać, leżącą na sofie.

– Zapytajcie pana Billy'ego Babcocka. Oto on!

Billy Babcock pociągnął nosem, ale się nie ruszył.

– Co z nim zrobiłaś? – zapytała Abbey.

– Niczego, czego sam by nie pragnął – prychnęła Shelly. – Ostatniej nocy spędził dwie godziny, paplając przy moim barze. Pomyślałam, że jedyną gwarancją na to, żeby nie pojawił się rano w pracy, będzie zabranie go ze sobą i...

– Tak, tak, wszystko jasne – uciąłem.

Nie chciałem, żeby Abbey zmuszona była wysłuchać detali tylko dla dorosłych.

– Super, że tak bardzo troszczysz się o swoją młodszą siostrę – powiedziała Shelly – ale spokojnie, zachowywałam się jak dama. Zaprosiłam go na jeden, może na dwa wysokoprocentowe koktajle. Wszystko, co robiliśmy, to trzymaliśmy się za ręce, aż do chwili, kiedy zmęczył się mówieniem, jaka jestem cudowna i piękna. Potem padł i uderzył w kimono.

– To kim jest ten drugi? – pokazałem wilgotną masę na podłodze.

– Nie poznajesz go? – zaśmiała się Shelly.

Powyginanymi zębami grabi zaczepiła koszulę mężczyzny i powoli odwróciła go na plecy. Kiedy zobaczyłem pryszczatą, zapadniętą twarz, po prostu oniemiałem.

– No, kto to jest? – zapytała niecierpliwie moja siostra.

– To Weszka Peeking – wykrztusiłem.
– We własnej osobie. – Shelly odczepiła grabie.
– Mówiłam, że miłość to dziwna sprawa.
– To on żyje? – zapytała Abbey.
– Raczej tak – odpowiedziała Shelly. – Napijecie się coli?

Usiedliśmy przy stole i wysłuchaliśmy historii Shelly. To dopiero była opowieść!

Kiedy ojciec, po zatopieniu statku, trafił do więzienia i zaczął tryskać wiadomościami na temat Coral Queen, Dusty Muleman zrobił się nerwowy. Sporządził listę wszystkich osób, prócz ojca, którzy wiedzieli o jego przekręcie ze ściekami. Każdą z osób, której nazwisko znalazło się na liście, odwiedził Luno i w trakcie swojej wizyty przekonywał do trzymania języka za zębami. Zbir nie zamordował Weszki Peekinga, tak jak myślała Shelly, ale wystraszył go na maksa. Kiedy Luno pojawił się w przyczepie, Weszka pomyślał, że Dusty dowiedział się o jego umowie z tatą. Po wyjściu Luno Weszka zabrał jeepa i zaczął uciekać z wyspy. Prawda była taka, że zapomniał zatankować. Kiedy się okazało, że zbiornik jest pusty, po prostu zaparkował samochód i w dalszą drogę ruszył na piechotę.

– A co ze śladami krwi na tapicerce? – przypomniałem sobie.

Shelly z zażenowaniem potrząsnęła głową.

– Keczup – prychnęła. – Ten flejtuch obżerał się Big Macami i frytkami przez całą drogę.

– A dlaczego wrócił? Skończyły mu się pieniądze, czy co? – zapytała Abbey.

– Jesteś bardzo bystrą dziewczyną. Otóż to, skończyły mu się pieniądze – powiedziała Shelly – ale nie dlatego wrócił na wyspy. On po prostu za mną tęsknił. Gdzieś głęboko w sercu naprawdę za mną tęsknił.

Było mi bardzo niezręcznie, kiedy moja siostra zapytała:

– Jak możesz w to wierzyć?

– Ponieważ dobrze wiedział, co się stanie, kiedy go znowu zobaczę. Wiedział, że mu przywalę. Dostanie to, na co zasługują takie żałosne, marne osły jak on. Mimo to wrócił! Jeśli to nie jest prawdziwa miłość, to w każdym razie coś podobnego – oznajmiła Shelly.

Weszka Peeking nie mógł sobie wybrać gorszego momentu na powrót. Była trzecia nad ranem, kiedy wpadł do przyczepy. Otworzył drzwi i zobaczył, jak Shelly czyta sobie pismo astrologiczne obok chrapiącego Babcocka. W ataku zazdrości wskoczył na Billy'ego, kopiąc go, waląc i drapiąc.

I to właśnie wtedy Shelly pobiegła do składziku z narzędziami.

Lanie grabiami przyniosło cudowny rezultat – Weszka padł na kolana i pochlipując, wyznał Shelly, że ją uwielbia i chce przeprosić za wszystkie podłe rzeczy, które jej wyrządził.

– Obiecał nawet oddać mi te sto osiemdziesiąt sześć dolarów, które mi zabrał, plus rachunek za ściągnięcie jeepa – powiedziała Shelly. – Jestem przekonana, że nie ujrzę nawet centa, ale to było miłe. Powiedziałam Weszce, żeby się podniósł, a wtedy ten głupek przytrzymał się krawędzi akwarium i przewrócił je. Wylał na siebie jakieś dwieście litrów wody i odpłynął.

Nie byłbym zszokowany, gdybym dowiedział się, że to Shelly wylała zawartość brudnego akwarium na Weszkę Peekinga, ale przyjąłem do wiadomości, że był to wypadek. Wszystko było możliwe.

– A co stało się z rybami? – zmartwiła się Abbey.

– Została tylko jedna, najsmutniejszy i najżałośniejszy gupik, jakiego kiedykolwiek widziałam. Włożyłam go do wanny – uspokoiła ją Shelly.

– A co z nim? – kiwnąłem w stronę Billy'ego Babcocka.

– Przespał całe to widowisko, uwierzycie? – Shelly szturchnęła go trzonkiem grabi. – Kiedy się obudzi, opowiem mu, co się stało. W przeciwnym razie będzie się dziwił, skąd ma te wszystkie siniaki i zadrapania.

Podszedłem, żeby z bliska przyjrzeć się Weszce Peekingowi. Spadające akwarium pozostawiło na jego czole guz wielkości śliwki. Na koszulce było kilka rzędów małych, ubrudzonych krwią dziurek od grabi Shelly, ale nie wydawało się, żeby cierpiał z powodu obrażeń. Chrapał sobie spokojnie, puszczając nosem bańki ze smarków.

– Co za cienias! Nie mogę uwierzyć, że zgodziłaś się do niego wrócić! – rzuciła Abbey.

– To nie twój interes, księżniczko, ale pomińmy to. Załóżmy, że jesteś moją matką i martwisz się, że zadaję się z taką żałosną namiastką prawdziwego narzeczonego. Powiedziałabym ci wtedy, że jestem dorosła i wiem, co jest grane. Że sama popełniłam kilka grubszych błędów w swoim życiu i zawsze byłam wdzięczna, kiedy dawano mi jeszcze jedną szansę. I wierz mi – powiedziała Shelly – to właśnie dostaje Weszka Peeking, jeszcze jedną szansę. Popatrz, nawet kupił mi kolczyki.

Shelly odgarnęła swoje gęste włosy i odsłoniła pięć małych, błyszczących kółeczek w lewym uchu. Abbey zgodziła się, że wyglądają cool.

– O tak, są świetne – przyznała Shelly i odwróciła się w moją stronę. – Noah, co zdaniem twojego ojca stanie się z Dustym Mulemanem?

– Tata mówi, że Straż Przybrzeżna natychmiast zamknie Coral Queen. Mówi, że nie wsadzą go do więzienia, ale mogą nałożyć na niego olbrzymią karę pieniężną.

– Ale jeśli zamkną kasyno, stracisz pracę – zauważyła Abbey. – Co będziesz robić?

– O mnie się nie martw, księżniczko. Barmanka na Keys ma takie wzięcie, jak dekarz po huraganie. Nie będę długo bezrobotna.

Przyczepa była w tak opłakanym stanie, że zamiatanie i zmywanie podłogi wydawało się tylko stratą czasu. Shelly powinna ją zaciągnąć wprost na wysypisko. Ale to był jej dom, więc powiedziałem:

– Pomożemy ci doprowadzić to miejsce do porządku.

– Nie ma mowy! – Popchnęła nas w kierunku wyjścia. – Mam tu kogoś do pomocy. Niech no tylko te dwa bęcwały się obudzą.

Uścisnęła nas i zamknęła drzwi.

Abbey spojrzała na zegarek i stwierdziła, że mamy tylko dwanaście minut, by dotrzeć do domu na czas. W przeciwnym razie będziemy mieli szlaban na jakieś sto lat. Ruszyliśmy wzdłuż starej drogi, tak szybko jak mogliśmy. Przed nami zobaczyłem dwie znajome postacie – jedna jechała na rowerze, druga biegła tuż obok. Abbey też je zauważyła.

– Noah, nie zatrzymuj się – rzuciła przez zaciśnięte zęby. – W żadnym wypadku.

I pewnie nie zatrzymałbym się, gdyby nie to, że Jasper Junior obrzucił mnie wyjątkowo obraźliwym wyzwiskiem. Niewiele myśląc, nacisnąłem hamulce. Czysty odruch. Po tym wszystkim, co się stało, nie mogłem stracić okazji do umilenia Jasperowi czasu.

– Zupełnie ci odbiło? – wyszeptała moja siostra.

– Jedź do domu – powiedziałem jej stanowczo.
– Nie żartuję.

Wiedziała o tym. Ruszyła.

Odwróciłem rower i czekałem. Jasper Junior bez wysiłku pedałował, a Baran biegł – czerwony jak burak, zlany potem.

– Gdzie się, chłopaki, wybieracie? – zapytałem grzecznie. – Na przystań? Uciąć sobie pogawędkę ze Strażą Przybrzeżną?

Jasper zeskoczył z roweru, który upadł na ziemię. Widziałem, że gotuje się ze złości. Podskoczył do mnie, chwycił kierownicę i zaczął nią potrząsać, starając się zrzucić mnie z siodełka. W jakiś sposób udało mi się utrzymać równowagę i uśmiech na twarzy. To doprowadzało go do szału.

– W porządku, idioto, solówa – warknął Junior. – Ty i ja. Teraz!

– Jasper, nie zaczynaj – jęknął Baran, schylając się, aby złapać oddech.

Bardzo powoli zsiadłem z roweru i podparłem go nóżką. Potem podszedłem do Jaspera i walnąłem go prosto w twarz. Kiedy zamachnął się, aby mnie uderzyć, odbiłem jego ramię. Wydawał się absolutnie zaskoczony. Nie mogłem przestać się uśmiechać. Lęk przed tymi dwoma tępakami wydawał mi się teraz tak bezsensowny, że wolałem dostać w nos niż uciec.

– Chodź – Baran ponaglał Jaspera – idziemy.

– O nie, jeszcze nie – stwierdziłem. – Jasper nadal jest mi winien przeprosiny. Prawdę mówiąc, powinien mnie przeprosić dwa razy, po tym, co przed chwilą powiedział.

Stara złota moneta wisiała na mojej szyi, błyszcząc w słońcu. Wybałuszone oczy Jaspera i Barana dowodziły, że rozpoznali monetę, którą dziadek Bobby miał na szyi tamtego dnia w lesie. Baran ostrożnie zrobił krok w tył. Jasper Junior stał w miejscu, zagryzając dolną wargę, co odebrałem jako znak aktywności umysłowej. Żaden z nich nie chciał zadzierać ze starym piratem.

– Nadal czekam na przeprosiny – przypomniałem.

Baran szturchnął Jaspera.

– No, wyduś to, będziesz miał z głowy.

Potem wskoczył na rower i już go nie było.

Kiedy Jasper zobaczył, że kumpel odjechał, zaczął niespokojnie przestępować z nogi na nogę. Zostaliśmy sami. Myślę, że nie byłby tak zdenerwowany, gdyby nie moneta, dyndająca na mojej szyi. Odwrócił głowę, odchrząknął i splunął na chodnik.

– Przepraszam, Underwood – wymamrotał ledwo słyszalnym głosem.

– Jedno masz za sobą – powiedziałem. – Jeszcze raz.

To było wyjątkowe wyzwanie, ale Junior zmusił się i powiedział raz jeszcze:

– W porządku. Przepraszam.

– Może być – cofnąłem się i pokazałem mu, że może iść.

Jasper Junior rzucił mi swoje sławne szydercze spojrzenie i pobiegł.

– Miłego dnia – zawołałem za nim, chociaż wiedziałem, że to nie będzie szczęśliwy dzień dla rodziny Mulemanów.

Na pierwszej stronie w "Island Examiner" widniał olbrzymi artykuł, zatytułowany:

STATEK KASYNO ZANIECZYSZCZA PLAŻĘ

Autorem artykułu był Miles Umlatt, który dokładnie wyjaśnił, skąd wiadomo, że ścieki pochodzą z Coral Queen. Umlatt napisał, że strumień nieczystości zawierał "doskonale widoczną substancję, przypominającą atrament". Obok artykułu zamieszczono lotnicze zdjęcie, pokazujące kolorową ścieżkę na oceanie, ścieżkę w kolorze fuksji. Tak jak przewidywał ojciec, Straż Przybrzeżna natychmiast zamknęła kasyno, a Dusty Muleman nie skomentował wydarzeń.

Miles Umlatt i wielu innych dziennikarzy dzwoniło do naszego domu, zostawiając wiadomości. Wszyscy chcieli rozmawiać z ojcem, bo teraz jego oskarżenia okazały się uzasadnione. Dawny Paine Underwood z wielką ochotą chwyciłby za telefon, ale nowy Paine Underwood posłuchał rady Donny i nie podnosił słuchawki. Ojciec nie potrzebował rozmawiać z dziennikarzami, całe miasto poznało już prawdę. Wszyscy wiedzieli, że nie mylił się co do Dusty'ego.

Następnego ranka dziadek Bobby pożyczył pikapa ojca i pojechał do Miami Beach, odwiedzić wujka Dela i ciocię Sandy. Powiedział, że bardzo się ucieszyli, widząc go całego i zdrowego, ale po jakimś czasie zaczęli zachowywać się nerwowo i dziwacznie. Trochę się przestraszyli, kiedy nadeszła pora na wyjaśnienia, dlaczego wyczyścili bankową skrytkę dziadka.

Dzień później dziadek powrócił na Keys i został z nami jeszcze przez tydzień. To był najwspanialszy tydzień w moim życiu. Nawet Abbey dała się ponieść. Każdego wieczoru słuchaliśmy do późna jego karaibskich historii. W dzień chodziliśmy nurkować, polować na kraby albo pływać za łódką. Pewnego dnia wybraliśmy się z wykrywaczem metalu na plażę, na której zatrzymują się wszyscy turyści z Miami. Znaleźliśmy trzynaście dolarów w drobniakach, cztery pierścionki, dwie bransoletki, nowiutki scyzoryk i złoty ząb trzonowy!

I nagle, pewnego poranka, przy śniadaniu dziadek ogłosił, że wyjeżdża.

– Dokąd? – zapytałem.

Ojciec odpowiedział za niego:

– Do Ameryki Południowej.

Dziadek Bobby przytaknął.

– Nie będziesz na mnie polował, Paine? Chcę, żebyś mi to obiecał – poprosił.
– Obiecuję – mruknął ojciec, niezbyt szczęśliwy.
Dziadek spojrzał spod srebrzystych brwi na moją mamę.
– Donna, liczę na ciebie. Przypilnuj, żeby ten narwaniec nie zboczył z drogi.
Mama powiedziała dziadkowi, żeby się nie martwił.
– Będziemy za tobą tęsknić, tato – westchnęła.
– Ale dlaczego wyjeżdżasz? – wybuchnęła Abbey. – Dlaczego nie zostaniesz tutaj, z nami?
– To kusząca propozycja, tygrysie – przyznał dziadek – ale nie zapomnij, że rząd amerykański jest przekonany, że nie żyję. Kiedy nadejdzie czas, dumnie wkroczę do naszej ambasady, żeby rozwiać wszelkie wątpliwości. Na razie lepiej będzie, jeśli niektórzy uznają, że jestem trupem. Muszę wyjaśnić kilka spraw, zanim na dobre wrócę do domu.

Moja siostra poderwała się od stołu, ale nie uciekła za daleko, bo dziadek ją złapał i wziął w ramiona. Wytarł jej łzy swoją wyblakłą bandanką.
– A jeśli przytrafi ci się coś złego? – płakała Abbey. – Nie chcę, żebyś naprawdę umarł.
– Ale też nie mogę naprawdę żyć, póki nie skończę z pewnymi rzeczami – powiedział. – Proszę, postaraj się zrozumieć. – Sięgnął do kieszeni. – To dla ciebie, Abbey. Żeby było uczciwie, bo Noah dostał królewską monetę.

Oczy Abbey omal nie wyleciały z orbit.

– O rany! – szepnęła.

Wszyscy nachyliliśmy się, aby obejrzeć dwa zielone kolczyki. Kamienie były niewielkie, ale miały niesłychany kolor – jak woda na rafie.

– Szmaragdy – powiedział dziadek Bobby.

Mama też była oszołomiona.

– Nie będę pytać, skąd je masz – zdecydowała.

– To pewnie kolejna wygrana w pokera – zauważył ojciec.

– Nie przejmujcie się. Uczciwie na nie zarobiłem – uspokoił ich dziadek Bobby. – Nosiłem je przy sobie przez lata, mając nadzieję, że spotkam właściwą dziewczynę. I spotkałem. – Położył szmaragdowe kolczyki na dłoni Abbey i powiedział: – Te zielone cudeńka są więcej warte niż diamenty.

– Dla mnie są warte więcej niż szmaragdy – odparła Abbey.

Dziadek Bobby powiedział:

– Abbey, jesteś tak urocza jak twoja babka. Bardzo żałuję, że nie zdążyłaś jej poznać. – Spojrzał na ojca. – I, synu, chciałbym...

Nie skończył zdania. Powoli wstał i wyszedł z domu. Przez okno widzieliśmy, jak ociera oczy, opierając się o pień mahoniowca.

– Dobrze ją pamiętasz? – zapytałem ojca.

– Tak jakby to było wczoraj, Noah – odpowiedział.

Potem wyszedł i objął ramieniem starego pirata.

Czasami rodzice doprowadzają mnie do szału, ale myśl, że mógłbym któreś z nich stracić, jest na tyle nierealna, że nawet nie potrafię sobie tego wyobrazić.

Nigdy nie przyszło mi do głowy, że mój ojciec – który zawsze chce dobrze, ale go ponosi – żyje ze złamanym sercem, nosząc w sobie tak przejmujący ból, że nawet nie może o nim mówić.

Jego mama umarła, kiedy sam był jeszcze dzieckiem. Umarła. Jak się nie zmienić po czymś takim? Jak żyć, kiedy nosisz w sercu wielką, smutną dziurę?

No a potem zrobiło się jeszcze gorzej, kiedy się dowiedział, że i ojciec go opuścił. Ojciec, który był jego idolem, zmarł i został pochowany gdzieś w dżungli.

Może więc tata wypełniał tę pustkę swoimi szaleństwami? Za każdym razem, kiedy zauważał, że dzieje się coś złego, starał się robić wszystko, by to zmienić, często w sposób głupi i lekkomyślny. Możliwe, że było to silniejsze od niego.

Myślę, że mama wszystko to rozumiała. Myślę, że dlatego była taka cierpliwa.

Może ojciec poczuje się teraz lepiej, kiedy wie, że dziadek Bobby żyje. Zawsze to jakaś nadzieja.

Tego popołudnia, w przeddzień swojego wyjazdu, dziadek zapukał do drzwi mojej sypialni i powiedział, że chciałby pójść na ryby. Wzięliśmy kilka spinningów i poszliśmy na Pioruńską Plażę.

Woda była krystalicznie czysta i brodziliśmy w niej po kolana. Ławice błystek migały w wodzie jak mieniące się cekiny. Od razu złapaliśmy barakudę, która stała nieruchomo w pobliżu koralowca. Dziadek Bobby rzucał małą żółtą przynętę, po czym ściągał ją przez trawy, wśród których czaiły się lucjany.

– Jak zamierzasz wrócić do Ameryki Południowej? – zapytałem.

– Tak samo jak przyjechałem – odparł. – Jutro z Key West wypływa frachtowiec do Aruby. Stamtąd zabiorę się na jakiejś łodzi przewożącej banany.

– Uda ci się?

– Wszystko będzie w porządku. Twoja mama spakowała mi nawet walizkę.

– Nie tę w kratę?

– Właśnie tę. Co w tym śmiesznego?

– Bo zawsze tę wyjmuje, kiedy zamierza zostawić ojca.

– Myślę, że to już nieaktualne. – Dziadek włożył koniec wędki pod pachę i wyjął jeszcze jedno zdjęcie. – Oto ona – powiedział z dumą. – Pokazał mi zdjęcie Amandy Rose – pięknej, klasycznej łodzi. – To zdjęcie było zrobione w Cat Cay, w lecie przed twoimi narodzinami.

– O rany!

– Czternaście metrów, dwa silniki diesla, osiemset koni.

Lśniąca łódź rybacka przycumowana była rufą do drewnianego pomostu, gdzie z wysokiej tyczki zwisał olbrzymi marlin. Na zdjęciu kręcone włosy dziadka były tak długie, że wyglądał jak blond murzyn. Pozował na pawęży z drewna tekowego, wznosząc butelką piwa toast za tak świetną sztukę.

– Te łobuzy, które ukradły moją Amandę Rose, przemalowały kadłub i zmieniły imię. Ale to bez znaczenia – powiedział – bo i tak ją rozpoznam.

– A jeśli jej nie znajdziesz? – zapytałem.

– Na pewno znajdę, Noah. Mogę założyć się o wszystko – nie spuszczał wzroku ze zdjęcia – sam ją zbudowałem. Zacząłem zaraz po śmierci twojej babci. Budowa łodzi pozwoliła mi przebrnąć przez ten straszny czas. To, i dzieci; twój ojciec, ciotka i wujek. – Złożył zdjęcie i powrócił do wędkowania. – Pewnie trudno to zrozumieć – dodał cicho.

– Wcale nie.

– Te dziesięć lat to głupota, Noah. Dziesięć lat bez jednego słowa. Mam dużo szczęścia, że twój ojciec mi wybaczył!

– Żałuję, że nie widziałem jego miny tej nocy, kiedy się spotkaliście – powiedziałem.

Dziadek Bobby roześmiał się.

– Wiesz, co zrobił? Wyskoczył ze swojego samochodu, chwycił mnie i zaczął kręcić się ze mną dookoła, jak z lalką, zrobił to samo, co ja robiłem z nim, kiedy jeszcze był małą krewetką! Twój staruszek ma niezłą parę. A to co? W końcu ktoś zgłodniał.

Energicznie zaciął i wyciągnął małego, błękitnego ostroboka, którego wypuścił do wody. Zarzucił i złapał następnego.

– A ty co, nie przyszedłeś tu na ryby? – zapytał mnie.

– Jasne. – Rzuciłem na głębszą wodę i zacząłem ściągać przynętę po dnie.

– Dlaczego nic nie mówisz? – zapytał dziadek.

Prawda była taka, że podobnie jak Abbey byłem zdruzgotany. Marzyłem, żeby dziadek Bobby został z nami. Z drugiej strony nie chciałem wpędzać go w poczucie winy, mówiąc mu, co czuję.

– Nie wierzysz, że jeszcze wrócę – powiedział.

– Po prostu się martwię.

Jak można było się nie martwić? Blizna po nożu na jego policzku była dowodem na to, że faceci, których dziadek ścigał, nie należeli do porządnych obywateli.

– Wszystko można o mnie powiedzieć, ale nie to, że rzucam słowa na wiatr.

– Tak, ale...

– Hej, zahaczyłeś o kamień?

– Nie sądzę.

To była ryba. Ledwie zaciąłem, natychmiast porwała jakieś trzydzieści metrów żyłki. Dziadek Bobby zagwizdał.

– Pewnie tylko jakiś większy karanks.

– Chcesz się założyć, że nie?

Ryba dzielnie walczyła, szarpiąc się tam i z powrotem po płyciźnie. Zrobiła nawet kilka zwrotów, jeden między moimi stopami, zanim przyciągnąłem ją do plaży.

Dziadek miał rację. To nie był karanks. To był gruby, różowy lucjan. Dziadek triumfalnie wskazał czarną kropkę na boku ryby.

– To lucjan muton, Noah!

– Wspaniale! – zawołałem. – Największy lucjan, jakiego złowiłem. Jak myślisz, ile waży?
– Ile chcesz, żeby ważył? – uśmiechnął się dziadek.
– Tyle, ile waży naprawdę.
– Naprawdę? Trzy kilo – oszacował – ale to i tak bardzo dużo, jak na rzut z brzegu.

Trzymałem mocno rybę, podczas kiedy dziadek zdejmował haczyk. Trzeba być przy tym bardzo ostrożnym, bo lucjany potrafią przegryźć nawet ludzki palec.

– Noah, jesteś głodny? Bo ja nie.
– Ja też nie.
– To dobrze – mruknął dziadek Bobby i wypuścił rybę do wody. Uderzyła ogonem i zniknęła. – Tu musi działać jakaś mistyczna karma Underwoodów. Bo zdaje się, że w tym samym miejscu złapaliśmy całkiem ładną sztukę z twoim ojcem, jakieś dwadzieścia pięć, trzydzieści lat temu.
– Ile ważyła? – zapytałem, choć wiedziałem, że ważyła sześć albo siedem kilo, w zależności od tego, kto relacjonował historię połowu. Byłem ciekawy, na jaką wersję zdecyduje się dzisiaj dziadek Bobby.
– Twój tata mówi, że miała sześć kilo, a on ma lepszą pamięć niż ja.
– To i tak potwór!
– Masz przed sobą całe życie, żeby złowić większą. I nie wątpię, że to zrobisz.
– Z powodu naszej karmy?
– Coś w tym stylu – mruknął. – Masz już dosyć?
– Tak.

– Ja też.

Odłożyliśmy nasze wędki i usiedliśmy na piasku. Ponieważ właśnie zmieniały się pływy, zaczęło wiać od latarni morskiej. Na wodzie widać było dwa tankowce i jeden statek pasażerski, płynące z Golfsztromem, na północ.

Tuż obok plaży z wody wyjrzał żółw. Był dwa razy większy od tego, którego widzieliśmy razem z Shelly i Abbey. Ale tym razem nie musiałem wskakiwać do wody ani go odstraszać.

Woda wyglądała idealnie, pewnie tak jak milion lat temu, zanim ludzie zaczęli traktować ocean jak latrynę. Była cudownie przejrzysta i całkowicie bezpieczna dla żółwia szukającego w trawiastych płyciznach miejsca, żeby zjeść, zrelaksować się, uciąć drzemkę.

– Nie zdziw się – powiedział dziadek – kiedy pewnego pięknego, słonecznego dnia przyjdziesz tutaj popływać albo pospacerować z dziewczyną i nagle zobaczysz wspaniałą czternastometrową łódź. Będzie zaiwaniać po perłowym horyzoncie z moją skromną osobą na tuńczykowej wieży.

Bez problemu mogłem wyobrazić sobie ten moment. Zamykałem oczy i widziałem Roberta Lee Underwooda tnącego fale na Amandzie Rose.

– Nie mówię, że masz tu siedzieć i czekać. To byłoby żałosne – roześmiał się i szturchnął mnie w ramię. – Chcę tylko powiedzieć, żebyś się nie zdziwił, kiedy nadejdzie ten dzień.

– Nie zdziwię się – zapewniłem dziadka. – Ani trochę.

20

Lato kończyło się powoli i niespecjalnie mnie to martwiło. Rado wrócił z Kolorado z igłą kaktusa w zainfekowanym podbródku, a Thom z Północnej Karoliny ze śladami ukąszeń pająka pod pachami. Nie miałem żadnych obrzydliwych ran, którymi mógłbym się pochwalić, ale opowiedziałem kumplom historię Operacji Wielki Plusk. Obaj żałowali, że nie byli na miejscu i nie mogli mi pomóc.

Kilka dni po rozpoczęciu roku szkolnego dostaliśmy pocztą czek na kwotę tysiąca dolarów. Czek wypisany był na mojego ojca, który myślał, że to jakaś pomyłka. Ale nie miał racji.

Wyspy Keys na Florydzie to narodowy rezerwat morskiej flory i fauny. Oznacza to, że teren wysp jest chroniony prawem przed zanieczyszczeniami, kłusownictwem i innym szkodami, które może wyrządzić człowiek. Zgodnie ze statutem rezerwatu każdy, kto poinformuje władze o wykroczeniu bądź naruszeniu prawa, otrzymuje nagrodę pieniężną.

Nagroda, jaką otrzymał ojciec, wynosiła tysiąc dolarów.

– Ale to nie ja poinformowałem o sprawie statku kasyna – tłumaczył urzędnikowi z rezerwatu.

– Może i nie pan, ale osoba, która zadzwoniła z informacją, podała pańskie nazwisko i pański numer telefonu – odpowiedział urzędnik. – Jeśli nazywałbym się Underwood, zatrzymałbym pieniądze i zapomniał o sprawie.

Celowo nie powiedziałem ojcu, że to ja wykonałem telefon do Straży Przybrzeżnej. Tata nalegałby, żebyśmy z Abbey zatrzymali nagrodę.

Wiedzieliśmy, że pieniądze z rezerwatu pomogą pokryć koszty wyłowienia i remontu zatopionego kasyna. Bo mimo że Dusty był pogrążony, ojciec nadal musiał go spłacać.

Dlatego czułem się nieźle, widząc czek na kuchennym stole. Zawsze to dodatkowe tysiąc dolców, których ojciec nie musiał wyjmować z własnej kieszeni.

Szkoła pochłonęła mnie i Abbey na tyle, że żadne z nas nie myślało o losach Coral Queen i Dusty'ego Mulemana. Uznaliśmy, że władze nie pozwolą mu prowadzić statku kasyna. Przecież złapali go na gorącym uczynku! Przecież wypuszczał do oceanu litry ścieków. Według tego, co napisał "Island Examiner", było to jedno z większych przestępstw ekologicznych, jakie popełniono w hrabstwie Monroe.

Tymczasem zdarzyło się coś wspaniałego. Kilku przewodników wypraw rybackich napisało list do

Straży Przybrzeżnej z prośbą o jeszcze jedną szansę dla ojca i oddanie jego licencji kapitańskiej. Ku naszemu zaskoczeniu Straż wyraziła zgodę, ale pod warunkiem że tata zakończy terapię kontroli emocji i dostanie zaświadczenie, że jest wyleczony.

To była dobra wiadomość dla naszej rodziny. Ojciec nieźle zarabiał w Tropical Rescue, ale jego cierpliwość dla tępaków była na wyczerpaniu. Niemal każdego wieczoru opowiadał nam niesłychane historie, na przykład o macho durniu, który na pełnym gazie przepłynął po mieliźnie, robiąc stumetrowe spustoszenie w morskiej trawie, którą żywią się żółwie.

Miałem dziwne przeczucie, że jest tylko kwestią czasu, kiedy ojciec odholuje jednego z tych tępaków nie do portu, a na odludzie, gdzie tępak będzie musiał długo czekać, aż ktoś go odnajdzie.

Byliśmy więc naprawdę zadowoleni, że tata wkrótce wróci na swoją łódkę i będzie prowadzić turystów-wędkarzy wprost na albule, tarpony i żuchwiki. Wydawało się, że ojciec znowu jest szczęśliwy, tak jak wtedy, kiedy był z nami dziadek Bobby. Mama obiecała, że zabierze wszystkich na kraby, kiedy ojciec powróci na swoją łódkę.

Ale na miesiąc przed planowanym oddaniem licencji pojawiły się nowe kłopoty. Wróciłem właśnie ze szkoły i zobaczyłem wielki otwór wybity we frontowych drzwiach naszego domu. Kolejną dziurę zobaczyłem w drzwiach kuchennych i jeszcze jedną w łazience, w korytarzu.

Trudno było nie zauważyć, że każda z nich była tej samej wielkości. Odpowiadała rozmiarowi pięści mojego ojca.

Mama wyglądała na zdenerwowaną, kiedy schodziła po schodach.

– Co się stało? – zapytałem.

– Twój ojciec dostał złą wiadomość – potrząsnęła ze smutkiem głową.

Poczułem, że kolana się pode mną uginają. Obawiałem się, że coś strasznego przydarzyło się dziadkowi Bobby'emu.

– Chodzi o Dusty'ego Mulemana – wyjaśniła matka. – Jego prawnicy wynegocjowali korzystny dla przestępcy układ z władzami. Dziś wieczorem Dusty otwiera Coral Queen, urządzając wielkie przyjęcie dla całego miasta...

Sam powinienem się wściec, ale w tym momencie bardziej martwiłem się o ojca.

– Mamo, czy on zrobił te dziury gołymi rękami?

– Żebyś wiedział.

– Kto prowadzi jego terapię? Mike Tyson? – zapytałem, myśląc, jak strasznie musiało to boleć.

– To rzeczywiście regres – powiedziała ze smutkiem mama. – Podczas terapii doradzali ojcu, by pozbywał się złych emocji, jak tylko je poczuje. Tylko nie wydaje mi się, żeby wspominali o takim sposobie.

– Bardzo z nim źle?

Mama pokazała głową w stronę sypialni.

– Teraz odpoczywa. Może wejdziesz i z nim porozmawiasz? Muszę odebrać Abbey z lekcji pianina.

Tata leżał spokojnie, oglądając na wideo jakieś stare, tandeciarskie teledyski. Obie dłonie miał w gipsie, a każdy z gipsowych opatrunków był wielkości dużego melona.
Spojrzał na mnie zawstydzony.
– Mogło być gorzej – mruknął.
– To prawda. Tym razem nie wylądowałeś w więzieniu.
– Zniszczyłem tylko własne drzwi, które sam naprawię.
Usiadłem na krawędzi łóżka, starając się zbytnio nie gapić. Nie mogłem uwierzyć, że sobie to zrobił.
– Naprawdę czujesz, że zaczynasz się kontrolować? – zapytałem.
Tata pokiwał z przekonaniem głową.
– Myślę, że te wizyty bardzo mi pomagają, naprawdę.
Tak jak mówiłem, ojciec czasami przenosi się na dziwną planetę.
Na ekranie pojawił się pulchny facet przebrany za kobietę, cały uszminkowany i w ogóle. Ojciec uniósł jedną ze swoich gipsowych dłoni i oparł o pilota. Ekran zrobił się czarny.
– Powinieneś być szczęśliwy, że nie dorastałeś w latach osiemdziesiątych – westchnął. – Najgorsza muzyka i fryzury w historii rodzaju ludzkiego.
– Mama jest załamana – przerwałem mu.
– Rozczarowałem ją. Wiem.
Tata uniósł się lekko i zaczął wpatrywać w okno, przez moment nic nie mówiąc.

– Da sobie radę – powiedziałem, starając się przerwać ciszę.
– Tak, jest cudowna. Twarda jak skała. – Odwrócił się do mnie i kilka razy odchrząknął. – Noah, powiem ci, jak funkcjonuje świat dorosłych. Może cię to rozzłościć albo zadziałać wymiotnie, ale chcę, żebyś tego wysłuchał, w porządku?

Zgodziłem się i przygotowałem na jedno z jego przemówień.

– Wiesz, że Dusty Muleman dostał karę pieniężną za spuszczanie ścieków. Za zanieczyszczanie oceanu swoim szambem. Wiesz, co to była za kara? – Mój ojciec zatrząsł się z wściekłości. – Dziesięć tysięcy marnych dolarów! Tyle, ile zarabia w ciągu jednej zasranej nocy! To żart, synu. To po prostu drobniaki dla takiej bogatej gnidy jak on!

– Tato, spokojnie...
– Nie, musisz tego wysłuchać. Musisz wiedzieć.
– Pochylił się do przodu, oczy mu błyszczały. – W zeszłym roku kilku młodych ważniaków z prokuratury federalnej w Miami przyjechało tutaj na prywatną imprezę, na wieczór kawalerski, organizowany na Coral Queen. Wiesz, co to wieczór kawalerski, tak?

– Nie, ale chętnie sprawdzę w encyklopedii – starałem się rozluźnić atmosferę. – Tak, tato, wiem, co to wieczór kawalerski.

– Nie wymądrzaj się. Słuchaj i się ucz. Przyjęcie wymknęło się spod kontroli. Na łodzi było kilka, użyję delikatnego określenia, „tancerek". Egzotycznych tancerek...

– Tak, tato, łapię.
– Dusty wyjął aparat i zrobił kilka zdjęć. I nie były to zdjęcia, które oprawia się w ramki i stawia na kominku.
– Chwileczkę, chcesz mi powiedzieć, że Dusty szantażował prawników rządowych?
– Nie wahał się zrelacjonować ich przełożonemu, co działo się tego wieczoru na łodzi i co jest na zdjęciach – powiedział ojciec – które pewnie leżą zamknięte w sejfie. W każdym razie federalni nagle postanowili iść na ugodę i zamknąć dochodzenie.
– Nakładając karę w wysokości dziesięciu tysięcy dolarów – dokończyłem.
– Dostałby mniej, gdyby nie Weszka Peeking, który pewnego dnia pojawił się w biurze Straży Przybrzeżnej i złożył tajne zeznanie o tym, co widział, pracując na łodzi Mulemana. Weszka przysięgał, że Dusty kazał załodze wylewać ścieki do oceanu, jeśli tylko nikogo nie było na przystani.

Uśmiechnąłem się do siebie. To była cała Shelly – zmusiła Peekinga, żeby powiedział wszystko, co wie. To pewnie część ceny, jaką musiał zapłacić, żeby znowu być jej chłopakiem.

– Więc Dusty zgodził się wysupłać dziesięć patyków – tata kontynuował opowieść – i obiecał już nigdy nie spuszczać ścieków do oceanu.
– A oni mu uwierzyli, tak? – zapytałem. – Niesamowite!
– Tak, ale to nie wszystko. Żeby pokazać, jak bardzo dba o ocean, Dusty obiecał, że urządzi na po-

kładzie Coral Queen wielką balangę charytatywną na rzecz Fundacji „Ratujmy Rafę". – Tata zaśmiał się gorzko. – Co byłoby zabawne na filmie, ale nie w rzeczywistości.

Teraz zrozumiałem, dlaczego rozwalił drzwi. To było najlepsze, co mógł zrobić, aby powstrzymać się przed przywaleniem Dusty'emu.

– A co z Luno?

– Wrócił do Maroka. Pewnie świetnie mu się powodzi – powiedział ojciec. – Dusty mu zapłacił i wsadził do samolotu, na wypadek gdyby federalni chcieli z nim rozmawiać.

– Skąd ty to wszystko wiesz?

– Shelly mi powiedziała. Jest bardzo przebiegła. Dusty nadal nie ma pojęcia, że to ona pomagała w Operacji Wielki Plusk.

Tata poprosił o coś do picia, przyniosłem więc szklankę wody i przyłożyłem mu do ust. Powiedział mi, że sześć z jego dziesięciu kostek jest złamanych i lekarze nie byli pewni, kiedy będzie można zdjąć gips.

– Więc jestem uziemiony – powiedział ponuro – chyba że nauczę się sterować nogami.

– Ale zwrócą ci twoją licencję, tak?

– Oczywiście, Noah. Prawo nie zabrania walenia w drzwi własnego domu.

Usłyszeliśmy samochód mamy, który zatrzymał się na podjeździe.

– Pozwolisz, żebym opowiedział wszystko Abbey?

– Świetny pomysł, tylko nie wspominaj o tancerkach!

Tej nocy obudziło mnie wycie syren, które włączały się jedna po drugiej. Myślałem, że na autostradzie doszło do jakiejś wielkiej kolizji. Zegarek pokazywał 4.20. W końcu hałas ustał, ale wiele czasu minęło, zanim znowu zasnąłem. Obudziłem się, kiedy było już widno, Abbey szarpała mnie za ramię.

– Pośpiesz się, Noah – szeptała. – W domu są gliny. Chcą aresztować ojca.

Wskoczyłem w spodnie i szybko zbiegłem do salonu, Abbey tuż za mną.

Mój ojciec, jeszcze w piżamie, siedział w swoim ulubionym fotelu. Po każdej stronie fotela stał umundurowany policjant z biura szeryfa. Jednego z nich pamiętałem z wizyt w więzieniu – osiłka z podwójnym podbródkiem.

Przed ojcem stał młody mężczyzna z dumnie wypiętą piersią w błyszczącym niebieskim garniturze.

Właśnie zapisywał coś w notesie, ale nie był dziennikarzem. Był detektywem.

– To porucznik Shucker – przedstawiła go matka.

Abbey i ja przywitaliśmy się. Byliśmy naprawdę zdenerwowani, ale nie tak bardzo jak ojciec. Mama wlewała mu do ust kawę. Robiła to tak szybko, jak szybko ją połykał.

– Panie Underwood, co stało się z pańskimi dłońmi? – zapytał porucznik Shucker. – Nie oparzył się pan?

– Nie, nie oparzyłem, połamałem – odpowiedział ojciec. – Donna, pokaż panom drzwi.

– Ja nie zamierzam wychodzić – powiedział szorstko detektyw.

– Nie to panu proponuję. Proszę obejrzeć dziury w drzwiach – wyjaśnił ojciec.

Porucznik Shucker obejrzał szkody, ale nie zrobiły na nim większego wrażenia.

– Gdzie pan był dziś rano – zapytał ojca – pomiędzy trzecią a czwartą?

– Był tutaj z nami – wtrąciła się mama.

– Tak było – potwierdziłem. – Ojciec był całą noc w domu.

– Skąd ta pewność? – zapytał drwiąco detektyw.

Abbey wyglądała tak, jakby zamierzała go ugryźć.

– Rany, proszę pana, niech pan spojrzy na jego ręce – zawołała. – Nawet nie może podłubać we własnym nosie, jak miałby prowadzić samochód!

Dwóch policjantów zachichotało, ale szybko się opanowali. Mama zacisnęła zęby.

– Abbey, już się popisałaś, wystarczy.

Tata starał się odgrywać oburzonego, próbował założyć ręce, ale przeszkadzały mu w tym opatrunki.

– Panowie, o co chodzi? – zażądał wyjaśnień.

– Panie Underwood, ma pan prawo do zachowania milczenia – poinformował ojca porucznik Shucker. – Ma pan również prawo do adwokata...

– Chwileczkę. Poczekajcie – wybuchnąłem. – Aresztujecie go?

– Nie teraz – powiedział detektyw – ale mamy jeszcze wiele pytań. Uważamy, że to pan Underwood jest prawdopodobnym sprawcą.

– Sprawcą?
– Sprawcą czego? – zapytał ojciec.
– Puszczenia z dymem Coral Queen – wyjaśnił porucznik Shucker. – Takie przestępstwo nazywamy podpaleniem.

21

Detektyw nie chciał powiedzieć niczego więcej. Szczegóły poznaliśmy później, dzięki Shelly. To była niewiarygodna historia.

Dusty Muleman zaprosił miejscowych ważniaków na wielkie otwarcie statku kasyna. Wszyscy przyszli, bo Shelly serwowała darmowe drinki. Były fajerwerki, bufet z homarami i muzyka calypso na żywo. Przyjęcie trwało aż do drugiej nad ranem. Potem Shelly spędziła jeszcze czterdzieści pięć minut na doprowadzaniu baru do porządku, i była jedną z ostatnich osób, które zeszły z łodzi.

Pierwsza eksplozja miała miejsce około trzeciej i pół godziny później cała Coral Queen stanęła w ogniu. Nowy mięśniak, który przejął obowiązki Luno, prawie się usmażył, bo spadające iskry podpaliły budkę z biletami, z której dzwonił po pomoc. Ochroniarz starał się ugasić pożar wężem portowym, a kiedy nic z tego nie wyszło, uciekł z przystani.

Zanim przyjechał pierwszy wóz strażacki, statek kasyno płonął już jak pochodnia. Kiedy na przystani pojawił się Dusty Muleman, Coral Queen była spalona do poziomu wody. Muleman miał przed sobą dwadzieścia dwa metry tlących się zgliszczy i stopionych żetonów do pokera. Oczywiście to on wskazał ojca jako sprawcę. Ponieważ szeryf doskonale wiedział, jaki jest stosunek ojca do Dusty'ego – nie zastanawiał się długo.

Nawet Abbey zaczęła mieć podejrzenia.

– Myślisz, że mógł mieć z tym coś wspólnego? – zapytała mnie po cichu. – Może zapłacił komuś, żeby spalił łódź.

– Przecież ojciec nie ma pieniędzy.

– No, ma ten tysiąc z rezerwatu.

– To niemożliwe, Abbey. Absolutnie niemożliwe.

Ale zasiała we mnie ziarno niepokoju. A jeśli ojcu znowu odbiło? Puściły mu nerwy? Sprawy wymknęły mu się z rąk?

Kiedy byliśmy sami, zapytałem.

– Nie powiem nikomu, jeśli miałeś w tym jakiś udział – powiedziałem, choć była to obietnica, której trudno byłoby dotrzymać.

– Noah, to nie ja. Przysięgam na Biblię. – Podniósł prawą zagipsowaną rękę. Był tak poważny, że aż mnie to uderzyło. – Nie miałem nic wspólnego z podpaleniem Coral Queen. Proszę, uwierz mi i powiedz Abbey, żeby mi uwierzyła.

Uwierzyliśmy mu, bo w poważnych sprawach ojciec nigdy nas nie okłamywał. Jeśli coś spartaczył, natychmiast się do tego przyznawał. Zawsze brał na siebie winę, odpowiedzialność i, co za tym idzie, karę. Dlaczego miałby się zmienić?

Pan Shine, nasz prawnik, był w domu, kiedy po południu detektyw i policjanci wrócili, żeby zrobić rewizję. Węszyli przez długi czas, ale nie znaleźli niczego, co mogłoby łączyć ojca z podpaleniem łodzi. Porucznik Shucker nie ukrywał niezadowolenia.

– I tak powinienem cię zamknąć – powiedział ojcu. – To jest jasne jak słońce, miałeś motyw, miałeś okazję...

– Bez dowodów nie ma sprawy – przerwał mu pan Shine, który wyglądał mniej nieszczęśliwie niż zazwyczaj. – Delikatnie panu radzę, aby przestał pan niepokoić mojego klienta.

– Dowody? – detektyw zaśmiał się szyderczo. – Chcesz dowodów? Popatrz na jego nowiutki gips, na pewno się poparzył, kiedy podpalał statek!

Ojciec ze złością uderzył swoimi zagipsowanymi dłońmi.

– Co za stek bzdur!

– Jeszcze się przekonamy. Jutro znowu wrócę, z kolejnym nakazem i z lekarzem, którzy obejrzy ten opatrunek. Jeśli masz sparzone palce, pójdziesz prosto do więzienia.

– A co z dziurami w naszych drzwiach? – zaprotestowała Abbey. – Czy one niczego nie dowodzą?

– Dobry wykręt – przyznał porucznik Shucker sarkastycznie – ale to samo można zrobić kluczem do kół.

Podniósł się, żeby wyjść.

Matka siedziała na kanapie i nie odezwała się słowem. Sądziłem, że jest załamana na myśl o tym, że ojciec wróci do więzienia, nie dostanie swojej licencji i nasze spokojne, prawie normalne życie znowu legnie w gruzach. Tak myślałem. Ale matka wcale nie była załamana. Po prostu czekała na właściwy moment, żeby rzucić śmierdzącą bombę na zadzierającego nosa detektywa.

– Proszę bardzo, poruczniku, może pan zechce na to spojrzeć – powiedziała miło.

Wręczyła porucznikowi Shuckerowi komputerowy wydruk, który zaczął podejrzliwie studiować.

– To rachunek z izby przyjęć – wyjaśniła matka.

– Tak, pani Underwood, potrafię czytać.

– Z izby przyjęć – kontynuowała – gdzie mój mąż znalazł się z powodu poważnych obrażeń obu dłoni.

– No i – obruszył się niecierpliwie detektyw – do czego pani zmierza?

Moja matka jest naprawdę wspaniała w tego typu sytuacjach. Nic jej nie zbija z pantałyku. Stanęła obok porucznika Shuckera i spokojnie wskazała na jedną z linijek wydruku.

– Był opatrywany z powodu złamań, nie oparzeń. Tak jest tutaj napisane, poruczniku – uśmiechnęła się mama. – To po pierwsze.

Detektyw chrząknął.

– Po drugie, ma pan tam również dokładny czas przyjęcia pacjenta. Widzi pan? Była 11.33 rano. Wczoraj rano, poruczniku.

– Aha.

– Jakieś szesnaście godzin przed podpaleniem łodzi Dusty'ego Mulemana.

– Tak, potrafię liczyć – wymamrotał detektyw.

– Co oznacza, że mój mąż nie miał żadnej szansy na podpalenie kasyna – stwierdziła mama – chyba że zademonstruje nam pan, jak osoba z dziesięcioma palcami w gipsie może zapalić zapałkę?

Napuszona klatka piersiowa porucznika Shuckera jakoś oklapła. Mama odprowadziła detektywa do drzwi, dwóch policjantów chmurnie podążyło za nimi.

– Teraz żegnam pana i życzę powodzenia w rozwiązaniu tej sprawy – powiedziała mama.

Czekaliśmy przy oknie, aż odjechali. Potem Abbey zaczęła krzyczeć z radości i wszyscy przybijaliśmy sobie piątki, ja, moja siostra, mama, pan Shine, a nawet ojciec, ze swoimi dwuipółkilogramowymi opatrunkami z gipsu.

– Donna, to było wspaniałe – zawołał. – Naprawdę wspaniałe!

– To było jeszcze lepsze niż „wspaniałe" – dodała Abbey. – To było szokująco wspaniałe.

– Nie, to było niesamowite – wykrzyknąłem. – Zadziwiająco, szokująco niesamowite.

Mama poczerwieniała.

– Zobaczymy, co z tego wyniknie. Po prostu poczekamy i zobaczymy.

Ale porucznik Shucker nigdy już nie pojawił się w naszym domu.

Później, kiedy dowiedzieliśmy się, kto podpalił Coral Queen, raz jeszcze pogratulowaliśmy mamie. Dusty Muleman dostał to, na co sobie zasłużył. Tak jak przepowiedziała.

Na szczęście terapeuta taty wykazał się zarówno zrozumieniem, jak i współczuciem, i nie wspomniał w swoim liście do sędziego o zmasakrowanych dłoniach ojca. Stwierdził natomiast, że pan Paine Underwood zrobił „znaczący, choć okupiony bólem, postęp w kontrolowaniu swych emocji" i „nie stanowi zagrożenia dla siebie, dla rodziny ani dla społeczeństwa".

Czy stanowi zagrożenie dla bogu ducha winnych drzwi, to się jeszcze okaże.

Zbieg okoliczności sprawił, że w dniu, w którym ojciec odzyskał swoją licencję kapitańską, inspektorzy prowadzący dochodzenie w sprawie podpalenia Coral Queen ujawnili swoje wnioski.

Sprawa zajęła całą pierwszą stronę „Island Examiner", razem ze zdjęciem Dusty'ego Mulemana na tle spalonej łodzi. Niestety gazeta nie zamieściła zdjęcia Jaspera Juniora, a szkoda, bo to on był gwiazdą raportu.

Pierwszym błędem Dusty'ego Mulemana było to, że pozwolił Jasperowi i Baranowi wejść na łódź w noc hucznego otwarcia. Drugi błąd Mulemana polegał na tym, że stracił z oczu tych dwóch przygłupów, a sam dał się ponieść zabawie.

Kiedy przyjęcie zbliżało się ku końcowi, Dusty nie był już w stanie jasno myśleć. Wygramolił się na ląd, sądząc, że jego syn już dawno jest w domu.

Niestety pomylił się. Jasper i Baran postanowili urządzić sobie własne przyjęcie w jednym z magazynów na statku. Wymknęli się z garścią drogich cygar Dusty'ego i kartonem piwa, które zwędzili Shelly z baru.

Na swoje nieszczęście na miejsce uczty wybrali schowek, w którym Dusty trzymał zapas pudeł z fajerwerkami. Jasper, który przewodzi wszystkim głupotom, pierwszy zapalił cygaro i zaciągnął się tak mocno, że natychmiast się zakrztusił. Wściekły rzucił cygarem jakieś pięć metrów w głąb magazynu. Cygaro wylądowało na otwartej skrzyni z fajerwerkami, które jeden po drugim zaczęły odpalać.

Już po chwili płomienie strzelały po całym magazynie. Obaj imprezowicze mieli szczęście, że uszli z życiem.

Jasper Junior nadal dusił się po machu z cygara, więc Baran przełożył go sobie przez ramię i przebiegł przez dym i iskry na pokład. Wylądowali w wodzie w chwili, gdy na łodzi wybuchł zbiornik z paliwem.

Kiedy przesłuchiwano ich kilka dni później, obaj zgodnie stwierdzili, że nie wiedzą, skąd na statku pojawił się ogień. Jednak komisja prowadząca dochodzenie zwróciła uwagę na to, że obaj mieli spalone rzęsy i okopcone małżowiny uszne. Jasper natychmiast zrzucił winę na swojego przyjaciela, czyli na osobę, która uratowała mu życie. I wówczas Baran poczuł się zwolniony z obowiązków, jakie narzuca przyjaźń, i zaproponował złożenie dokładnego zeznania.

To, że własny syn spalił jego łódź, nie było dla Dusty'ego najgorszą wiadomością. Technicy pracujący na miejscu pożaru odnaleźli w zwęglonych resztkach łodzi coś niezwykłego – ognioodporne, wodoszczelne skrytki wyładowane pieniędzmi.

„Było w nich ponad sto tysięcy dolarów", napisał Miles Umlatt w „Island Examiner", „wszystkie w pięćdziesięcio- i studolarowych banknotach".

Ojciec stwierdził, że Dusty musiał zatajać część zysków ze swojego hazardowego interesu, co jest przestępstwem, którym natychmiast zainteresował się Urząd Skarbowy, jak również Indianie Miccosukee – wspólnicy Mulemana.

Mając dość fatalnej prasy, ogłosili, że zamierzają pozwać Dusty'ego Mulemana za defraudację i wyrzucić go z ich „plemiennych obszarów", czyli z przystani. Wielki przekręt Mulemana był skończony na wieki.

„Co rzucisz za siebie, znajdziesz przed sobą", przypomniała mama po obejrzeniu nagłówków.

Abbey i ja zaczęliśmy powoli wierzyć w jej dewizę.

W ostatnią sobotę lata przez Keys przetoczyła się tropikalna burza. Wszyscy siedzieliśmy w domu, czekając, aż przestanie padać, kiedy przyszła poczta. W stercie rachunków i bezpłatnych katalogów znaleźliśmy zabawną pocztówkę. Po stronie z obrazkiem widniała piękna purpurowa ara, która siedziała na omszałej gałęzi drzewa lasu tropikalnego. Ptak mrugał okiem i trzymał w dziobie starą, złotą monetę.

Wiadomość zaadresowana była do „niesamowitych Underwoodów" i wypisana nierównymi bazgrołami.

Drodzy: Paine, Donna i moi dwaj ulubieni kompani.

To pierwsza pocztówka, jaką kiedykolwiek napisałem, więc możecie czuć się wyróżnieni. Załączam znaczki za 29 tys. pesos, żeby wiadomość na pewno dotarła na Florydę. Jeśli nie, to możecie winić jednego konusa, który miał wysłać pocztówkę zaraz po dotarciu do portu. Jak widać, nadal żyję, co z mojego punktu widzenia jest zawsze sympatyczną wiadomością. Co więcej, dostałem nowy cynk na temat losów Amandy Rose. Przy odrobinie szczęścia, kiedy dostaniecie tę pocztówkę, może już będziemy w drodze do domu. Z drugiej strony może już nie być mnie wśród żywych, co boleśnie pokrzyżowałoby moje plany emerytalne.

Ale zaufajmy rodzinnej karmie.

Kocham was wszystkich, zwł. Abbey i Noaha

Podpisane: Tato

Pocztówka obiegła całą rodzinę, na końcu Abbey zabrała ją do sypialni i przykleiła do lustra. Włożyła swoje szmaragdowe kolczyki i oświadczyła, że już nigdy ich nie zdejmie – nawet do szkoły.

Późnym popołudniem niebo przejaśniło się, wiatr ucichł, a morze wygładziło.

– Co myślisz? – zapytałem ojca.

– Tak, chodźmy – odpowiedział.

Zamierzaliśmy wypłynąć z rampy motelowej od strony oceanu.

Mama, Abbey i ja zepchnęliśmy łódkę z przyczepy, ponieważ ojciec nadal miał kłopoty z rękoma. Co prawda gips zdjęli mu już tydzień wcześniej, ale lekarz ostrzegł go, żeby się nie nadwyrężał. Zresztą widać było, że go boli.

Załadowaliśmy chłodziarkę, wędki i odbiliśmy. Nasza czwórka wypełniała łódkę po brzeg, ale z mamą na pokładzie jest weselej.

Ocean był jak lustro, trudno było dojrzeć dno, nawet w okularach z filtrem. Tata za pomocą GPS-u zlokalizował miejsce, gdzie nikt nam nie będzie przeszkadzał. W ciągu niespełna trzech godzin złapaliśmy trzy tuziny lucjanów. Większość była mała i te wypuściliśmy, zostawiając cztery duże na obiad.

– Jak nazwiemy to miejsce? – zapytała Abbey.

– Proponuję „Kłop Dusty'ego" – powiedziałem.

Mama i tata zaśmiali się z aprobatą.

– To powalające. – Abbey też była zadowolona.

Wychyliłem się przez burtę i zmrużyłem oczy przed blaskiem popołudniowego światła. Pod powierzchnią wody widziałem ciemny zarys sczerniałego kadłuba, który rozpadł się na trzy części.

Była to świętej pamięci Coral Queen we własnej osobie.

Specjalistyczna łódź ratownicza, która przypłynęła z Miami, miała odholować spalone szczątki w górę Miami River. Tam resztki Coral Queen spoczęłyby na barce z odpadami. Łódź przepłynęła zaledwie pięć kilometrów, kiedy wpadła w burzę z piorunami. Wrak rozleciał się na kawałki i spoczął pod siedmiometrową warstwą wody. Szczątki statku szybko stały się ulubioną restauracją stad głodnych ryb, restauracją „Pod Klopem Dusty'ego".

– To poezja – powiedział tata.

– Sprawiedliwość dziejowa – poprawiła mama.

Poranna prognoza skutecznie odstraszyła amatorów wycieczek morskich. Na horyzoncie widać było tylko latarnię morską i ani jednej łodzi. Wziąłem do ręki monetę dziadka Bobby'ego i zacząłem obracać ją w palcach. Złoto odbijało promienie słońca.

– Skąd będzie płynął? Z jakiego kierunku? – zapytałem taty.

– Dziadek? Pewnie z południowego zachodu – zakreślił dłonią szeroki krąg. – Gdzieś z tamtej strony.

– Jak długo będzie do nas wracał? – zapytała Abbey.

– Zależy – cicho odrzekł tata.

– Hej, mam pomysł, ale musimy się pośpieszyć – odezwała się mama.

To był świetny pomysł.

Zwinęliśmy żyłki i odłożyliśmy wędki. Wciągnąłem kotwicę, tata odpalił silnik, a Abbey wyjęła aparat z plecaka.

Kiedy ruszyliśmy na zachodnią stronę wysp, z której widok był najlepszy, niebo różowiało. Pod mostem Indian Key mama zgubiła okulary, ale kazała tacie płynąć dalej. Mieliśmy mało czasu.

Zatoka była jeszcze gładsza niż ocean – przypominała błękitny aksamit. Zatrzymaliśmy się przy Bowlegs Cut, wchodząc przy ostrym odpływie pomiędzy boje. Nad nami unosiły się fregaty, a obok przepłynęło stado delfinów, goniące za cefalami.

Gdzieś daleko, nad Zatoką Meksykańską, słońce zniżało się na miedzianym, bezchmurnym niebie. Nikt z nas nie śmiał się odezwać – wszystko wokół wydawało się krystalicznie spokojne, bez skazy.

Tata przysunął się do mamy, a ona oparła się o jego ramię. Abbey klęczała na dziobie, z aparatem wymierzonym w ostatnią, topniejącą cząstkę światła.

Siedziałem, machając nogami, nad pomarszczonym lustrem wody i patrzyłem, jak odchodzi kolejny dzień. Miałem nadzieję, że dziadek Bobby, gdziekolwiek był, cieszy oczy tym samym zachodem słońca.

Błysk zieleni pojawił się na magiczny ułamek sekundy – krótki, lśniący i piękny – bałem się, że go sobie wyobraziłem.

Ale zaraz usłyszałem głos ojca:
– Czyż to nie było zachwycające?
Był przejęty jak dziecko.

Dwunastoletni Roy po przeprowadzce na Florydę przeżywa trudy adaptacji do nowego otoczenia. Spotyka tam Beatrice, kapitana szkolnej drużyny piłki nożnej, i jej przyrodniego brata, niepokornego chłopca, biegającego boso po mieście. Ta znajomość wciąga go w wir niesamowitych przygód. Przyjaciele stają razem do walki o prawa ginącego gatunku sówek przeciw bezwzględnej korporacji rozwijającej się kosztem środowiska. By zwyciężyć, będą musieli zmierzyć się zarówno z wrogami ze świata dorosłych, jak i rówieśników.

Sówki to książka dla młodzieży, której największymi atutami są barwna fabuła, śmiało zarysowane sylwetki bohaterów i przewrotny humor.

Nie trzeba być nastolatkiem, żeby się zachwycić.
„The New York Times Book Review"

Redakcja: Katarzyna Leżeńska
Korekta: Anna Hegman, Alicja Chylińska
Redakcja techniczna: Urszula Ziętek

Rysunek na okładce: Isabel Warren-Lynch
Projekt okładki: Copyright 2004 © Alfred A. Knopf

Wydawnictwo W.A.B.
02-502 Warszawa, ul. Łowicka 31
tel./fax (22) 646 01 74, 646 01 75, 646 05 10, 646 05 11
wab@wab.com.pl
www.wab.com.pl

Skład i łamanie: Komputerowe Usługi Poligraficzne
Piaseczno, Żółkiewskiego 7
Druk i oprawa: ABEDIK S.A., Poznań

ISBN 978-83-7414-286-1